hänssler

JÖRG S. GUSTMANN

Briefe von Herrn G.

Roman

Hänssler-Hardcover
Bestell-Nr. 394.594
ISBN 978-3-7751-4594-7

Internet: www.haenssler.de
E-Mail: info@haenssler.de
Umschlaggestaltung und Titelbild: Fotomontage; Fotografie Brief/Himmel aus Archiv oha werbeagentur gmbh, Grabs, Schweiz, www.oha-werbeagentur.ch
Satz: Satz & Medien Wieser, Stolberg
Druck und Bindung: Ebner & Spiegel, Ulm
Printed in Germany

Inhalt

Prolog

Es gibt Zeiten, in denen ich nicht daran denke, was damals geschehen ist. Ich lebe dann mein Leben, bewältige meinen Alltag und verrichte alle Tätigkeiten so, als wäre ich ein ganz normaler Mensch wie alle anderen auch. Doch dann wiederum erlebe ich Zeiten, so wie heute, in denen es mir nicht aus dem Sinn will und ich von tiefer Dankbarkeit und Freude erfüllt werde, wo ich mich gedrängt fühle, es aufzuschreiben, es in die Welt hinauszuschreien, unabhängig davon, ob man mir glaubt oder nicht.

Ich muss gestehen, es fällt mir schwer, den genauen Augenblick zu benennen, in dem alles anfing, den Moment, der mein Leben verändern sollte. Oft ist es ja so, dass einem der genaue Zeitpunkt nicht mehr bewusst ist, an dem das Schicksal den eigenen Weg gekreuzt hat.

Abgesehen von dem Ticken meines Weckers ist es still im Haus. Ich höre nur das gleichmäßige Atmen des Mannes an meiner Seite, mit dem ich seit sieben Jahren verheiratet bin und mit dem ich zwei Kinder im Alter von zwei und fünf Jahren aufwachsen sehen darf. Ja, ich kann sagen, wir sind glücklich und was mich betrifft, habe ich dieses Glück vor allem jenen mysteriösen Begebenheiten von damals zu verdanken.

Mein Herz hämmert in meinem Inneren so heftig wie ein afrikanischer Trommler, der sein Dorf wecken will.

Auch für mich ist wohl die Nacht zu Ende.

Wenn ich jetzt mein warmes, kuscheliges Bett verlasse, die Treppe nach unten schleiche und mich in meinem Arbeitszimmer an den Schreibtisch setze, weiß ich genau, dass der morgige Tag von Kopfschmerzen und Müdigkeit begleitet sein wird, doch es ist nicht zu ändern. Irgendwann muss ich doch anfangen, all das Geschehene niederzuschreiben. Warum nicht mitten in der Nacht um Viertel nach zwölf, wenn man hellwach ist und weiß, dass an Schlaf mal wieder nicht zu denken ist?

Im trüben Licht meiner Schreibtischlampe erkenne ich meine Schrift von damals kaum wieder. Ich habe mir stets Mühe gegeben, die Tagebucheinträge leserlich zu verfassen. Ohne diese Einträge hätte ich Mühe, das Geschehene der Reihenfolge nach in den Sinn zu bekommen. Manche Erinnerungen sind so nebulös wie der Dunstschleier, der in unserer Talsenke am frühen Morgen verharrt. Doch der Nebel lichtet sich, sobald die wärmende Sonne scheint und den Blick auf Verborgenes, Ruhendes freigibt.

Zunehmend erinnere ich mich an den einen oder anderen Abend, an dem meine Finger derart zitterten, dass mir jegliche Schönschrift unmöglich war. An manchen Stellen ist die Tinte von meinen Tränen verlaufen, sodass ich die Worte mehr erraten denn entziffern kann. Er fühlt sich dennoch gut an in meiner Hand, der mit feinem Leinen beschlagene Umschlag meines zwanzig Jahre alten Tagebuchs. Ich streiche über den Einband und allmählich werden die Erinnerungen wieder lebendig.

Ich hole einen Block mit liniertem Papier hervor und nehme mir vor, die Ereignisse so gewissenhaft wie möglich der Reihenfolge nach zu Papier zu bringen, in der Hoffnung, Ihnen Mut zu machen und in der Gewissheit, all die Ereignisse noch besser verstehen zu können.

Kapitel eins

Die Hiobsbotschaft

Erwachsene stellen häufig Fragen. Ziemlich wichtige Fragen, die alle mit „W" anfangen. Warum, woher, wozu, wieso, wohin? Kinder tun dies auch - gelegentlich. Doch was passiert, wenn die Antworten kommen, lange bevor man sie gestellt hat, bevor man sie überhaupt in windigen Winkeln des Oberstübchens erdacht hat? Was ist, wenn sie wie ungebetene Gäste einfach auftauchen, an deine Tür klopfen und sagen: „Hallo, ich bin's. Ich komme ein bisschen früh, ich weiß, doch besser früh als gar nicht."

Ich heiße Anna Lena Bachmann, doch zu der Zeit, in der sich alles zugetragen hat, hieß ich noch Anna Lena Fröhlich. Ich erahne das Schmunzeln auf Ihrem Gesicht: Wenn man Fröhlich *heißt*, sollte man möglichst auch fröhlich *sein*. Doch ich war damals, vor beinahe zwanzig Jahren, alles andere als fröhlich. Ich war nicht nur traurig, sondern verzweifelt, nicht nur wütend, sondern regelrecht erbost. Wo soll ein elfjähriges Mädchen hin mit all seiner Wut, den vielen Fragen im Kopf? Fragen, die mehr einer Anklage gleichen als einem ehrlich gemeinten Versuch zu verstehen.

Um der Geschichte einen Anfang zu setzen, wähle ich einen Zeitpunkt aus, an dem für mich die Welt noch in Ordnung war: Ich war, wie gesagt, elf Jahre alt, wenigstens noch ein paar Tage, und ein lebenslustiges Mädchen mit braunen oder eher rötlichen, schulterlangen Locken und fürchterlich vielen Sommersprossen auf käseweißer Haut. Ich sah aus, als wäre jemand in dem Moment, als ich vorüberkam, mit beiden Füßen in eine dreckige Pfütze gesprungen und hätte mein ganzes Gesicht mit Hunderten feiner Tröpfchen daraus übersät. Aber sonst war ich wie alle anderen aus meiner Klasse: frech und vorlaut, hatte viele Freundinnen, tanzte und sang gern zur Musik meiner Lieblingsband und machte mir keinerlei Gedanken darüber, ob es einmal einen Tag geben könnte, an dem die Unbeschwertheit aus meinem Leben verschwinden würde.

Die Hausaufgaben waren erledigt, der Schulranzen für Montag gepackt, der Müll rausgetragen und die alten Jeans für Omas Garten angezogen. Ich wollte, wie fast jeden Nachmittag, zu meiner Großmutter. Natürlich hatte ich viele Freundinnen, mit denen ich spielte, doch ich hatte das große Glück, in meiner Großmutter nicht nur eine Oma im klassischen, verstaubten Sinn, sondern, so ungewöhnlich es klingen mag, meine beste Freundin gefunden zu haben.

Sie wohnte schräg gegenüber in unserer Straße, die man, ohne nach links oder rechts zu schauen, überqueren konnte. Die wenigen Autos, die sich hierher verirrten, hörte man schon von Weitem oder man erspähte sie im Augenwinkel. Oma wohnte in einem uralten rötlichen Backsteinhaus, an dessen Regenrinnen der Efeu bis zum Dach emporwucherte. Auch hatte sie noch wilden Wein dazugepflanzt und nun schien es, als wolle das Gestrüpp eines Tages das Haus ganz verschlingen. Hinterm Haus gab es einen riesigen Garten, wenigstens kam er mir damals riesig vor, mit alten Bäumen, die im Mondlicht gespenstische Schatten auf die Wiese warfen.

Nachdem ich mit Purzel, dem Langhaardackel meiner Oma, im Gebüsch gespielt und wir die Hasen bis an den Eingang ihres Baus verfolgt hatten, sah ich entsprechend lehmig aus und roch auch so. Dennoch durfte ich, nachdem ich den gröbsten Dreck von meinem Po abgeklopft hatte, neben Oma auf der Hollywoodschaukel sitzen, wo ich an meinem Eis schleckte. Sie hatte mir drei Kugeln vom Italiener mitgebracht und nach jeder Kugel sollte ich ihr die Zunge rausstrecken. Jedes Mal lachte sie aufs Neue so herzhaft und erfrischend, als würde sie es das erste Mal erleben. Wir schaukelten zusammen und waren fröhlich. Alles an Oma konnte wunderbar herzlich lachen: die klatschenden Hände, die

Augen und die Lippen sowieso. Doch auch ihre Nase, die sich in kleine Falten zusammenkräuselte, und die Ohren, die feuerrot leuchteten – und dieses ganze mimische Spektakel nur wegen meiner Zunge. Erst hatte sie sich nämlich türkisblau verfärbt von der Sorte Gummibärchen, dann nahm meine Zunge die Farbe violettrot von der Brombeere an und schließlich wurde sie wieder sauber von der weißen, sauren Zitronenkugel.

Rechts saß Oma mit ihrer neuen, ziemlich schrillen violetten Tönung in den sonst grauen Locken, links von ihr Purzel und in der Mitte ich. Wir sahen den Schmetterlingen beim Tanzen und hörten den Vögeln bei ihrem Gesang zu.

Das sogenannte Schicksal hätte sich keinen schöneren Tag aussuchen können, um mir die Laune zu verderben.

Ich kuschelte mich in Omas Arm und wippte mit meinen Beinen vor und zurück, um die Schaukel am Leben zu erhalten. Ich spürte das Kraulen der knochigen Finger meiner Oma in meinem Nacken und ihre Liebe in meinem Herzen. Es war der siebzehnte August, zwei Tage vor meinem zwölften Geburtstag. Es war warm, es war schön und es war für eine ganze Weile das letzte Mal, dass ich meine Kindheit so ungetrübt genossen habe.

Gerade hatte ich die Waffeltüte knackend und knirschend zwischen meinen letzten lockeren Milchzähnen zermahlen, als mein Vater das verwitterte Gartentürchen öffnete und mit hängenden Schultern und betrübter Miene auf uns zukam. Ich konnte seine Gesichtszüge zunächst nur mit Mühe betrachten, denn die Sonne stand direkt über seinem Kopf und schien mir ins Gesicht. Ich blinzelte und schirmte sie wie ein Indianer mit der rechten Hand ab.

Sein hellblondes Haar wirkte eher wie mein zerzauster Flokatiteppich und von seinen Augenwinkeln zogen sich tiefe sorgenvolle Falten bis zu den Ohren hin. Seine geduckte Erscheinung ließ erahnen, welch schwere Last auf ihm ruhte. Er wusste, dass seine Nachricht, die eigentlich ja eine gute Nachricht war, für Oma und mich eine Katastrophe bedeuten würde. Langsam zog er sich den klapprigen gelben Stuhl mit der abgeblätterten Farbe heran und setzte sich zu uns. Er versuchte zu lächeln, doch seine Mundwinkel bewegten sich nur widerwillig.

Oma sagte nichts, nur ihr Griff um meine Schultern wurde fester, als wolle sie mich nie mehr loslassen.

„Was ist denn, Papa?", fragte ich. Ich grinste ihn gespannt und doch arglos an, während ich meine klebrigen Finger einen nach dem anderen ablutschte und der Hollywoodschaukel einen neuen Schubs gab. Eine Weile sagte er nichts, sah nur hilfesuchend zu Oma und knetete seine Finger. Dann fasste er sich ein Herz und klatschte in die Hände. „Nun ja", begann er. „Es ist eigentlich sehr gut gelaufen, mein ... Bewerbungsgespräch." Seine Stimme stockte zunächst, doch dann nickte er ermunternd. „Also", fuhr er fort, klatschte wieder in die Hände und versuchte erneut zu lächeln, „ich habe wieder einen festen Job. Nach einem Jahr Arbeitslosigkeit habe ich endlich was gefunden."

Ich lehnte mich vor und wand mich aus Omas Arm. „Das ist doch super, Papa. Dann freu dich doch! Das wolltest du doch immer." Mein Vater nickte, aber er freute sich nicht. Für sich wahrscheinlich schon, tief im Innern, aber nicht für mich und nicht für Oma. Als er nicht mit der Sprache herausrücken wollte, hakte ich nach. „Gefällt dir die Arbeit denn nicht, die du machen sollst? Wo ist denn das Problem?"

Mein Vater holte tief Luft. „Nun, es ist so ... Wir müssen, ... also ich meine, die Arbeit ist ..." Nun versteifte ich meinen Rücken und plötzlich überfiel mich eine Ahnung von dem, was er mir so mühsam mitzuteilen versuchte. Der nächste Satz sollte meine schlimmsten Befürchtungen bestätigen.

„Wir müssen nach Hamburg umziehen, Kind. Ich kann nicht jeden Morgen zwei Stunden hin und abends zwei Stunden wieder zurückfahren. Ich bin Ingenieur, Anna, nicht Lagerarbeiter wie in meinem vorletzten Job oder wie bis vor drei Monaten noch Packer in einem Versandartikelgeschäft. Nichts gegen solche Tätigkeiten, aber ich kann wieder in meinem alten Beruf arbeiten. Und es wird obendrein sehr gut bezahlt", fügte er hinzu. „Wir haben schon ein kleines Haus gemietet."

Dann brach er seine wie Entschuldigungen klingenden Erklärungen ab. Er schaute mich an, sah dann zu seiner Mutter, dann wieder zu mir und nahm mich schließlich in den Arm.

Kann es sein, dass ein elfjähriges Mädchen in dem Bruchteil eines einzigen Herzschlags erfasst, was dieses Wort „Umziehen" bedeutet? Ja, das kann es! Mir wurde schlagartig klar, dass ich die Schule wechseln müsste, dass wir weg von unserem heimeligen Dorf in die Großstadt ziehen würden, dass ich dort niemanden kennen würde und vor allem ... dass ich meine Großmutter nicht mehr jeden Tag sehen würde. Vielleicht nur noch einmal in der Woche, einmal im Monat, einmal im Jahr oder gar nicht mehr? Ich wusste nicht, was ich zuerst tun sollte. Meine Augen füllten sich mit Tränen. Sie sammelten sich wie in einem kleinen See am Rand des unteren Lides und schwappten dann mit Macht über, klatschten auf das geblümte Polster der Hollywoodschaukel und versickerten dort so schnell, als hätten sie keinerlei Bedeutung. Die Vögel hörten nicht auf zu zwitschern, auch die Bienen verlangsamten nicht ihren Flug.

Wegrennen! Ich wollte wegrennen. Doch wohin? Ich heulte und schluchzte und trommelte mit meinen Fäusten auf die Brust meines Vaters. Er ließ mich gewähren, nahm mich fest in den Arm und strich mir über das wuschelige Haar, so wie immer, wenn man mich beruhigen musste. Ich entspannte mich, doch nur für kurze Zeit. Dann brach sich erneut ein salziger Sturzbach Bahn.

Oma hatte die ganze Zeit nichts gesagt. Was hätte sie auch sagen können? Es hätte doch nichts genützt. Es schien, als hätte sie schon von allem gewusst, als wollte sie mich beim Schaukeln an diesem Nachmittag ein letztes Mal in den Arm nehmen, ein letztes Mal meine violette Zunge sehen und darüber herzlich lachen.

Dann ging alles sehr schnell, denn ich war mit dieser Hiobsbotschaft bis zum letzten Moment verschont worden. Früh am übernächsten Morgen standen vier muskulöse Männer in blauen Latzhosen vor der Tür. Es waren die Möbelpacker, die meinen Eltern beim Einpacken und Herumrücken der Möbel helfen sollten. Der ganze Umzug wurde von Papas neuer Firma bezahlt. In mein Zimmer ließ ich sie jedoch nicht herein und hätte dies selbst dann nicht getan, wenn die Firma eine Million dafür gezahlt hätte. Ich hatte mich hinter meiner Zimmertür verschanzt, doch ich wusste genau, dass alles Murren und Klagen nichts an dem Unausweichlichen ändern würde. Am Mittag waren sie schon fast fertig und hatten alle Möbel und Kartons in zwei großen Möbelwagen verstaut. Dann klopfte es an der Tür und Mama rief mich zärtlich heraus. Widerwillig drehte ich den Schlüssel im Schloss herum und öffnete ihr.

„Lass doch die Männer ihre Arbeit tun, Anna“, sagte sie und es lag fast ein Flehen in ihrer Stimme. „Du kannst dich solange auf die Treppenstufen setzen und ein Stück Kuchen essen.“

Ich folgte ihrer Bitte, wusste ich doch, dass sie innerlich mit mir litt. Ich setzte mich auf die sonnenerwärmten Stufen vor unserem schönen Haus und aß ein Stück Marmorkuchen. Ich sah den schwitzenden, ziemlich übel riechenden Möbelpackern zu und ließ die Krümel achtlos auf den Boden fallen.

Meinen zwölften Geburtstag hatte ich mir wahrlich anders vorgestellt.

Kapitel zwei

Der Umzug

Den endgültigen Abschied von meinem Zuhause, ja von meiner unbeschwerten Kindheit, erlebte ich nur wie in einem schlechten Traum. Alle meine Freundinnen waren gekommen und hatten Geschenke mitgebracht. Abschieds- und Geburtstagsgeschenke in einem. Sie waren sehr lieb zu mir und versprachen zu schreiben, zu telefonieren, mich zu besuchen, doch irgendwie wusste ich, dass nichts oder nur wenig davon eingehalten werden würde. *Aus den Augen, aus dem Sinn,* so sagt man doch. Man würde mich vergessen, als hätte es mich nie gegeben.

Dann kamen meine Oma und Purzel über die Straße. Purzel sprang an mir hoch, lud mich ahnungslos zum Spielen und Toben ein, doch diesmal musste ich ihn enttäuschen. Wieder sprach meine Oma nicht viel, sondern nahm mich einfach nur in den Arm. Ich drückte mich vor ihrem weichen Busen an ihre Schürze, roch den Duft frischer Erdbeeren und Äpfel an ihr und verbarg mein Schluchzen, so gut ich konnte, um es nicht noch schlimmer zu machen.

„Wir telefonieren ganz oft, mein Schatz. Und nächste Woche kommt ihr mich vielleicht besuchen, ja?"

„Okay, Omi." Omi sagte ich, nicht Oma. Ausdruck meiner größten Zuneigung. Ich wischte mir heimlich eine Träne aus dem Auge.

Ich stieg wie ein zum Strafvollzug abgeführter Häftling in unseren Wagen ein und winkte so lange, bis niemand mehr zu sehen war, der zurückwinkte.

Ich verbrachte die Fahrt nach Hamburg schweigend. Ich sah aus dem Fenster und ließ die Landschaften zwischen Bremen und Hamburg an mir vorüberziehen. Meine Eltern versuchten, mich durch heitere Gespräche aufzumuntern, doch es gelang ihnen nicht. Meine Gedanken kreisten um die Anforderungen der kommenden Tage und um den Verlust des Vergangenen.

Nachdem wir die Autobahn über die Ausfahrt verlassen hatten, fiel mir sogleich die Hektik der Großstadt auf.

Ich hatte noch nie in meinem Leben so erschreckend viele Autos gesehen, die kreuz und quer durch die Gegend jagten. Alle schienen in Eile zu sein und die Fahrer, soweit ich sie erkennen konnte, machten verkniffene Gesichter. Ein Hochhaus neben dem anderen säumte unseren Weg und der ruhige Fluss des Lebens eines Sechstausendseelendorfes schien hier unbekannt zu sein.

Wir verließen die vierspurige Bundesstraße und schlängelten uns durch den Stadtverkehr. Mama hatte den Stadtplan auf ihrem Schoß ausgebreitet und dessen Knistern und Rascheln ließ erahnen, dass sie mit dem Straßennetz einer 2-Millionen-Stadt hoffnungslos überfordert war. Heute benutzen wir Navigationssysteme mit freundlichen Automatenstimmen, doch damals wiesen uns die Pläne eines Herrn Falk den Weg.

Nachdem der Stadtplan halb zerfetzt war, fanden wir die Straße, in der unser Haus stand. Es sollte für die kommenden zehn Jahre unsere Heimat sein: Poppenbütteler Landstraße Nr. 23. Das Auto bog links ein und ich hörte das Knirschen von Schotter unter unseren Rädern. Mein Vater parkte direkt in der Einfahrt. Die Möbelwagen waren noch nicht angekommen, da Lkws für gewöhnlich langsamer fahren. Dies gab mir die Gelegenheit, das Haus zu inspizieren, ohne von miefenden Möbelpackern angepflaumt und umgerannt zu werden.

Auf den ersten Blick sah es gar nicht so schlecht aus. Ich stand auf dem Gehweg und blickte mich um. Alle Häuser in dieser Straße wirkten irgendwie gleich, abgesehen von der Farbe, mit der die Bewohner sie gestrichen hatten. Unangenehm fiel mir jedoch eines der Nachbarhäuser auf. Es hatte eine moosgrüne, fleckige Farbe an den Außenwänden. Ich überlegte, ob es tatsächlich eine Farbe war, die absichtlich so gewählt worden war oder ob der fortschreitende Verfall für dieses Aussehen verantwortlich war. Ich konnte meinen Blick von diesem merkwürdigen Haus nicht lösen. Dann sah ich, wie eine alte Frau schnell die Gardine zuzog, als sie sich sicher war, dass ich sie bemerkt hatte.

Ich schüttelte alle sonderbaren Gedanken ab und wandte mich unserem eigenen Haus zu. Es war ein altes, freistehendes, wenn auch kleines Häuschen mit altem Baumbestand ringsumher. Die Außenwände waren mit einem zarten, ruhigen Gelbton gestrichen worden. Ein großer Rosenbusch neben dem Eingang trug schwer an vielen üppigen rosaroten Blüten. Sieben unscheinbare Betonstufen führten zu einer knorrigen braunen Holztür mit einem Löwenkopf daran, dem ein Messingring durch die Nase gezogen war. Ich wollte ausprobieren, wie laut man damit anklopfen konnte, doch ich kam an den Ring nicht heran.

Mein Vater schloss die Tür auf.

Während ich wachsam durch die leerstehenden Räume schlich, nahm ich eine Menge Eindrücke in mir auf. Ich wollte meine inneren Fühler nach Signalen ausstrecken, die mir mitteilen sollten, ob es sich hier leben ließ. Ich blinzelte in das Sonnenlicht, das durch die Baumwipfel ins Wohnzimmer fiel, ich roch die feuchte Kühle des Holzparketts und ich hörte das leise Rauschen der Heizungspumpen im Keller, die auf niedrigster Stufe ihren Dienst verrichteten. Jeden Raum schritt ich aufmerksam ab und kam schließlich in die Küche, deren Möbel belassen worden waren. Hier entspannten sich meine skeptischen, zusammengekniffenen Stirnfalten, denn ein besonderer Duft umschmeichelte meine Nase. Ein Duft, der mir vertraut war und den ich sehr gern mochte: Der Geruch von Selbstgebackenem haftete noch an den Wänden und hatte sich in den Ritzen verfangen. Der Duft von Keksen und Kuchen und von einer alten Dame, die vielleicht für ihre Enkel eine gute Oma gewesen war. Nachdem ich das Erdgeschoss ohne eine abschließende Bewertung erkundet hatte, stieg ich die knarrenden Stufen ins erste Stockwerk hinauf. Hier gab es drei Räume: ein zukünftiges Gästezimmer zur Linken, wie man mir sagte, das Schlafzimmer meiner Eltern daneben, ein Bad und natürlich mein eigenes Zimmer gleich rechts neben der Treppe. Dorthinein ging ich zuerst. Es hatte eine Dachschräge und das Fenster gab den Blick in den Garten frei. Außerdem konnte ich direkt auf ein mit Gardinen verhangenes Fenster des moosgrünen Hauses auf dem Nachbargrundstück sehen.

Meine Gefühle waren immer noch in Aufruhr und durcheinander und so konnte ich mich nicht entscheiden, ob ich mich nun freuen oder ob ich heulen sollte. Also verharrte ich in einem schwer zu beschreibenden, unbestimmten Zustand und hoffte, dass sich die Wogen meiner Traurigkeit bald glätten würden und ich Frieden mit der neuen Situation schließen könnte.

Ich hörte das laute Brummen der Lkws vor der Tür und bevor ich zu meinen Eltern zurücklief, spähte ich ein letztes Mal durch das schräge ungeputzte Fenster. Wieder sah ich drüben am Fenster die Alte stehen, die Gardine ein wenig zur Seite haltend. Nun konnte ich auch Einzelheiten an ihr erkennen: den skeptischen, ja beinahe stechenden Blick, die bestimmt fünfzig Jahre alte schwarze Brille auf ihrer Nase. Ich meinte sogar, dunkle Augen dahinter zu erkennen und erschauderte.

Das Quietschen schwerer Bremsen riss mich aus meinem Staunen heraus. Schnell und auch erleichtert löste ich meinen Blick von diesen fremden Augen. Augen wie von grauem Star gezeichnet, als läge ein feiner Schleier zwischen ihnen und der Welt außerhalb ihres grünen Hauses. Ich verließ mein Zimmer und stand am oberen Treppenabsatz. Einer der Möbelpacker kam auf mich zu. Genau genommen sah ich nur seine Beine, die unter der Last auf der steilen Treppe einzuknicken drohten. Mit einem schweren Möbelstück auf dem Arm hielt er direkt auf mich zu, ohne seinen Schritt zu verlangsamen. In letzter Sekunde drückte ich mich gegen die Wand und ließ ihn vorbei. Er schnaufte und ächzte und als er über eine Bodenwelle des alten roten Teppichs zu stolpern drohte, stieß er wilde Flüche aus, von denen er glaubte, dass sie niemand gehört hätte. Gerade war der erste wie ein Bulldozer im Schlafzimmer meiner Eltern verschwunden, da polterte auch schon der zweite die Treppe hinauf. Dieser jedoch sah mich ganz genau. Er fixierte mich mit den Augen unter den buschigen Brauen, als wollte er mir zu verstehen geben, ihm besser aus dem Weg zu gehen. Zusätzlich raunte er mich an: „Besser, du suchst dir einen anderen Platz zum Spielen, Kindchen." Ja richtig, Kindchen sagte er, obwohl ich schon zwölf war. Ungeheuerlich, wie ich fand.

Langsam ging ich einige Schritte zurück und wich ihm aus. Obwohl ich ihn nicht mochte, musste ich mir eingestehen, dass er wohl recht hatte. Doch wohin sollte ich fliehen? Ich hätte in den Garten gehen können, doch ohne Purzel ...? Mein Zimmer war noch vollkommen leer und ungemütlich, ebenso das Gästezimmer und all die anderen Räume. Überall würde ich im Weg sein. Plötzlich fiel mir eine Tür auf, die ich bei meinem ersten flüchtigen Rundgang gar nicht bemerkt hatte. Sie war viel schmaler als die anderen Türen, ja vielleicht sogar halb so schmal, und besaß nur einen Riegel und keine Klinke. *Der dicke Möbelpacker würde da garantiert nicht durchpassen,* schoss es mir durch den Kopf. Ich öffnete diese sonderbare Tür und erwartete einen ganz normalen Raum dahinter. Umso mehr überraschte es mich, dass sich dort kein Zimmer im herkömmlichen Sinn verbarg, sondern nur eine abgetrennte Nische, die als Abstellkammer dienen könnte. Es roch nach abgestandener Luft. Ich hatte feine Staubschwaden aufgewirbelt, die nun an meinen Augen vorbei durch die Luft trieben, bevor sie sich wieder auf den Boden fallen ließen. Ich sah mich in wenigen Sekunden nach allen Seiten hin um und da war leider auch nichts, was meine Flucht vor den Eindringlingen begünstigt hätte, bis mein Blick auf eine verschlossene Luke an der Decke fiel. Eine Dachluke mit einer metallenen Öse an der Unterseite der hölzernen Klappe. Ich sah mich um und fand in der Ecke der kleinen Kammer eine rostige Eisenstange, die am Ende abgewinkelt war und genau in die Öse der Klappe zu passen schien. Sofort nahm ich die Stange, hob sie hoch und versuchte, das abgewinkelte Ende in die Öse zu schieben. Mit einiger Mühe gelang es mir. Ich rüttelte daran herum, dann zog ich, drehte daran. Eine knarrende Bewegung linksherum brachte den erhofften Erfolg. Die Verriegelung löste sich und die Klappe öffnete sich wie ein gieriger Schlund. Eine über zwei Scharniere eingeklappte Treppe hing daran und ich begriff den Mechanismus sofort: Ich stellte mich auf meine Zehenspitzen und erreichte gerade noch die unterste Sprosse, an der ich zog. Man konnte die Treppe nach unten entfalten, indem die einzelnen Stufen über verschiedene Gelenke miteinander verbunden waren. Ich legte die Stange beiseite und setzte meinen Fuß auf die unterste Stufe. Knatschend gab sie nach und durch mein Gewicht wurde die Treppe vollends auf den Boden gedrückt. Langsam und mit pochendem Herzen stieg ich hinauf, Stufe für Stufe. Ich wischte mir einige Strähnen aus dem Gesicht und nach kurzer Zeit schon konnte ich mich nicht sattsehen an diesem muffig riechenden, in weitere staubige Schwaden eingehüllten Dachboden. Als idealer Zufluchtsort lud er mich ein, jetzt und für alle Zeiten, in denen wir in diesem Haus wohnen sollten. Ich kroch über die oberste Stufe auf den Holzboden und sah mich begeistert um. Zugegeben, es war schmutzig und dämmerig. Ein kleines Dachfenster, mehr eine mit grünem Moos bedeckte quadratische Scheibe, ließ Licht wie aus einer anderen Welt hineinscheinen. Ich stand auf und konnte in der Mitte des Raumes gerade noch aufrecht stehen. Ich, die zwölfjährige Anna, konnte es und somit sonst niemand anderes. So sollte es bleiben, für immer und ewig, das schwor ich mir hoch und heilig. Ich vergaß, dass auch ich mit den Jahren noch wachsen würde.

Das Poltern der Umzugsmaschinerie war nur entfernt zu hören. Türen gingen auf und wurden wieder zugeschlagen, schweres Getrappel und Stimmengewirr wie: „Der Karton kommt nach oben, dieser bleibt unten … nein, nicht dorthin … Passen Sie auf, da sind Gläser drin."

Niemand schien mich zu vermissen, niemand rief nach mir. Man hatte mich vergessen und, so paradox es klingt, ich genoss diesen Aufenthalt im Niemandsland unter dem Dach des alten Hauses. Ich setzte mich im Schneidersitz auf den Boden und lehnte mich an die Wand. Zeitlos und unbeschwert im trüben grünlichen Schein eines Spätnachmittags. Da war nichts wirklich Attraktives, als ich mich umsah, nur ein räumliches Vakuum innerhalb eines abgesteckten Zeitfensters und doch … Es war *mein* Raum und *mein* Geheimnis.

Es fing zu regnen an und das Licht verlor an Helligkeit. Graue Hamburger Wolken verwandelten den Raum in eine Höhle, eine uneinnehmbare Festung gegen die Feinde aus der Erwachsenenwelt.

Ich ersann Pläne, wie man dieses „Zimmer" einrichten könne: kuschelige Decken, ein kleines Tischchen vielleicht, eine Lampe und viel Ruhe zum Nachdenken, zum Träumen, zum Trauern. Meine Großmutter schaukelte in meinen Gedanken in ihrer Hollywoodschaukel, neben ihr ein kleines rothaariges Mädchen mit vielen Sommersprossen und türkisblauer Zunge und einem Langhaardackel im Arm. Keine Ahnung, wer dieses Mädchen war - ich war es jedenfalls nicht. Schade.

Schniefend wischte ich mir die Tränen aus den Augen, nicht verstohlen wie am Morgen, sondern ungehemmt und ehrlich.

Eine tiefe Traurigkeit machte sich in mir breit, bis der prasselnde Regen auf dem kleinen Dachfenster plötzlich verstummte und zwei dicke Wolken auseinanderstoben. Ein dünner, aber intensiver Lichtstrahl fiel auf die staubigen Holzbohlen. Erst sah ich nur beiläufig hin, dann etwas genauer. Dort lag etwas, das ich, als ich die Kammer betrat, nicht gesehen hatte. Eigenartig war es mir schon zumute, denn ich hatte den Raum genauestens inspiziert und ein Brief, wenn auch nur in einem ungebleichten grauen Umschlag, wäre mir ganz sicher als Erstes aufgefallen. Ich begab mich mit Schwung aus meinem Schneidersitz auf die Knie und kroch langsam auf den Briefumschlag zu. Noch immer strahlte die Sonne gebündelt wie aus einer Taschenlampe darauf und so nahm ich den Brief in meine Hand. Der Umschlag war rau, fühlte sich irgendwie alt an. Auf der Vorderseite stand: *Für Anna.* Ein Brief für mich? Ich konnte es nicht fassen! Ich drehte ihn um, meine Finger zitterten leicht und wurden feucht. Er war nicht zugeklebt, sondern nur ineinandergesteckt. Normalerweise hätte ich nicht eine Sekunde lang gezaudert, ihn aufzureißen, doch bei diesem Brief war es anders. Mir war, als hielte ich etwas ganz Besonderes in der Hand, etwas ganz Wichtiges, nichts Alltägliches. Doch dann fasste ich Mut. Ich war entschlossen, der Sache auf den Grund zu gehen. Ich drückte schon meinen Fingernagel zwischen eine kleine Ritze des Umschlags, da lugte der Kopf meines Vaters über die oberste Stufe der Trittleiter. Mit einem breiten Grinsen sah er mich direkt an, ohne Vorwurf und ohne Fragen. Er verstand mich auch, ohne zu fragen, und streckte mir seine Hand entgegen.

„Sind sie endlich weg?“, fragte ich ihn.

Mein Vater nickte. „Schau dir mal dein Zimmer an“, ermunterte er mich. „Du musst dir doch ansehen, wie wir deine Möbel gestellt haben. Komm doch mal mit, Schatz.“

Mein Vater hatte den Brief in meiner Linken nicht bemerkt. Ich knickte ihn, steckte ihn schnell in die Hosentasche und folgte meinem Vater nach unten. Mit einem lauten Ruck schob er die Treppe nach oben und die Klappe verschloss sich wieder.

Neue Gedanken nahmen mich ein. Wohin mit dem Bett, der Kommode? Wohin mit all den Kartons, den Taschen und dem ganzen Krempel?

Der restliche Tag und Abend war vollständig vom Auspacken und Umräumen eingenommen, vom Suchen und teilweise Finden. Es war wie das Abstecken eines Reviers. Jeder suchte seinen Platz in dieser fremden Umgebung. Jeder Mensch hat seinen Platz in dieser Welt, doch meistens ist er nicht gleich offensichtlich. Er will erst mühsam gesucht werden.

„Ich weiß nicht, wo meine Zahnbürste ist, Mama. Habe ich meinen Schlafanzug in *deinem* Koffer? So ging es hin und her und nachdem wir uns müde und frustriert vom Nicht-Finden am Küchentisch trafen und an dem einzigen Ort ausruhten, der bewohnte, wenn auch nicht eigene Behaglichkeit ausstrahlte, kehrte ein wenig Frieden ein. Was hatte es für einen Sinn, zu hadern und zu zetern? Der Umzug war vollzogen, Altes zurückgelassen und Neues noch nicht vertraut. Ich fühlte mich wie in einem Schiffshebewerk: Die Schleuse hinter mir war bereits verschlossen und die vor mir noch nicht geöffnet. Der Wasserpegel stieg zwar langsam, doch an eine Weiterfahrt war noch nicht zu denken. Ich war eingesperrt in diesem Vakuum, ohne sehen zu können, wie es hinter der Schleuse weitergehen würde. Auch meinen Eltern spürte ich ab, wie hilflos sie sich fühlten, wie wenig Kraft noch übrig blieb, um mich zu trösten, meinen Schmerz zu lindern. Meine Bedürfnisse mussten hintenanstehen, bis mir der Brief wieder einfiel. Eine willkommene Ablenkung. „Ich geh schlafen", sagte ich schnell. „Ich bin müde und möchte noch etwas lesen." Vater und Mutter nickten kurz. Sie waren vollkommen erschöpft. Ich ließ mich von ihnen in den Arm nehmen und mir einen flüchtigen Kuss geben. Dann lief ich ins obere Stockwerk in mein Zimmer. Meine Jeans hatte ich bereits durch mein Nachthemd eingetauscht und so fand ich schnell den zerknüllten Brief in der Hosentasche.

Neugierig öffnete ich ihn und nahm ein kleines Blatt heraus.

Kapitel drei

Briefe eines Unbekannten

Liebe Anna,

herzlich willkommen in deinem neuen Zuhause.
Ich hoffe, es gelingt dir, dich schnell einzuleben.

G.

Ich schüttelte ungläubig den Kopf. *Was soll das nun bedeuten?* Alles hatte ich erwartet, nicht aber eine ominöse Botschaft. *Wer bitte ist G.? Wer weiß, dass ich hier bin? Wer wusste, dass ich diese Dachkammer finden würde? Was geht hier vor?*

Ich las diese wenigen Zeilen drei-, viermal, schüttelte wieder den Kopf und beschloss, den Brief in den Umschlag zurückzustecken. Verwirrt schlüpfte ich unter meine Bettdecke, Schutz und Geborgenheit suchend, und legte mich steif wie ein Brett auf den Rücken. Ich starrte an die frisch gestrichene weiße Zimmerdecke, sah mich noch einmal im Raum um, ob ich auch wirklich allein sei, und versuchte, diesen Brief einfach zu vergessen. Was es nicht geben kann, das gibt es auch nicht. So einfach ist das, wenn man jung ist. Wie konnte ich zu diesem Zeitpunkt auch ahnen, dass es nicht bei diesem einen Brief bleiben würde? Dass Briefe dieser Art mich wie ein treuer Freund auf Schritt und Tritt begleiten würden und dass ich den Absender „G." eines Tages persönlich kennenlernen würde? Doch wer sich hinter diesem Kürzel verbarg, blieb zunächst ein Geheimnis.

Am nächsten Morgen wachte ich erholt und bei guter Laune zwischen zerwühlten Kissen auf. Ich war voller Tatendrang, spürte neue Energie in mir aufkeimen und nahm mir vor, an diesem Tag diesem Raum meinen ureigenen Stempel aufzudrücken. Das bedeutete, alle Poster von Pferden und Popstars in ungleicher Verteilung zugunsten der Popstars an die Wände zu heften, ein wenig Unordnung und Chaos zu verbreiten und mich so schnell wie möglich an die neue Umgebung zu gewöhnen. Überzogene Betriebsamkeit hatte bei meinen Eltern schon oft funktioniert, wenn es darum ging, Unangenehmes schnell zu vergessen oder zumindest erfolgreich zu verdrängen. Warum also sollte es mir nicht auch auf diese Weise gelingen? Ich schlüpfte in meinen Morgenmantel, zog meine Hausschuhe an und hüpfte die Treppenstufen hinunter. Ich stürmte in die Küche, doch dort war niemand. Ich rief nach meinen Eltern, doch ich bekam keine Antwort. Ich flitzte ins Wohnzimmer hinüber, stiefelte über Kisten und Kartons, rief wieder und wieder und fand schließlich in der Küche einen Zettel mit einer Botschaft von meiner Mutter:

Guten Morgen lieber Schatz,

Papa ist schon zur Arbeit gefahren und ich bin einkaufen gegangen. Mach dir bitte das Croissant auf dem Toaster warm.

Bis später
Mama

Niemand da. Auch gut. Sogar noch besser. Dies gab mir Gelegenheit, ungehindert in dem neuen Haus ein wenig herumzustromern. Zunächst jedoch genoss ich den Duft des sich erwärmenden Croissants, tunkte es dann für jeden Happen in die Himbeermarmelade, die wir von zu Hause mitgebracht hatten, und versuchte, so lange wie möglich das Gefühl der Unbeschwertheit zu bewahren. Nur nicht an den nächsten Tag denken – den ersten Schultag. An den Weg in den richtigen Unterrichtsraum, den ich finden musste, und an all die neuen Lehrer und Mitschüler. Wie sollte ich mich verhalten? Fröhlich, nett und ein bisschen frech oder schüchtern und distanziert? Zumute war mir eher nach ängstlich und unsicher, doch ich entschied mich für Variante 1. Ich wollte meinem Nachnamen alle Ehre machen, die Herzen aller Mitschüler möglichst schnell für mich gewinnen, doch die Unsicherheit, ob mein Plan gelingen würde, blieb.

Ich schüttelte die beschwerenden Gedanken wieder ab, räumte Teller und Kakaotasse in die Spüle und entschied, mich anzuziehen. Ich warf das Nachthemd aufs Bett und streifte in Windeseile T-Shirt, Pulli und die Jeans über. Ich stopfte das T-Shirt in die Hose und ertastete darin den zusammengefalteten Brief vom Vorabend. Er machte zusätzlich mit einem hörbaren Knistern auf sich aufmerksam und erst jetzt erkannte ich, womit ich es hier zu tun hatte. Langsam zog ich den zerknüllten Brief aus meiner Hosentasche hervor und hielt meinen Blick auf ihn gerichtet. Plötzlich fiel mir alles wieder ein. Eine Botschaft von einem Herrn „G.". Einer, der mich willkommen hieß, obwohl er mich gar nicht kennen konnte und ich ihn erst recht nicht. Ich nahm den Brief nicht aus dem Umschlag heraus, sondern hielt ihn nur in meinen Händen.

Ich fühlte zwar nur den rauen, umweltfreundlichen Umschlag zwischen meinen Fingern, doch da war eigenartigerweise mehr als das. Ich konnte mich nicht entscheiden, ob ich mich unwohl fühlen oder ob ich das Ganze als aufregendes Spiel mitspielen sollte. Eigentlich hatte ich für mysteriöse Ereignisse nie etwas übrig. Sie waren so schwer greifbar, zu unklar und verschwommen. Ich hielt es lieber mit dem Einfachen, dem Sichtbaren. Klare Verhältnisse, das war meine Welt: Oma, Purzel, Eis, Musik und viel Spaß. Ein paar Freundinnen zum Spielen, einigermaßen gute Noten in der Schule und Mama und Papa, die sich und mich lieb hatten. Was braucht ein zwölfjähriges Mädchen sonst noch zum Glücklichsein?

Ich legte eine Musikkassette in den Rekorder ein, kam augenblicklich auf andere Gedanken und suchte einen leeren Schuhkarton. Hier hinein legte ich den Brief, nicht wissend und doch ahnend, dass noch weitere folgen sollten. Ich pfiff die Melodie, die ich hörte, mit und holte die Poster hervor.

Die erste Woche war vergangen. Eine lange, nicht enden wollende Woche. Ich saß in meinem Zimmer und heulte. Bittere Tränen kullerten meine Wangen hinunter. Natürlich hatte ich nicht gewusst, was mich erwarten würde, doch dass Menschen so grausam sein können, war mir bisher verborgen geblieben. Vielleicht hatte es daran gelegen, dass wir auf dem Land gelebt hatten, in einem friedlichen, beinahe verschlafenen Nest, wo sich ältere Frauen mit Kopftüchern über den Lockenwicklern und Schürzen um die Hüften an jeder Straßenecke trafen und einen kleinen Schwatz miteinander hielten. Sie stellten dann die Einkaufstüten, die an den Handgelenken baumelten, zwischen die Beine und genossen den Austausch unwichtiger Informationen. Wichtig daran war einzig und allein, dass man einander hatte und sich mochte. Der Klatsch und Tratsch, den man sich gegenseitig mitteilte, diente nur der Vertiefung der Lebensfreude.

Die Erfahrungen in der neuen Schule entsprachen wohl denen einer Großstadt und trieben mir die Tränen in die Augen. Einer unpersönlichen, grausamen, herzlosen Großstadt. So kam es mir jedenfalls vor.

Mein Vater hatte mich am ersten Schultag vor der Schule abgesetzt. Kopf hoch, das wird schon, hatte er gesagt. Er gab mir noch einen schnellen Kuss und war in Gedanken schon wieder in seiner neuen Firma verschwunden. Ich ging mit weichen Knien die Stufen zum Hauptgebäude empor. Eine fiebernde Suche durch Flure und Etagen der Schule wie in einem Irrgarten brachte mich fast zum Wahnsinn. Schließlich fragte ich einen Mann mit einem blauen Kittel und einem Zollstock in der Seitentasche. Es war der Hausmeister und er hatte so viel Mitleid mit mir, dass er mich direkt vor der Klassentür absetzte. Trotzdem kam ich genau sieben Minuten zu spät. Ich klopfte zaghaft, trat viel zu entschlossen ein und blickte in fünfunddreißig neugierige Kindergesichter und zwei verärgert zusammengekniffene Lehrerinnenaugen hinter einer altmodischen Brille mit weißem Gestell. Nach einem geduckten *Guten Morgen* versuchte ich ihr zu erklären, warum ich zu spät war, doch jede weitere Erklärung verzögerte den Verlauf des Unterrichts nur noch mehr und das ließ sie mich unmissverständlich spüren. Sie deutete mit gekrümmtem Zeigefinger in fahriger Bewegung auf einen freien Platz in der letzten Reihe und während ich den schweren Gang dorthin antrat, drehten sich alle Köpfe nach mir um, tuschelnd, kichernd, hänselnd. Es war ein warmer Spätsommertag, doch aus diesem Grund allein war ich nicht pitschnass geschwitzt. Mein blasses Gesicht muss rot wie eine Mohnblume aus unserem alten Garten gewesen sein. Ich fühlte das hitzige Pochen in den Adern an den beiden Seiten meines Halses.

In den folgenden Stunden verschwand mein Unwohlsein nur sehr zögernd. Schnell hatte ich verschiedene, überwiegend bösartige Spitznamen wie Landpomeranze oder Pippi Langstrumpf bekommen, wegen meiner Sommersprossen und der Zöpfe, die ich mir am Morgen dummerweise gemacht hatte. Ich musste mir Spotttiraden anhören, wie langweilig es in einem kleinen Dorf zugehen müsse und dass ich doch nun froh sein könne, endlich in der Großstadt gelandet zu sein. Anna Lena Fröhlich bekam gar keine Gelegenheit zum Fröhlichsein.

Ich war in ihre Welt eingedrungen, in die Welt einer eingeschworenen Gemeinschaft, in der es keinen Platz für mich zu geben schien.

Diese erste Woche war eine einzige Katastrophe und Schmerz und Einsamkeit wurden in diesen Tagen meine lästigen Begleiter. Und so saß ich nun in meinem Zimmer auf meinem Bett und wusste mir nicht anders zu helfen als hemmungslos draufloszuflennen.

Ich hatte die Knie an meinen Körper herangezogen und mein Kopf ruhte schniefend darauf. Mein Blick fiel auf strahlende Gesichter jugendlicher Sänger und Gitarristen, Helden einer ganzen Generation, Symbole überschäumender Lebensfreude und Energie. Doch es half mir nicht, sie anzuschauen. Im Gegenteil. Nicht ein einziger Funke ihrer leblosen Freude wollte auf mich überspringen und mir Hoffnung geben.

Ich fühlte mich verraten und im Stich gelassen, bis mir wieder jener seltsame Brief einfiel. Sogleich sprang ich vom Bett und eilte zum Regal, in dem der alte Schuhkarton stand. Ich nahm den Umschlag hervor, zog den Brief heraus und las die an mich persönlich gerichteten Zeilen zum wiederholten Male. Plötzlich schoss ein Gedanke in meinen Kopf, der mein Herz schneller schlagen ließ. Was wäre, wenn schon wieder ein Brief …? Ich ging leise aus meinem Zimmer heraus und schlich in den dunklen Verschlag hinter der schmalen Tür. Ich hakte die Stange in die Öse ein und nun gelang es mir mühelos, die Klappe zu öffnen und die Treppe nach unten zu ziehen. Behutsam stieg ich die steilen Stufen hinauf. Es war schon spät und trotz der hellen Abendstunden konnte ich zunächst gar nichts sehen. Ich stieg die Treppe ganz hoch, erklomm die letzte Stufe zum Dachboden und sah mich um. Nein, da war kein Brief zu sehen. Ganz deutlich sah ich, dass dort *kein* Brief lag, und zu meiner Überraschung erfasste ich diese Tatsache mit Bedauern. Ich schritt durch den niedrigen Raum, sah mich ein wenig um und drehte mich dann langsam wieder um. Gerade, als ich frustriert den Rückweg zu meinem Zimmer antreten wollte, sah ich ihn. Gleich neben der Einstiegsluke lag genau derselbe graue, beinahe hässliche Briefumschlag. Eigentlich kein typischer Brief, den man an halbwüchsige Teenies verschicken würde, schmucklos, ohne Blümchenaufkleber oder Herzchen, wie wir Mädchen sie für unsere Brieffreunde benutzten. Nun pochte mein Herz ziemlich heftig und ich muss gestehen, ich freute mich. Warum auch immer, es war kaum zu verstehen. Und vor allen Dingen: Wie war dieser Brief in der kurzen

Zeit, in der ich der Luke meinen Rücken zugekehrt hatte, dorthin gelangt? Ich hatte niemanden gehört, der die Stufen emporgeklettert kam und durch die geschlossene Dachluke konnte er ja wohl auch schlecht gelangen. Also, wie um alles in der Welt schaffte es dieser sonderbare G., seine Briefe in das Haus zu schmuggeln? Geheimnisvoll, mysteriös, unheimlich, ja, das alles war es wohl, aber auch aufregend und spannend zugleich. Langsam bückte ich mich, sah mich noch einmal in dem schummerigen Raum um und hob dann den Brief auf, der mir schwer in der Hand lag. Ich wusste ja nicht, was drinstand, doch ich ahnte, dass er eben von jenem Herrn G. stammen müsste, und war gespannt, was er mir diesmal zu sagen hatte.

Ich versteckte den Brief in der hinteren Hosentasche und stolperte die Stufen nach unten. Schnell schob ich die steile Treppe zurück und verschloss die Klappe. Noch immer war von unten kein Mucks zu hören, denn meine Eltern sahen fern.

Ich ging in mein Zimmer, schloss die Tür hinter mir und fand alles furchtbar abenteuerlich. Normalerweise hätte ich Angst empfinden müssen, etwas gruselig war es ja auch tatsächlich, doch ich spürte nichts dergleichen, nur mit großer Erwartung verbundene Freude, sonst nichts. Wieder war der Umschlag nicht verklebt, ließ sich leicht öffnen und beherbergte ein einfaches DIN-A5-Blatt, das einmal in der Mitte geknickt war. Ich überflog erst die vier Zeilen, dann las ich es wieder und wieder. Dort stand:

Liebe Anna,

habe keine Angst! Nicht vor dem Leben und nicht vor mir. Ich bin jeden Tag vom Morgen bis zum Abend bei dir und gebe auf dich acht.

G.

Ich zog meine Stirn in Falten und hielt den Brief in meinen zittrigen Händen. Das wurde mir dann doch plötzlich zu viel. Zu viele Rätsel sind auch nicht gut. Was sollte das nun heißen? Er sei *vom Morgen bis zum Abend bei mir.* Wo denn genau? In meiner Nähe? Im Nachbarhaus? Vielleicht hielt ich einen Brief von der Alten in den Händen, doch wie um alles in der Welt sollte sie …?

Ich beschloss, mein bisher gehütetes Geheimnis meinen Eltern mitzuteilen. Ob aus Angst vor einem unbekannten Fremden oder vor Freude oder aus purem Mitteilungsbedürfnis - ich konnte meine Motive selbst nicht so schnell analysieren und es war mir auch egal. Ich rannte die Treppe hinunter und stürmte ins Wohnzimmer. Mama und Papa saßen auf der Couch und sahen einen spannenden Krimi. „Seht nur, was ich auf dem Dachboden gefunden habe." Ich wedelte mit dem Brief vor ihren Augen herum, doch sie reckten die Hälse daran vorbei. „Es ist schon der zweite", fügte ich hinzu, doch ein lautes „Pssst, Kind" brachte meinen Redeschwall zum Erliegen. Ich ließ meine Schultern hängen und verließ schmollend den Raum. Wütend knallte ich meine Zimmertür hinter mir zu, nahm den Brief hervor und setzte mich an meinen Schreibtisch. Ich zappelte und wippte auf meinem Stuhl hin und her, stand unschlüssig wieder auf und ging zum Fenster. Dann plötzlich hielt ich inne und sah sie. Die alte Frau stand genau gegenüber im hell erleuchteten Fensterrahmen und schaute zu mir herüber. Mit der rechten Hand hielt sie die Gardine zur Seite. Die linke war leicht erhoben, wie zum Gruß, und ich sah genau hin … sie winkte mir, ganz leicht und zaghaft, und ein feines, mit nur einem Mundwinkel vollzogenes Grinsen ließ sie harmlos und friedlich, sogar freundschaftlich erscheinen.

Warum ich das getan habe, weiß ich bis heute nicht, aber ich erwiderte ihren Gruß mit der Hand, in der ich den Brief von G. hielt. Ich dachte wieder an die vage Vermutung, dass sie vielleicht ihre Finger im Spiel haben könnte, verwarf diesen absurden Gedanken jedoch so schnell, wie er gekommen war.

Ich legte mich auf mein Bett und starrte an die Decke. Ich

hatte mal herausgefunden, dass es sich im Liegen besser denken lässt, und so fand man mich meistens, wann immer ein Problem mit dem Kopf zu lösen sein musste, mit Turnschuhen an den Füßen und hinterm Kopf verschränkten Armen dösend auf dem Bett liegend. Dass ich dabei ziemlich oft einschlief, tat der Sache keinen Abbruch, denn erfrischt und ausgeruht denkt es sich doppelt gut.

Also begann ich, die Sache von verschiedenen Seiten zu beleuchten:

Frage Nummer eins: Wer ist G.? Ist G. ein Vorname wie Günther, Gerd, Gerhard, Gabriel oder Gustav? Es könnte ja auch eine Frau sein wie Gertrud, Gerlinde, Gabriele oder Gisela. Oder unterschreibt er oder sie mit dem Anfangsbuchstaben seines oder ihres Nachnamens? *Morgen werde ich im örtlichen Telefonbuch nachschauen und auf dem Klingelschild der Nachbarin nachsehen,* schoss es mir durch den Kopf.

Frage Nummer zwei: Ist er oder sie harmlos oder ein Verrückter, der mir Angst einjagen will? Sagt er oder sie doch, ich solle keine Angst vor ihm oder ihr haben. Na ja, sagen kann man ja viel.

Frage Nummer drei: Wie kommen die Briefe auf den Dachboden? Schiebt er oder sie sie irgendwo durch einen dünnen Schlitz zwischen Ziegeln und Holzsparren hindurch oder gleiten sie durch einen winzigen Fensterspalt, bis sie langsam segelnd auf dem Dielenboden gelandet sind? Müsste er oder sie nicht dafür aufs Dach klettern und Spuren hinterlassen? Würde man so etwas nicht hören müssen? Und warum habe ich von alldem nichts gemerkt, obwohl ich zur selben Zeit im Raum war?

Eine Taschenlampe! Wo war nur meine Taschenlampe? Ich sprang wie eine Katze mit Händen und Füßen gleichzeitig vom Bett auf und wühlte in Kisten und Schubladen herum. Dann fand ich sie. Ich drückte den kleinen Schalter hoch und freute mich über einen kräftigen Lichtstrahl, den ich mit einer Drehung am Kopf der Lampe noch bündeln konnte. Leise schlich ich aus meinem Zimmer und kletterte erneut in die staubige Dachkammer hinauf. Irgendwo musste es doch des Rätsels Lösung geben! Ich leuchtete jeden Millimeter des Bodens ab, jedes Spinnennetz wurde aufs Genaueste untersucht, doch alle Wände waren dicht und nicht die kleinste Ritze im Boden ließ das Geheimnis erklären. Plötzlich schoss ein gewaltiger und völlig abwegiger Gedanke in meinen Kopf, der mir glühend heiß die Wangen erhitzte. Also, ich dachte mir Folgendes: *Herr oder Frau G. hat mir zwar keine Frage gestellt. Eigentlich hat er oder sie die Dinge nur so dahingesagt, aber wie wäre es ..., also ich meine, wenn es bei ihm oder ihr funktioniert ...* Nun, ich dachte, dass es vielleicht an diesem mysteriösen Dachboden lag, der eine Art Schleuse ins Unsichtbare sein mochte. Briefe rein und wieder raus! Im Klartext: Ich beschloss, die Briefe zu beantworten. Ja, das war der Gedanke, der mich nicht mehr losließ. Doch musste es dasselbe schmucklose Papier sein und die gleichen langweiligen Umschläge oder würde es auch mit meinem Blümchenpapier klappen? Dürften es auch mehrere Seiten sein oder müsste der Brief genauso schwer sein wie seiner oder ihrer? Eigentlich war es mucksmäuschenstill auf dem Dachboden - am lautesten waren meine Gedanken. Ich stieg die Stufen schnell herunter, ging in mein Zimmer und setzte mich an meinen Schreibtisch. In der obersten Schublade lag obenauf mein Briefpapier, das gute von Omi zum letzten Geburtstag. Doch wie fängt man einen Brief an einen unbekannten G. an? Ich steckte das Ende des Bleistifts in den Mund und sah mich im Raum um, als wären dort die Antworten auf mein Problem an die Wand geschrieben. Dann setzte ich vertrauensvoll den Stift aufs Papier und wartete auf eine Eingebung. Es kam aber keine, denn das Problem war, dass ich mich zu sehr verkrampfte, eine Rolle spielen wollte und dadurch unecht wirkte. Nein, es konnte nur funktionieren, wenn ich wirklich ich bliebe! Also schrieb ich genau so, wie mir der Schnabel gewachsen war. Das sagte meine Oma schon immer: Man solle sich nicht verstellen und so reden, wie einem der besagte Schnabel gewachsen sei.

Hallo G.,

vielen Dank für Ihre beiden Briefe. Find ich eigentlich ja ganz toll, dass mir schon kurz nach dem Einzug in unser neues Haus jemand schreibt, aber warum können Sie nicht Ihren Namen ausschreiben? Und wieso landen die Briefe immer auf dem Dachboden und nicht wie alle anderen auch im Briefkasten? Können Sie sich keine Briefmarken leisten? Und überhaupt: Woher kennen Sie meinen Namen? Wie machen Sie bloß diesen Trick mit dem Dachboden?

Übrigens finde ich das ziemlich nett von Ihnen, dass Sie auf mich aufpassen wollen, aber wie stellen Sie das denn an, wenn ich Sie noch nicht einmal sehen kann? Und wie sehen Sie eigentlich aus? Ach ja, wer sind Sie überhaupt? Sind Sie ein Herr oder eine Frau G.?
Schicken Sie doch mal ein Bild von sich mit.
Soweit erst mal.

Viele Grüße
Anna

PS: Ich werd Mama und Papa noch nichts verraten. Ich hab's versucht, aber die interessieren sich nicht für so was.

Ich steckte den Brief in einen Umschlag, schrieb „Für G." darauf und verschloss ihn, ohne ihn zu verkleben. So wie es der Absender auch immer machte. Dann rannte ich so schnell ich konnte nach oben und legte den Brief genau auf die Stelle, wo ich die beiden anderen gefunden hatte. Ich rutschte einen Meter weiter weg, lehnte mich im Schneidersitz an die Wand und wartete.

Kapitel vier

Viele Fragen

Ich weiß nicht, wie lange ich dort saß, doch es passierte rein gar nichts. Eine Menge verrückter Fantasien gingen mir durch den Kopf, doch nichts dergleichen traf ein. Keine Hand, die durch die Wand glitt und sich den Brief schnappte. Auch wurde der Brief nicht vom Dielenboden förmlich aufgesaugt oder verschluckt und so Herrn oder Frau G. auf sonderbare Weise zugeführt. Kein noch so feiner Luftzug wehte durch die Ritzen des Fensters hindurch. Es war dunkel und regnerisch und ich war müde und frustriert. Nachdem ich mindestens hundertmal gegähnt hatte, sagte ich mir, Günther oder Gisela oder wie immer der Schreiber der Briefe auch heißen mochte würde wahrscheinlich auch schon schlafen. Also trollte ich mich und legte mich ins Bett. Den Brief ließ ich vorsichtshalber dort oben liegen, falls es sich der ominöse Absender doch noch überlegen sollte, mitten in der Nacht Post bekommen zu wollen.

Der Wecker klingelte genauso unbarmherzig wie an jedem anderen Morgen, doch ich war augenblicklich hellwach und stieg, noch im Nachthemd, die Stufen zum Dachboden hinauf.

Ich schüttelte meinen Kopf und traute meinen Augen nicht. Mist! Mein Brief an diesen ominösen G. lag immer noch da. Keinen Millimeter hatte er sich von der Stelle bewegt. Wie konnte ich nur auf eine so blöde Idee kommen? Zu viel Science Fiction gelesen oder Raumschiff Enterprise gesehen. Von wegen Briefe hochbeamen und so ein Quatsch. Es regnete immer noch oder schon wieder und so gab es keinen Grund, warum sich meine schlechte Laune vom Vorabend hätte bessern sollen. Missmutig zog ich mich an, frühstückte schweigend und trottete, den Regenschirm über meine roten Locken haltend, zu jenem Bus, der mich einem weiteren, schier unerträglichen Schultag ausliefern würde.

Als ich gegen Mittag wieder zu Hause ankam, ging ich, einen Vorwand suchend, als Erstes nach oben, stieg sogleich die steilen Stufen zum Boden hinauf und noch während meine Augen die oberste Kante überragten, erfassten sie, was ich mir sehnlichst gewünscht hatte: Mein Brief an Gustav oder Gertrud war weg. Ich stand noch auf den Sprossen der Leiter und sah mich im Raum um, ob vielleicht ein Windzug den Brief erfasst und fortgetragen hatte, doch ich konnte ihn nirgends finden. Dann eilte ich zurück in die Küche und folgte den wiederholten Rufen meiner Mutter.

„Was gab es denn noch so Dringendes zu erledigen? Du lässt doch sonst nicht dein Lieblingsessen so lange auf dich warten!"

Meine Mutter war wirklich toll in jenen Tagen. Sie kämpfte den aussichtslosen Kampf, das Haus in möglichst kurzer Zeit bewohnbar zu machen. Die aufzuhängenden Bilder standen noch an eine Wand gelehnt, die Kartons versperrten den Weg in den Keller und die nackten Glühbirnen hingen trostlos wie Erhängte von der Decke. Mein Vater hatte zu all dem nichts zu sagen. Man hätte meinen können, er sei nur Gast in einer Pension oder Untermieter, manchmal auch Vater und Ehemann, aber dies eher nur selten bis fast nie. Mein Job, mein Job, mein Job. Wir hörten von nichts anderem als immer nur „mein Job" und man konnte es ja auch verstehen, dass er alles tat, um seinen Chef in allen Punkten zufriedenzustellen. Auch am Wochenende und bis spät abends. Dass er eine Familie hatte, schlummerte mahnend im Hinterkopf.

„Du hast nicht zufällig den Dachboden gesaugt, gewischt oder sonst irgendwie gereinigt, hmm?", fragte ich scheinheilig. Meine Mutter legte drei Hackfleischbällchen, Blumenkohl mit heller Soße und Kartoffeln auf meinen Teller. Dabei sah sie mich fragend an. „Nö, eigentlich nicht. Warum? Hätte ich sollen?"

Ich schüttelte beinahe beiläufig den Kopf, während ich einen Happen von einer Seite zur anderen über die Zunge rollen ließ. „Nein, nein. Ist schon gut. Er gefällt mir gut so, wie er ist.“ Ich machte eine kleine Pause und verschlang meine Hackbällchen, die ich über alles liebte. „Also, du warst nicht oben?“, hakte ich zur Sicherheit noch einmal nach, sah sie aber nicht an.

„Nein, war ich nicht, Kind“, erwiderte sie fast verärgert. „Der Dachboden steht auf meiner Liste für unerledigte Dinge sicher nicht ganz oben. Das kannst du mir glauben.“ Sie zog den weißen Küchenstuhl zurück und setzte sich zu mir. Dann stützte sie ihren Kopf auf die Hände auf und stieß einen klagenden Seufzer aus. In diesem Moment spürte ich ihre Einsamkeit und Hilflosigkeit, in der sie sich befand. Sie kümmerte sich um alles, doch niemand kümmerte sich um sie. Papa war mit sich und der Firma beschäftigt und ich rang mit ekeligen Lehrern und Schülern. Zudem hatte sich ein mir gänzlich unbekannter Brieffreund in mein Leben gedrängt. Sie hatte es mir nie gesagt, aber eines spürte ich ganz genau: Meine Mutter litt wie ein Hund, aus ihrem alten Zuhause ausgezogen und in dieses ihr fremde und noch lange nicht gemütliche Haus eingezogen zu sein. Keine Freundinnen weit und breit. Links von uns ein Haus, das gerade umgebaut wurde und daher leerstehend war, und rechts von uns eine sonderbare olle Zicke, die sich von früh bis spät ihre Nase an der Scheibe plattdrückte. Keine Ermutigung weit und breit. Was hätte ich in solch einem Moment schon groß für sie tun können? Also streckte ich ihr meine Hand entgegen und hielt sie ihr hin. Sogleich umfing ihre warme mütterliche Hand meine dünnen, grätigen Knochen und hielt sie ganz fest.

Nach dem Essen half ich meiner Mutter beim Auspacken eines Kartons. Ich wischte die Glasböden der Vitrine, an die ich herankam, sauber und stellte, fein säuberlich, die teuren Kristallgläser von Oma dort hinein. Alles geschah schweigsam. Trotz der Not meiner Mutter dachte ich an G. Ich hatte ihm oder ihr einige

Fragen gestellt und wie ich die Sache einschätzte, würde der Schreiber dieser Briefe antworten. Nur wann, wusste ich nicht und - gab es eine Möglichkeit, die Antwort zu beschleunigen? *Zu welchem Zeitpunkt verschwinden und erscheinen die Briefe? Bei schönem Wetter oder nur, wenn es regnet? Was findet G. an Regen so toll oder liebt er theatralische Auftritte?* Wie sollte ich also gleichzeitig mit meiner Mutter sprechen und diesen Gedanken nachhängen? Ich hörte sie zwar irgendetwas murmeln, doch es drang nur an die Außenseite meiner Ohren und nicht hinein. *Wie lange würde er/sie für das Lesen meines Briefes brauchen und wie lange, um einen neuen zu verfassen?*

Ich ließ alles stehen und liegen und rannte wie auf unsichtbaren Befehl aus dem Wohnzimmer heraus. Ich musste die Stufen hoch und nachschauen! Nein, schade, nichts Neues von ihm. Also die Stufen wieder runter und weitere Gläser von ihrem Zeitungspapier befreien. Ich hielt sie gegen das Licht und bewunderte die Farben, die sich in den Prismen bildeten. Das waren Omas Lieblingsgläser, in denen sie ihren rosa halbtrockenen Weißherbst kredenzte. Sie war keine großartige Weinkennerin. Eigentlich gab es nur die eine Sorte in ihrem Leben, doch wenn sie diese aus besagten Gläsern kostete, tat sie so, als hätte sie einen besonders edlen und teuren Bordeaux eingeschenkt. Sie ließ den ersten Schluck fachmännisch auf der Zunge hin und her gleiten, schlürfte dann ein wenig, um ihn mit Sauerstoff anzureichern, und schluckte ihn dann begeistert hinunter. Dass sich ein einfacher Weißherbst bei noch so viel Sauerstoff trotzdem nicht verbessert, wusste sie nicht. Doch wie man so tut als ob, das hatte sie mal im Fernsehen gesehen und fortan beschlossen, es auch so zu machen. Ein Ritual, das ich als Kind nie kapiert hatte, aber heute, nach so langer Zeit, muss ich bei jedem Glas Wein, das ich am liebsten aus ihren Gläsern trinke, schmunzeln.

Meine Mutter war für meine Gesellschaft und Unterstützung dankbar gewesen, selbst wenn ich stumm wie ein Fisch war und sie eigentlich nur mit dem Kühlschrank gesprochen hatte. Ich verdrückte mich in mein Zimmer, machte Musik von den Beatles an und legte mich auf mein Bett. Zeit zum Träumen und Alleinsein. Die Hausaufgaben mussten noch ein wenig warten.

Kapitel fünf

Bruno

Der nächste Tag brachte eine erfreuliche Überraschung. Wie üblich wurde ich von meinen Mitschülerinnen aufs Übelste aufgezogen. Es war kurz vor Unterrichtsbeginn und wir warteten auf unsere Englischlehrerin, Frau Hagemann. Ich weiß gar nicht mehr genau, worum es im Einzelnen ging, wenn sie mich ärgerten. Es war sowieso immer dasselbe Thema: meine Haare, meine Sommersprossen, mein Dies und mein Das. Warum sie mich nicht mochten, war mir völlig schleierhaft. Was war nur an mir, mich so behandeln zu müssen? Ich hoffte stets, dass dies die übliche Anfangsphase in einer neuen Klasse sei, die irgendwann vorbei sein würde, und dass danach alles seinen gewohnten, unbeschwerten Gang gehen würde.

An diesem Tag also richteten sie all ihre Ablehnung gegen mich und zeterten, was das Zeug hielt. Ich kannte das Repertoire ihres Spottes in- und auswendig und somit hörte ich, obwohl es mich quälte, nicht mehr hin. Doch diesmal, als ich zu meiner Bank in der letzten Reihe gehen wollte, probierten sie etwas Neues. Sie fragten sich vielleicht: Ab wann fängt die Neue an zu heulen? Dann schubsten sie mich. Kräftig und voller Bosheit. Erst von der einen Seite, dann von der anderen. Ich wankte wie auf einem Schiff im Sturm, verlor fast den Halt, konnte kaum das Gleichgewicht halten. Grölen und Lachen begleitete ihr Treiben, bis Bruno sich einmischte. Eigentlich hatte ich bis zu diesem Tag keinerlei Notiz von Bruno genommen. Er war so unscheinbar und ruhig, dass ich ihn unter normalen Umständen wahrscheinlich nie bemerkt hätte. Doch an diesem Tag sollte nicht nur ich merken, dass es Bruno tatsächlich gab.

Bruno stand langsam von seinem Platz auf und schob den Stuhl, auf dem er gesessen hatte, kratzend nach hinten. Er drehte sich zu meinen Widersachern um und ballte die Fäuste. Er zitterte dabei ein wenig. Dann bellte er ganz laut in die Klasse hinein: „Jetzt hört doch endlich mal damit auf!“ Dann setzte er sich wieder und dachte darüber nach, ob das wirklich *er* gewesen war, der das gesagt hatte. Sich mutig gegen die ganze Klasse zu stellen, wäre normalerweise nie sein Ding gewesen, doch an diesem Tag war er über sich selbst hinausgewachsen. Nun saß er wieder an seinem Tisch, hatte die Hände ineinander verknotet, dass die Knöchel weiß hervortraten, und starrte geradeaus an die Tafel. Er tat so, als wäre gar nichts gewesen. Zumindest sollten das alle denken. Nur nicht rühren. Ich stand einen Meter von ihm entfernt und sah ihn verdutzt und doch dankbar an. Wie alle anderen übrigens auch. Alle dachten, was um alles in der Welt ist denn mit dem Bruno passiert? Und das Erstaunlichste war: Niemand fasste mich mehr an, keiner in der ganzen Klasse sagte einen Ton, nicht einmal gegen Bruno. Für einen sehr langen Augenblick stand die Zeit still. Wer mochte fassen, dass ausgerechnet Bruno für mich in die Bresche gesprungen war und mir geholfen hatte! Bruno Winkelmann hatte für einen kurzen Augenblick seine von Gott verliehene Autorität benutzt. Seine Fülle unterstützte die ganze Sache sehr wirkungsvoll. Ich schritt beinahe erhaben durch eine sich öffnende Gasse der Mädchen und Jungs zu meinem Platz hindurch, setzte mich und legte das breiteste Grinsen auf, das mit meiner Zahnspange möglich war.

Dieser Tag veränderte alles. Bruno Winkelmann, mein pummeliger Held mit der dicken Hornbrille.

Auf dem Nachhauseweg gingen Bruno und ich gemeinsam und sogar nebeneinander. Die anderen hatten kurz zuvor ihre Sprache wiedergefunden und schwelgten nun in lebhaften Fantasien. *Bruno liebt Anna*, kritzelten sie an die Tafel und lachten sich halb tot dabei. Es war mir ganz egal.

„Ich heiße Bruno“, begann er schüchtern. Wir waren bereits zehn Minuten unterwegs. Ich kicherte, denn ich kannte seinen

Namen ja längst. Bruno hatte eben nicht viel Übung im Umgang mit Mädchen und daher diese Kleinigkeit vergessen.

„Echt?", rief ich erstaunt.

„Ja, wieso? Ist was nicht in Ordnung mit dem Namen?"

Ich kicherte schon wieder. „Nö. Es ist nur - ich kannte mal einen Nachbarhund. 'N sabbernden Bernhardiner. Hieß auch Bruno. Deshalb musste ich lachen."

Bruno nickte, erwiderte aber nichts darauf. Also schwiegen wir wieder eine Weile und gingen im Gleichschritt nebeneinander her.

Klar, der Bruno - das war nun wirklich kein Junge, den man als Erstes angesprochen hätte, wenn es darum gegangen wäre, einen Begleiter für eine Party zu finden. Damals mit zwölf ja sowieso noch nicht, doch auch später nicht, als ich sechzehn war. Bruno hatte braunes, streng von links nach rechts gekämmtes, glänzendes Haar mit Schuppen darin. Er trug, wie ich schon andeutete, eine schwere Last an seinem Bauch und war mit einer dermaßen unmodischen Brille gestraft, die überdies so schwer war, dass er sich wegen ihr eine fürchterliche Macke angewöhnt hatte. Sie rutschte ihm immer von der Nase und anstatt dass er sie einfach mit einem behänden Griff wieder dicht vor die Augen geschoben hätte, versuchte er, diese Aufgabe umständlich nur mithilfe seiner Gesichtsmuskulatur zu erledigen. Man kann sich vorstellen, wie das aussah, wenn er die Nase nach rechts oben rümpfte und dabei die Augen zukniff. Ich habe nie begriffen, wie er das machte, aber das Verrückteste daran war, dass es ihm tatsächlich damit gelang, die Brille einigermaßen wieder in die Position zu rücken, dass er scharf gucken konnte. Bruno hatte keine dicken Muskeln an den Armen wie manch andere Jungs, aber dafür ein großes Herz und das habe ich an ihm bewundert, bis zum heutigen Tag.

Wir schlenderten den Weg entlang und es schien sogar die Sonne. Dann musste sich Bruno von mir verabschieden. Gesprochen hatten wir, wie ich schon sagte, auf diesem Weg nicht viel miteinander. Er ging durch ein quietschendes Gartentörchen und klingelte an seiner Haustür. Ich blieb wie angewurzelt stehen und war einfach nur neugierig. Seine Mutter öffnete ihm und als ich sie sah, musste ich so herzhaft losprusten, dass ich meine Hand vor den Mund nehmen musste, so peinlich war mir mein Gackern. Frau Winkelmann war das weibliche, ältere Abbild von Bruno, um die Hüften herum ein wenig mollig und die identische Brille auf der Nase. Ob sie sie ebenfalls mit mimischen Bewegungen der Muskulatur nach oben schob, konnte ich in der kurzen Zeit nicht entdecken.

Bruno wurde mein bester Freund und Familie Winkelmann mein zweites Zuhause.

Als ich zu Hause ankam, geschah etwas Seltsames. Ich befand mich auf der anderen Straßenseite von unserem Haus und wollte gerade hinübergehen. Über der ganzen Stadt oder zumindest über unserem Viertel hingen schon wieder dicke Wolken bedrohlich tief und schienen mit dem Abwerfen ihrer feuchten Ladung so lange zu warten, bis sie so viele Menschen wie möglich erwischen könnten. Sie schoben sich übereinander und ineinander und plusterten sich auf wie dicke, grauschwarze Wattebäusche. Doch gerade, als ich loslaufen wollte, passierte das Merkwürdige. Ausgerechnet über unserem Haus schien die Sonne, wenn auch nur in Form eines dünnen, aber intensiven Sonnenstrahls, der sich Bahn gebrochen und zwischen die Wolken gequetscht hatte. Ich stand mitten auf der unbelebten Straße und schaute auf das Dach und es schien, als zeige diese spitze Lanze aus Licht genau auf das winzigkleine, moosbedeckte Dachbodenfenster. Es dauerte eine Weile, bis ich endlich begriff: *Mein Dachbodenfenster!* Dann fiel der Groschen, der mich in überschäumende Erregung versetzte. Schnell rannte ich die Stufen hoch, schellte, flitzte an meiner erstaunten Mutter vorbei und rannte, noch mit dem hüpfenden Schulranzen auf dem Rücken, die Treppen hoch. Vor meinem Zimmer ließ ich ihn laut polternd fallen und kletterte ohne Verzögerung die steile Stiege hoch. Mein Herz pochte bis zum Hals und … ja – ein neuer, dem Wetter angepasster wolkenfarbiger Brief war angekommen.

In dem Moment, als ich zugreifen wollte, schellte das Telefon. Einen Augenblick hielt ich inne, horchte und wartete und dann rief mich meine Mutter. „Anna, Telefon." Ich ließ den Brief liegen, wo er war und stieg herab. Meine Mutter hielt die Muschel des Telefons zu. „Ein Bruno Winkelmann. Aus deiner Klasse?", fragte sie mit erhobenen Augenbrauen. Ich nickte stumm und nahm ihr den Hörer aus der Hand. Einerseits ärgerte ich mich über die Störung, andererseits schuldete ich Bruno meine Freundlichkeit.

„Ja, hallo?"

„Ich bin's, Bruno."

„Hi Bruno. Was gibt's?"

„Ich … ich hab vergessen, was wir in Mathe aufhaben. Nach der Geschichte mit dir …, na du weißt schon."

„Ja, das fand ich toll. Ohne dich …"

„Nee, lass mal. Ist schon gut. Nur hab ich mich danach nicht mehr so richtig konzentrieren können und hab dann Mathe …"

„Schon klar. Seite 16, Aufgabe drei und vier. Brauchst du auch die von Englisch?"

„Nee, die hab ich. Da war ich wieder voll da."

Ich grinste ins Telefon hinein. „Ich hab gerade ein bisschen wenig Zeit, aber vielleicht erzähle ich dir morgen mal was ziemlich Spannendes."

„Kannste mir das nicht jetzt erzählen?", drängelte er.

„Nee, geht nicht. Ich weiß noch nicht, was drinsteht." Bruno überlegte wohl, wie er diese Antwort interpretieren sollte, kam aber offensichtlich, da er schwieg, zu keinem Ergebnis. Zum Glück begnügte er sich einstweilen mit seinen Hausaufgaben. Ich legte das Telefon beiseite und stakste mit meinen dünnen Beinen wieder hoch. Graues Papier in umweltfreundlichem, grauem Umschlag. *Für Anna,* stand drauf, so wie immer. Plötzlich stand meine Mutter hinter mir und sprach mich an. Schnell verschwand der Brief in meiner Hosentasche.

„Du benimmst dich in letzter Zeit ziemlich eigenartig, mein Kind. Ich verstehe ja, dass alles neu für dich ist, die Schule und so, aber normal ist das trotzdem nicht." Ich nickte unschuldig und sagte erst einmal nichts. Doch da ich merkte, dass ihr das nicht genügte, versuchte ich, sie zu besänftigen. „Es ist nichts, Mama. Es ist alles in Ordnung. Ich habe heute einen netten Jungen kennengelernt. Bruno Winkelmann. Der Einzige, der in der Schule nicht auf mir rumhackt. 'N bisschen pummelig, aber sonst sehr nett. Er hatte vergessen, was wir in Mathe aufhaben." Dann nickte ich heftig, um zu signalisieren, dass sie jetzt gehen könne. Das tat sie dann auch, doch ihr Misstrauen blieb.

Kaum hatte sie den unteren Treppenabsatz erreicht, drehte ich mich auf dem Absatz wieder um und steckte den Kopf durch die Luke hindurch. Ich schwang mich auf die staubigen Bohlen, setzte mich in meine neue Leseecke und holte den Brief hervor.

Kapitel sechs

Träume und Wünsche

Liebe Anna,

vielen Dank für deinen Brief. Ich habe mich sehr darüber gefreut. Und viel gelacht habe ich auch. Nun zu deinen Fragen: Doch, ich könnte mir Briefmarken leisten, aber ich brauche sie nicht. Den Botendienst übernehmen meine eigenen Mitarbeiter. Sicherlich könnte ich die Briefe auch in den Briefkasten werfen lassen, doch so finde ich es spannender. Du doch auch, oder nicht?

Na und das mit dem Aufpassen – tja, das ist eine schwierige Geschichte. Ich passe nämlich nicht nur auf dich auf, sondern auch noch auf viele andere. Auf ziemlich viele sogar. Um genau zu sein, auf einige Milliarden Menschen. Das schaffe ich deshalb, weil ich an vielen Orten gleichzeitig sein kann und weil ich eine Menge treuer Mitarbeiter habe, die einen Teil meines Jobs übernehmen können.

Sehen? Nein, sehen kannst du mich leider nicht, zumindest nicht mit deinen schönen blauen Augen. Ich wohne in einem unzugänglichen Licht, aber wenn du deine Augen schließt und alles ist still um dich herum und du dann genau zuhörst – dann kannst du mich mit deinen inneren Augen sehen, mit den Augen deines Herzens. Oder wenn du einen Spaziergang durch den Wald machst oder du eine besonders schöne Blumenwiese bewunderst, dann kannst du mich darin auch sehen.

Und was G. bedeutet – das wirst du schon bald selbst herausfinden.
Ich mag es gern ein wenig geheimnisvoll.

Viele Grüße
G.

PS: Schön, dass du einen Freund gefunden hast. Einen wahren Freund zu haben ist sehr wichtig.

Ich las den Brief gleich dreimal hintereinander durch. Wow, dachte ich. Ich steckte mitten in einer Geschichte, die ich mir im besten Fall vielleicht ausgedacht haben könnte oder die man in einem Buch liest oder im Fernsehen sieht, aber sie selbst zu erleben - das übertraf wirklich meine Vorstellungskraft.

Also: Eines schien klar. *G. ist real. Er oder sie ist Wirklichkeit, kein Phantom, doch ein Mensch?* Das schien mir doch in Anbetracht des Gelesenen kaum möglich. *Vielleicht ein Geist oder ein Gespenst, aber es ist nett.* Ich kicherte bei dem Gedanken, mich mit einem „Reihenhaus-Schlossgespenst“ angefreundet zu haben. Ich las den Brief noch einmal durch und verlor mich wieder in meinen Überlegungen. Wenn es eine „sie“ ist, ist sie dann etwas wie eine Fee oder ein Engel? Wie die pausbackigen, mit schneeweißen Flügeln posierenden Engel auf den Bildern? Besonders in der Adventszeit stellte man sie in die Schaufenster der Geschäfte, um den Umsatz an Süßigkeiten zu erhöhen. Und falls es sich nun um eine Fee oder ein anderes weibliches Fabelwesen handeln sollte, so hoffte ich, dass es eine gute Fee sein möge, doch sicher sein konnte man sich nicht. Ich schüttelte benommen den Kopf und kehrte für einen Augenblick in die Realität zurück. Hätten meine Eltern meine Gedanken lesen können, so hätten sie sicher gleich den Arzt gerufen und mich voller Sorge in eine Klapsmühle gesteckt, wo ich dann mit zwanzig anderen Bekloppten über Feen,

Faune und andere Verrücktheiten diskutiert hätte. Nein, das mit der Fee schien mir dann doch zu abwegig. Ich entschied mich für einen „er“, einen männlichen, offensichtlich geheimnisvollen Brieffreund. Doch woher um alles in der Welt wusste „er“ das schon mit Bruno? Er meinte doch Bruno, oder nicht? Ich konnte mir nicht vorstellen, welchen Freund er sonst noch gemeint haben könnte. Ich ging davon aus, dass er Bruno meinte, obwohl ich später noch jemand anderen kennenlernen sollte, der ein noch größerer Freund für mich war und bis zum heutigen Tag sogar noch ist.

Was ich im Anschluss an meine Grübeleien tat, war klar. Ich fegte in mein Zimmer, schloss die Tür hinter mir zu und holte mein Schreibpapier hervor. Diesmal nahm ich einfaches Papier mit Linien. Offenbar war es G. egal, worauf ich schrieb, aber dass ich schrieb, schien ihm zu gefallen. Ihm Fragen zu stellen, schien er auch zu mögen, und davon hatte ich eine ganze Menge. Zuvor kaute ich noch den halben Bleistift kaputt, während ich überlegte, wie genau ich der Sache auf den Grund gehen wollte. Niemand konnte ahnen, wie lange dieses Spielchen noch gehen würde, und daher wollte ich mir die Fragen gut überlegen. Dann fiel mir eine gute Frage ein:

Warum?

Also schrieb ich:

Lieber oder liebe G.,

vielen Dank für Ihren, für deinen Brief. Darf ich „du“ sagen?

Ich habe lange überlegt, was ich Sie, also ich meine du, also dich, fragen könnte. Dann fiel mir eine gute Frage ein. Warum machst du das? Ich meine die Sache mit den Briefen. Ich find's ja toll, versteh mich bitte nicht falsch, aber wieso ausgerechnet ich? Warum die ganze Mühe? Was ist so Besonderes an mir? Es gäbe doch so viele Menschen, denen du schreiben könntest. Oder bekommen noch andere Leute Post von dir? Hast du Langeweile? Brauchst du jemanden, mit dem du dich unterhalten kannst?

Und was mich natürlich auch brennend interessiert: Bist du ein „er" oder eine „sie"? Wer oder was bist du überhaupt? Vielleicht ein Engel sogar?

Viele Grüße
Anna

PS: Du hast mir immer noch nicht gesagt, wie dieser Trick mit dem Verschwinden und Auftauchen der Briefe funktioniert.

Dann verschloss ich den Brief in einem einfachen Umschlag und legte ihn auf die mir schon vertraute Stelle. Es war ein kleiner Fleck auf einer Holzplanke, der eigenartigerweise etwas heller war als die Umgebung. So wie ein Stück Holz, das viel in der Sonne gelegen hatte und verblichen war.

Zu der Zeit begann ich allmählich, den Dachboden hübsch auszuschmücken. Ich saugte den Boden zuerst, wischte ihn dann feucht ab und befreite ihn von jedem Staubkorn, das ich fand. Damit traf ich Vorkehrungen, dass sich nicht meine Mutter dort hinverirrte, um einen weiteren Haken auf ihrer Putzliste zu machen.

Ich gab jedoch acht darauf, den Raum nicht seines Geheimnisses und seiner wundersamen Eigentümlichkeit zu berauben. Früher, in dem alten Haus in unserem Dorf bei Bremen, hatte ich auch einen kleinen Raum, in dem ich mich mit meinen Freundinnen treffen durfte. Wir haben dort bei schlechtem Wetter Picknick gemacht, so richtig mit einer hübschen Decke und einer Kerze, einer Tüte Chips und Flips und einer großen Flasche Fanta. Doch jener Raum war nichts gegen diesen Dachboden. Eine unbekannte, unsichtbare Person schien hier zu wohnen und das machte den Raum so besonders.

In der Zwischenzeit hatte ich eine Holzkiste mit der Aufschrift „Jaffaorangen“ als Tisch organisiert und zwei kleine Stühle darangestellt. Eine alte ausrangierte Tischdecke von Mama machte den Speicher beinahe behaglich, nur die passende Freundin für den zweiten Stuhl hatte ich noch nicht gefunden. *Vielleicht wird Bruno einmal darauf sitzen,* dachte ich. *Nur nicht, dass der Stuhl zusammenkracht.*

Einstweilen genügte es mir, dort allein zu sein, und obwohl es niemand verstanden hätte - so richtig allein war ich ja gar nicht. Irgendwie schien immer dieser G. in der Nähe zu sein. Keine Ahnung, wo genau - neben mir, über mir, auf alle Fälle bei mir. Wie sollte er auch sonst auf mich aufpassen können? Und das Erstaunlichste an allem war, dass mich diese Geschichte kein bisschen beunruhigt hatte. Sie hätte mich erschrecken oder zu Tode ängstigen können, doch stattdessen freute ich mich und empfand ein Gefühl in meinem Inneren, dass es genau so, wie es war, richtig war.

Am Nachmittag des darauffolgenden Tages war ich mit Bruno verabredet. Als ich mich dem Haus von Familie Winkelmann näherte, sah ich Bruno schon von Weitem. Er saß auf der Mauer neben dem Gartentörchen und ließ die Beine baumeln. Er trug ein dunkelrotes Hemd, das trotz seiner Fülle noch viel zu groß wirkte und, zumindest von Weitem, bis zu den Knien zu reichen schien. Vielleicht hatte er es von seinem Vater übernommen. Wer weiß?

Er wirkte völlig entspannt und überhaupt brachte Bruno fast

nichts aus der Ruhe, außer wenn jemand ungerecht behandelt wurde. Dann konnte er fuchsteufelswild werden. Irgendwie wurde dann in seinem Kopf ein Schalter umgelegt - er verwandelte sich von einem lammfrommen, gutmütigen Brummbär zum gerechtigkeitsliebenden Robin Hood. Seine sonst so schlaffe Erscheinung wich der eines ehrfurchtgebietenden Kriegers. Er holte tief Luft, zog den Bauch ein, was ihm reichlich schwerfiel, machte ein grimmiges Gesicht und fixierte mit seinen braunen, unter buschigen Brauen liegenden Augen denjenigen, den er zur Rechenschaft ziehen wollte. War die Situation geklärt, verwandelte er sich wieder zurück in den lieben Bruno, der keiner Fliege etwas zuleide tun konnte.

Als ich näher kam, winkte er mir zu und hüpfte von der Mauer. Soeben zogen dicke, Unheil verkündende Wolken über unseren Köpfen hinweg, sodass wir beschlossen, im Haus und nicht wie geplant im Garten zu spielen.

„Du bist also die Anna", sagte Frau Winkelmann und schüttelte mir mit einem breiten Grinsen die Hand. Sie hörte gar nicht mehr auf zu schütteln, so sehr schien sie sich über meinen Besuch zu freuen.

„Hallo Frau Winkelmann. Hat Ihnen der Bruno erzählt, wie er mich gerettet hat?" Frau Winkelmann zog die Brauen hoch und schaute auf Bruno.

„Mein Bruno? Ein Retter?" Dann schüttelte sie den Kopf und hoffte auf eine Erklärung.

„Er ist vor der ganzen Klasse aufgestanden und hat gebrüllt wie ein Löwe, dass die doch aufhören sollen, mich zu ärgern und zu schubsen. Sie hätten mal die Gesichter der anderen sehen sollen. Die waren total baff." Frau Winkelmann stand der Mund offen. „So war das, Bruno?" Bruno lief rot an im Gesicht. Dann nahm sie ihn bewundernd in den Arm. „Das war toll, mein Sohn." Dann wandte sie sich an mich. „Ja, wir haben das schon manchmal erlebt, dass Bruno zornig wird, wenn er sieht, wie Tiere unnötig gequält werden oder wenn mein Mann und ich uns streiten.

Kommt zwar nicht oft vor, aber Bruno geht dann immer dazwischen."

„Seid ihr bald fertig?", unterbrach uns Bruno. Ihm war das Ganze zusehends unangenehm. „Komm, lass uns hochgehen." Bruno zog mich am Ärmel die Treppe herauf und ich folgte ihm grinsend, als mir Frau Winkelmann zuzwinkerte.

Verwundert sah ich mich in Brunos Zimmer um. Er liebte Flugzeuge, das wurde schlagartig klar. Von der Decke baumelte ein selbst zusammengebautes und von der Tapete war nichts mehr zu sehen, weil sie von ungezählten Bildern von Flugzeugen verdeckt war. Streng geordnet nach Größe, Bauart und Baujahr, wie mir schien. Jedes Mädchen wusste, dass Jungs schnelle Autos lieben, klar, und auch mal ein Bild von einem schnellen Flieger aufhängen, aber so etwas hatte ich noch nie gesehen. Bruno beobachtete mich mit verschränkten Armen und wippte auf seinen Absätzen auf und ab. Dann unterbrach er mein Staunen. Ein gewisser Stolz lag in seiner Stimme. „Ich werde mal Pilot!"

Blitzschnell, aber leider etwas unbedacht reagierte ich und drehte mich zu ihm um. „Mit *den* Augen?", fragte ich, wobei ich das Wort „den" so scharf betonte, als wäre Bruno bereits halb blind. Na ja, ohne Brille war er es ja auch. Wenn er sie zum Putzen abnahm, kniff er die Augen zu einem engen Schlitz zusammen und fand nicht einmal das Brillentuch, das direkt vor ihm auf dem Tisch lag. Bruno hatte mit einer solch direkten Antwort nicht gerechnet und blickte zu Boden. Ich fühlte mich elend und hätte mir auf die Zunge beißen können. Alle Hoffnung schien ihn in einem Atemzug zu verlassen, er sackte förmlich in sich zusammen. Doch schnell fasste er neuen Mut. „Bis ich erwachsen bin, wird die Medizin dieses Problem im Griff haben. Und viele andere Probleme auch. Außerdem - warum sollte es keine Piloten mit Brille geben?" Ich wollte noch erwidern, „aber nicht mit *der* Brille", schluckte es aber hinunter und nickte stattdessen. „Du hast recht, in zwanzig Jahren wird man das bestimmt können." Dann sah er mich an und ein feines Grinsen mit einem winzigen

Hoffnungsschimmer in den Augen ließ mich meinen Patzer vergessen.

„Warum eigentlich gerade Pilot?", fragte ich ihn.

Bruno sah aus dem Fenster in den Himmel und überlegte unglaublich lange. Er schien diese Frage für sich selbst noch nicht vollends beantwortet zu haben.

„Weiß nicht genau." Er zuckte mit den Schultern. „Einfach so. Frei sein. Dem Himmel näher sein. Darum!" Dann verstummte er wieder und seine Augen leuchteten feucht und verklärt. Bruno wollte Pilot werden, daran war nichts zu rütteln und eine rationale Antwort war für ihn gar nicht erforderlich. Ihm reichte die tiefe Sehnsucht nach Freiheit und er hoffte, sie in der Luft zu finden.

Irgendetwas störte mich an dem Gedanken, mir Bruno als Pilot vorzustellen. Und auch in ihm schien dieser Wunsch zwar lebendig zu sein, doch ebenso zart und zerbrechlich wie eine vor vielen Jahren zum Trocknen aufgehängte Rose.

„Hast du Mathe schon gemacht?" Ich wollte Bruno unbedingt wieder in die Wirklichkeit zurückholen, denn ich hatte das unbestimmte Gefühl, dass das für ihn besser wäre.

Bruno ging bereitwillig auf mein Ablenkungsmanöver ein und zog das Matheheft aus seinem Schulranzen heraus. „War ganz einfach", sagte er und reichte mir das Heft. Ich sah mir die Ergebnisse an und prägte mir alles ein. Mathe lag mir ganz und gar nicht, damals nicht und zu keinem späteren Zeitpunkt. Kunst und Bio ja, Reli, Deutsch und Englisch auch okay, aber Mathe und Physik? Ein Gräuel! Bruno war das genaue Gegenteil: Mathe eins, Physik eins, Kunst 'ne vier, von Reli abgemeldet und der Rest zweien.

Irgendwann an diesem Nachmittag kam Langeweile auf. Ich sah nur Flugzeuge um mich herum und Bruno rechnete mir den Verlauf der Fluggeschwindigkeit einer Boing 737 während des Starts und dann mit noch größerer Begeisterung während der Landung vor.

Ich teilte seine Hingabe an jegliche Fluggeräte nicht, darum hörte ich ihm bei seinen intensiven Ausführungen gar nicht so recht zu. Stattdessen sagte ich so in den Raum hinein: „Stell dir vor, wie es wäre, wenn du plötzlich auf eurem Dachboden einen Brief von einem Unbekannten finden würdest. Sagen wir mal, er hieße G. Einfach nur G., nichts weiter und er würde dir geheimnisvolle Briefe schicken, ohne Briefmarke drauf und so …" Ich gestikulierte wild herum. „Irgendwie auf den Dachboden geschmuggelt."

Bruno reagierte nicht gleich und errechnete vermutlich einige Formeln für Start und Landung bei Gegen- und Rückenwind.

„Hmmm?", setzte ich nach. „Was würdest du denken?"

Brunos Gesicht verfinsterte sich. „Quatsch", sagte er nur und schüttelte so heftig das Gesicht, dass seine Wangen und sein Doppelkinn schwabbelten. „So was gibt's doch gar nicht! Blödsinn! Wie soll das denn gehen?" Dann stand er auf, ging zu seinem Regal und zog einen Band über die Pioniere des Langstreckenfluges hervor.

„Weißt du, wer als Erster den Atlantik überquert hat? Ich meine, in einem Stück. Ohne einen einzigen Zwischenstopp."

Plötzlich prallten Welten aufeinander. Das typische Unverständnis zwischen Mann und Frau im Kleinformat. Zwei verschiedene Sprachen. Sogar zwei verschiedene Spezies. Mein Gesicht hätte man fotografieren sollen.

Ich muss Bruno so entsetzt angeschaut haben, dass sogar ihm als Junge das auffiel und er das Buch augenblicklich ins Regal zurückstellte. Irgendeiner musste nachgeben. Entweder er, indem er sich Mühe gab, Gedanken über solch abstruses Mädchenzeug anzustellen, oder ich, indem ich riet, wer es wohl als Erster über den großen Teich geschafft hat. Plötzlich mussten wir beide lachen, als wir merkten, wie komisch die Situation eigentlich war. Wir hörten gar nicht mehr auf. Die Tränen flossen unsere Wangen herunter und dann umarmten wir uns, so selbstverständlich, wie es eigentlich nur beste Freunde tun. Doch die Wahrheit war, wir kannten uns nur wenige Tage.

Dann setzten wir uns im Schneidersitz auf den Boden einander gegenüber.

Bruno begann. „Okay. Meinetwegen. Fangen wir an.“ Er sah mich amüsiert an. „Eins und eins sind zwei. Stimmt’s?“

Ich nickte.

„Wegen der Schwerkraft fliegt auf der Erde alles nach unten.“ Er sah mich erwartungsvoll an und ich ahnte, worauf er hinauswollte.

Ich nickte und zog einen Schmollmund. „Hab schon kapiert.“ Bruno klatschte erleichtert in die Hände. Dieser Fall war schnell gelöst, so hoffte er.

„Aber was, wenn es doch geht! So wie wenn plötzlich die Dinge nach oben fliegen! Im Weltall geht das doch auch.“

Bruno sah mich an, als wollte er sagen: *Okay. Lass uns Schach spielen.* Er nickte schelmisch und grinste. „Wir sind aber auf der Erde und nicht im All.“

„Aber nur mal angenommen, es ginge.“

Bruno bemühte sich wirklich, ernst zu bleiben, doch es gelang ihm nicht. „Dann würde ich mir ständig den Kopf stoßen, weil alles durcheinanderfliegt. Das wär’ doch blöd, oder? Die Dinge haben nun mal ihre Ordnung im Universum und ich glaube, das ist gut so.“

„Das meinte ich doch gar nicht. Ich meine das mit dem Brief.“ Bruno verschränkte die Arme. Ein untrügliches Zeichen, dass für ihn die Sache so gut wie erledigt war. Ich wollte schon aufgeben und das Wort mit sieben Buchstaben sagen, das mit Schei… anfängt und das mir Mama verboten hatte.

Wie sollte ich Bruno dahin bekommen, in Unmöglichkeiten oder Eventualitäten zu denken?! Den Dingen ihren Lauf zu lassen, selbst wenn sie nicht in unser Schema passen, und einfach nur mit mir zusammen zu träumen? Tat er es nicht auch auf seine Weise, indem er von seiner Fliegerei träumte? Doch für ihn war das Fliegen kein Traum, es war eine Tatsache. Er hielt daran fest als an etwas Unerschütterlichem, etwas Unverrückbarem, ebenso sicher, wie die Schwerkraft alles nach unten purzeln lässt.

Dennoch ließ ich nicht locker. Ich brauchte jemanden, der mir zuhörte. „Nun, stell dir einfach mal vor, ich - also nicht du, sondern ich - hätte auf meinem Dachboden einen Brief von einem G. gefunden. Von jemandem, der ziemlich viel von mir weiß, der nett zu mir ist, der angeblich auf mich aufpasst und so was alles ..."

„Das würde mir Angst machen", unterbrach mich Bruno. „Das würde ja bedeuten, dass der Typ bei euch ein- und ausgehen kann, wie und wann er will. Findest du das gut?"

Ich überlegte einen Moment. „So gesehen ... nein, eigentlich nicht. Ein- und ausgehen?" Ich schüttelte den Kopf und kratzte mich an der Wange. Der Gedanke an einen echten, menschlichen Besucher war mir eher unangenehm. Dann legte ich mich flach auf den Teppichboden, um besser denken zu können. „Aber was, wenn er gar nicht ein- und ausgehen muss, um die Briefe zu bringen. Wenn er sie einfach so ... irgendwie."

Bruno legte den Kopf schief und sah mich an. Er musste mich nun für völlig verrückt halten. Er, der Physiker und Mathematiker. Er, der mit zwölf Jahren die Geschwindigkeit eines Düsenjets in- und auswendig kannte. Genau so sah er mich an. Verwundert wäre noch zu gelinde formuliert.

„Sind alle Mädchen so?", fragte er.

Ich verschränkte die Arme unter meinem Kopf und sah an die Decke, zu dem an einem durchsichtigen Nylonseil baumelnden und wie frei in der Luft schwebenden Flugzeug. „Wie? So?" Ich verstand die Frage nicht.

Er lachte, um seine Formulierung etwas abzuschwächen. „Na, so bescheuert." Doch es gelang ihm nicht und so wurde ich von einem Atemzug zum anderen stocksauer. Schnell richtete ich mich auf und setzte mich in Kampfposition. „Okay, du Stockfisch. Genug mit den Spielchen. Ab jetzt nur noch harte Fakten."

Bruno nickte zufrieden. Dieses Spiel gefiel ihm.

„Ich habe schon zwei Briefe von diesem G. bekommen. Sie

sind auf ungebleichtem grauem Papier geschrieben und in einen ebenso langweiligen Umschlag gesteckt. Sie liegen auf dem Speicher auf dem Boden und weißt du, was das Beste ist …?“

Bruno war tatsächlich für einen Augenblick sprachlos. Er nickte nicht und er schüttelte auch nicht den Kopf. Er wartete nur.

„Ich hab ihm auch schon zwei Briefe zurückgeschrieben und angekommen sind sie auch schon, und zwar ohne Briefmarken. Auf den ersten hat er schon geantwortet. Auf den zweiten muss er noch.“

„Wird er nicht.“ Bruno schüttelte siegessicher den Kopf.

„Wird er doch!“

„Wird er nicht.“

„Warum denn nicht, verflixt noch mal?“

„Weil es so einen Quatsch nicht gibt. Deshalb.“

Ich raufte mir vor Wut das Haar. Dann stand ich auf und zerrte an seinem schweren Arm. „Los, komm mit. Ich werd’s dir beweisen.“

„Tsss, beweisen“, frotzelte er. „Beweisen, dass eins und eins drei sind? Wie willste das denn machen?“

„Indem ich dir die Briefe zeige.“

„Die haste doch selber geschrieben. Hast eben ’ne lebhafte Fantasie.“

„Warum sollte ich das denn machen?“

„Na, vielleicht um dich wichtig zu machen oder so. Du bist neu in der Stadt und in der Schule. Da lässt man sich schon mal das eine oder andere einfallen.“

Jetzt schlug die Stimmung um. Ich war nicht mehr nur sauer, sondern traurig und gekränkt. Sollte ich mich so in ihm getäuscht haben? Schade! So schnell, wie die Freundschaft begonnen hatte, schien sie nun auch schon wieder zu Ende zu sein.

„Du bist ein blöder, sturer Ochse“, schimpfte ich ihn an. „Kannst du dir nicht vorstellen, dass es außer Mathe, Physik und Flugzeugen auch noch was anderes im Leben gibt?“

Ich überlegte nicht lange, sondern riss die Zimmertür auf und ging die Treppe hinunter. Frau Winkelmann kam gerade aus der Küche und wischte sich die Hände an der Schürze trocken.

„Aber Anna! Was ist denn los“, rief sie mir nach, doch ich antwortete ihr nicht. Ich war zu sehr mit Heulen beschäftigt. Bruno war mir wohl die Treppe runter hinterhergegangen und irgendwann ein paar Jahre später beichtete er mir, dass ihn seine Mutter so lange gedrängt hatte, mir nachzulaufen, bis er es auch tat. Erstaunlicherweise holte mich Bruno ein, doch als er mich sah, mit roten Augen und feuchten Wangen, erfasste ihn wirklich Mitleid und er begriff etwas von dem größten Wunsch eines zwölfjährigen Mädchens, nämlich, wenn auch nicht in allem, aber doch in dem meisten ernst genommen zu werden. Er legte seine Hand auf meine Schulter und es war wirklich süß, wie verlegen und stümperhaft er versuchte, mich zu trösten. Ein hilfloser, realitätsvernarrter Junge, gefangen in einer Situation, der er völlig fremd gegenüberstand und für die er so schnell keine Lösung im Sinn hatte. Er suchte nach einer Antwort auf die Frage: Wie tröstet man eine spinnende Heulsuse? Genau so etwas muss er wohl gedacht haben. Aber er schaffte es dennoch. Er sagte einfach nur: „Es tut mir leid. Du hast recht. Ich bin wirklich ein Hornochse. Das wusste ich schon immer.“ Die Art, wie er es sagte, so trocken und nüchtern, brachte mich sofort zum Lachen. Er stimmte in mein verheultes Lachen mit ein. „Na, dann zeig mir mal deinen mysteriösen Fremden.“

Ich nickte und wir gingen gemeinsam zu uns nach Hause.

Fast schweigsam wie am ersten Tag kamen wir an gepflegten Vorgärten vorbei, gingen durch ein schmales Tor in einen kleinen Park, verlangsamten unsere Schritte, als wir einen Weiher mit Enten und zwei Schwänen passierten, und kamen in der verkehrsberuhigten Seitenstraße an, in der wir wohnten. Jeder hing seinen Gedanken nach. Ich konnte Brunos Gedanken förmlich hören, so laut ließ er sie durch seine Gehirnwindungen rasseln. Er hielt mich für plemplem, für total meschugge, wie meine Oma immer sagte, daran bestand kein Zweifel. Ich konnte es ihm nicht verübeln, denn hätte ich die Geschichte noch mehr Leuten als nur Bruno und später meinen Eltern erzählt, sie hätten alles als kindliche Fantasie und Wichtigtuerei abgetan. Doch an diesem Tag wollte ich den Beweis antreten, dass jedes Wort der Wahrheit entsprach und man mir glauben und vertrauen konnte.

Kapitel sieben

Berechtigte Zweifel

Ich stellte Bruno meiner Mutter vor. Sie freute sich sehr über meinen neuen Freund, das Mathegenie, wie ich ihn nannte. Sie brachte uns Kekse und Limonade aufs Zimmer und verschwand dann wieder in ihrer Küche. Als wir sicher waren, dass sie kein Interesse mehr an uns hatte und wieder ihren eigenen Aufgaben nachging, stiegen wir leise die Stufen zum Dachboden empor. Bruno verzog keine Miene, als wir uns umsahen. Er schien in Anbetracht dieses unmöblierten, dunklen Verlieses äußerst gelangweilt zu sein.

„Hier haben sie gelegen", rief ich mit Bestimmtheit. Ich wollte um jeden Preis seine Aufmerksamkeit für diese Sache gewinnen.

„Und wo sind sie jetzt, deine tollen Briefe?"

„Ach ja."

Ich flitzte die Treppe hinunter, holte die Briefe des Unbekannten aus dem Karton heraus und brachte sie Bruno. Schweigend las er einen nach dem anderen durch. Nur ein „Aha" und „Soso" unterbrachen die Stille.

„Und diese Briefe sind also von einem fremden Mann, der bei euch einbricht, sie genau an dieser Stelle ablegt, unauffällig wieder verschwindet, um irgendwann, vermutlich mitten in der Nacht, wiederzukommen und einen weiteren Brief vorbeizubringen?" So, wie Bruno es sagte, klang es tatsächlich nicht nur unglaubwürdig und mysteriös, sondern geradezu absolut abwegig und irre. Ich lachte gequält und zuckte mit den Schultern.

Leise wandt ich ein: „Es könnte auch 'ne Frau sein." Dann fuhr er fort: „Das würde ja bedeuten, dass er oder meinetwegen auch sie einen Schlüssel von der Haustür besitzt. Einen Nachschlüssel oder einen von den Vorbesitzern." Er sah an die Decke. „Ein Fremder, der bei euch ein und aus geht und theoretisch alles mitgehen lassen könnte. Der sogar mitten in der Nacht vor deinem Bett stehen könnte, ohne dass du es merkst." Bruno stemmte die Hände in die Seiten. „Ich glaube, ihr habt ein Problem."

Ich machte wohl einen ziemlich dümmlichen Gesichtsausdruck, denn er fügte hinzu: „Ich weiß nicht, was du daran so toll findest. Also entweder bist du völlig naiv oder dumm oder beides. In meinen Augen, also für den Fall, dass sich die Geschichte wirklich so zugetragen hat, ist das eher ein Fall für die Polizei oder ..."

„Oder was?", bohrte ich nach.

„Ach nichts."

„Nun sag schon. Für den Psychiater, oder? Das meintest du doch?" Bruno erwiderte nichts, sah mich nur mit einer Mischung aus Mitleid und Unverständnis an und stopfte die Kekse, die er mit hochgenommen hatte, in seinen Wams.

Ich erhob mich vom Boden und ging auf dem Dachboden auf und ab. Es dauerte nicht lange, da zweifelte ich selbst an allem, was ich noch wenige Minuten vorher für richtig und real gehalten hatte. Plötzlich war ich mir sogar sicher, dass Bruno recht hatte, dass ich wirklich bekloppt war, und genau das begann mir ernste Sorgen zu machen. Ich hatte schon einmal einen Artikel über geisteskranke Menschen gelesen. Hatte ich mich aus purer Einsamkeit in eine Traumwelt geflüchtet und vielleicht selbst Briefe von einem G. an mich geschrieben? Doch woher stammte das olle Papier? Ich besaß kein derartiges, hässliches Umweltpapier. Auch keine grauen Umschläge. Nein, ich kehrte zu meiner alten Überzeugung zurück. Bruno musste davon überzeugt werden, dass G. real ist, obwohl man ihn nicht zu fassen bekommt. Ausgerechnet Bruno, der Zahlenfanatiker und Rechenkünstler. Eine schwere Aufgabe, die vor mir lag. Es würde nur funktionieren, wenn ein solcher Brief direkt vor seinen Augen auftauchen würde. Nur dann hätte ich sein Vertrauen und nur dann würde er an Dinge glauben, die nicht so ohne Weiteres greifbar und berechenbar waren.

Und während ich permanent auf und ab ging, Bruno dabei

nicht im Geringsten nervös machte und über meinen Gedanken brütete, kam eine Idee in meinen Kopf geschossen, die mir selbst äußerst absurd und unwahrscheinlich erschien. Trotzdem sprach ich sie aus. „Wer könnte so einfach durch Türen und Wände gehen? Sicher kein Mensch wie du und ich." Bruno nickte. Ich versuchte, ihm meine Gedanken ganz vorsichtig nahezubringen. „Könnte es nicht sein, dass G. vielleicht eine Abkürzung für Gott ist?" Bruno reagierte mit einer verächtlichen Grimasse, also nahm ich den Gedanken schnell wieder zurück. „Nein, du hast recht. Das ist Blödsinn."

Bruno sah mich nur an und murmelte mit fünfzig Gramm Keksen in den Wangen etwas gänzlich Unverständliches. Nach einer Weile wiederholte er das Gesagte noch einmal. „Du meinst also, diese Briefe", und er deutete mit einem Kopfnicken auf den kleinen Stapel in meiner Hand, „stammen von Gott? G. steht für Gott. Gott höchstpersönlich schreibt dir Briefe. Soso", bemerkte er. Ich sah ihn nur an, während er aussprach, was ich im selben Moment gerade dachte.

„Und warum sollte er das tun? Ich meine, falls es ihn überhaupt gibt, meinst du nicht, dass er Besseres zu tun hat, als ausgerechnet dir zu schreiben? Die Welt retten zum Beispiel, die Bösen besiegen, die Kranken heilen? Hmm, meinst du nicht, dass das wichtiger wäre?" Bruno schob seinen Arm zum Teller vor, doch seine nicht nur mit Babyspeck gepolsterten Finger griffen ins Leere. Er hatte eine ganze Doppelpackung Kekse alleine verdrückt.

„Ja, ich weiß ja, wie das klingt. Ich habe auch schon alle Möglichkeiten durchgekaut. Es könnte die Abkürzung eines Nachnamens sein. Ich habe schon im Telefonbuch nachgeschaut. Es sind über Hundert Einträge darin. Er sagt, er ist immer bei mir und er passt auf mehrere Milliarden Menschen auf. Wer außer Gott könnte das tun? Du hast es doch selbst gelesen."

„Du spinnst. Was weiß ich, wer der Typ ist! Woher willst du denn wissen, dass er die Wahrheit sagt? Behaupten kann man doch viel, oder nicht?" Irritiert wischte sich Bruno den Schokoladenmund mit dem Handrücken ab und wusste nicht, wohin mit seinen Händen. Erst verschränkte er sie über dem vorgewölbten Bauch, dann faltete er sie wie zum Gebet, doch nach alldem, was ich in den Minuten zuvor von ihm gehört hatte, lag ihm das Letztere ferner als alle Sterne des Himmels zusammen. Bruno Winkelmann glaubte nicht an Gott, das war mir nun klar.

Ich hatte auf alle seine Einwände keine Antwort. Waren doch seine Fragen genau jene, die mich auch bewegten, nur dass er sie vor mir ausgesprochen hatte. Es bestand zwischen uns nur *ein* Unterschied, nämlich der, dass ich eher bereit gewesen wäre, das nicht sofort Erklärbare eine Weile stehen zu lassen und zu warten, was passiert. Ja, es stimmt, ich war und bin es immer noch: eine Träumerliese, wie Bruno mich fortan nannte.

Es gelang mir an diesem Nachmittag natürlich nicht, Bruno zu überzeugen, doch es reichte mir schon, mich selbst nicht mehr für verrückt zu halten. Eine kurze Welle des Zweifels war mit lautem Tosen über mich hinweggeschwappt und sie sollte nicht die letzte gewesen sein. Dennoch: Wieso war ich da nicht schon viel früher draufgekommen? Manchmal sind die Dinge, die direkt vor den Augen liegen, am schwierigsten zu erkennen. G. konnte nur Gott sein, das musste einfach so sein, eine andere Möglichkeit gab es für mich nicht. Obwohl, gab es da nicht mal einen Engel namens Gabriel?

Bruno sah pausenlos auf seine Uhr, ein untrügliches Zeichen dafür, dass er diese fantastischen Geschichten satthatte und nach Hause wollte. Und doch besaß er die Freundlichkeit und das Taktgefühl, es nicht zu sagen.

„Es tut mir leid, Bruno. Was du wohl jetzt von mir denken musst. Ich habe leider kein einziges Buch über Flugzeuge, bin sogar erst einmal mit einem geflogen und habe es obendrein auch noch gehasst. Ein schreckliches Luftloch nach dem andern und mir war so schlecht, dass ich beschlossen habe, nie wieder zu fliegen."

Bruno erhob sich von seinem Schneidersitz und strich so viele Krümel von seiner Hose, dass man einen ganzen Keks davon hätte zusammenkneten können.

„Ist nicht so schlimm. Du bist halt ein Mädchen." Bruno grinste verschlagen.

„Was soll das nun wieder heißen? Alle Mädchen sind Spinner und alle Jungs Mathegenies und Fliegerasse?"

„Nein, nein. So war das nicht gemeint. Ist ja auch egal. Meinetwegen musst du das nicht tun."

Ich sah ihn fragend an.

„Na, selber Briefe an dich schreiben. Das hast du gar nicht nötig. Ich find dich auch so nett."

Ich seufzte laut auf und schüttelte den Kopf.

Tja, so fing das an. Ich mochte Bruno, selbst wenn er mich nicht verstand. Und das, obwohl wir augenscheinlich nichts gemeinsam hatten und er mich für bescheuert hielt.

Bruno verabschiedete sich von meiner Mutter ausgesprochen höflich und ließ mich mit einem nüchternen *Tschüss, bis morgen* zurück.

„Netter Junge. So wohlerzogen", bemerkte meine Mutter, als sie ihm nachsah.

„Er hat alle Kekse ganz alleine aufgefuttert."

„Es passen ja auch eine Menge in ihn rein", schmunzelte meine Mutter und schloss die Haustür. Sie schnappte sich wieder ein Staubtuch und begann, die Schränke abzuwischen.

„Sag mal, Mama. Glaubst du eigentlich an Gott?", begann ich ohne Vorwarnung. Sie hörte auf zu wischen und drehte sich nach mir um. „Manchmal", sagte sie kurz und wischte weiter. „Ab und zu", murmelte sie noch in Gedanken versunken. Damit war für sie das Thema erledigt. Sie fragte mich nicht „Wieso denn Kind?"

oder „Hast du Sorgen?“ oder Ähnliches, was einem bei solch einer Frage in den Sinn kommen könnte.

Ich ging nach oben in mein Zimmer. Also war ich wieder allein mit G.

Mit GüntherGustavGerhardGertraudeGabrieleGerlinde?

Mit dem Erzengel Gabriel?

Oder sogar mit Gott?

Es war zum Haareausraufen. Es musste so schnell wie möglich wieder ein Brief ankommen, sonst würde ich tatsächlich noch verrückt werden.

Am Abend desselben Tages war meine Stimmung am Nullpunkt angelangt. Bruno hatte mir nicht geglaubt, kein neuer Brief war in Sicht, es regnete wie aus Kübeln und zu allem Überfluss zankten sich meine Eltern wie noch nie in ihrer Ehe. Zumindest konnte ich mich nicht daran erinnern, sie jemals so heftig streiten gehört zu haben. Ich verließ mein Zimmer, ging die Treppe zur Hälfte hinunter und setzte mich auf die mit grünem Teppich beschlagenen Stufen. Ihre Worte waren kaum zu überhören.

„Wenn ich den ganzen Tag arbeiten gehe, kann ich doch wohl verlangen, dass meine Hemden gebügelt sind“, schrie mein Vater.

„Glaubst du, ich habe hier nichts anderes zu tun? Schau dich doch mal um, wie es hier aussieht. Außerdem, woher weiß ich denn, dass du jetzt ausgerechnet dieses Hemd brauchst? Das konntest du noch nie leiden und ausgerechnet jetzt verlangt der gnädige Herr nach diesem Hemd“, entgegnete meine Mutter spöttisch. Sie schien nur kurz Luft zu holen und fuhr dann fort: „Es müssen noch alle Bilder aufgehängt werden. Das kann ich nicht alleine. Und die Lampe! Findest du das schick, so eine nackte Birne im Wohnzimmer?! Du kommst nur noch zum Schlafen nach Hause und deine Tochter macht sich schon Gedanken darüber, ob es einen Gott gibt oder nicht. Sie rennt immer auf diesen Dachboden und führt schon Selbstgespräche. Wenn das so weitergeht, drehe ich noch durch. Am Ende muss ich noch mit ihr …" Den Rest nuschelte sie derart, dass ich sie nicht verstehen konnte. Mein Vater blieb einen Augenblick still.

„Ich habe keine Wahl, Schatz. Mein Chef hält große Stücke auf mich und ich bin noch in der Probezeit. Ich möchte nichts aufs Spiel setzen, was all das hier gefährden könnte. In meinem Alter kriegt man nicht mehr so schnell einen Job."

„Das ist schon in Ordnung. Ich weiß, dass du fleißig bist, aber deine Familie ist auch noch da."

Eine Weile hörte ich von den beiden nichts mehr. Möglich, dass ihnen das Pulver ausgegangen war. Ich für meinen Teil hatte genug gehört. Ein Satz jedoch, den meine Mutter laut und deutlich sprach, stach mir ins Herz. Sie sagte: „Du solltest den Dachboden abschließen. Erstens ist die Treppe zu steil und zweitens ist mir dieser Boden aus irgendeinem Grund nicht geheuer." Mein Vater erwiderte nichts darauf. Vielleicht nickte er nur und beschloss, sogleich die Treppe hochzukommen, doch nichts dergleichen geschah. Zum Glück auch in den folgenden Tagen noch nicht.

Ich stand von dem Treppenabsatz auf und trottete mit Tränen in den Augen in mein Zimmer. Ich legte mich auf mein Bett und hörte dem Donner zu, der über mir tobte. Schwarze Wolken zogen über meinen Kopf hinweg und ließen ihrem Groll freien Lauf. Ich hing meinen düsteren Gedanken nach. Nicht nur, dass sie mich meiner Oma, Purzel, meiner Freundinnen und der von mir so geliebten, gewohnten Umgebung beraubt hatten, jetzt stritten sie sich auch noch und wollten mir mein letztes Geheimnis stehlen. Bruno hielt mich für bekloppt, sodass es nur einen in meinem Leben zu geben schien, der Verständnis für mich hatte. Dummerweise war es auch genau jener, der mir den Schlamassel eingebrockt hatte.

Plötzlich fiel mir ein, dass ich schon lange nicht mehr nachgesehen hatte, ob ich Post bekommen hatte.

Meine Eltern schienen noch heftig zu diskutieren, sodass ich unbemerkt auf den Dachboden klettern konnte. Ich begab mich, so wie immer, an die Wand gelehnt in den Schneidersitz. Es war dämmerig und ein seltsames, diffuses Licht drang durch das Fenster in den Speicher. Von unten hörte ich Stimmen und Geigenmusik, dann Geschrei und Posaunen. Sie hatten aufgehört zu streiten und den Fernseher angemacht. Ich konnte mir nur schwer vorstellen, welche Szene meine Eltern da gerade sahen, doch ich war mir sicher, dass es wieder ein Krimi sein musste. Meine Eltern liebten Krimis über alles. Ich hingegen fand sie langweilig, selbst wenn ich sie hätte gucken dürfen. Eine Leiche zu Beginn und über eine Stunde Rätselraten, wer der Mörder war. So wie ich die Sache einschätzte, tappten die Kommissare noch im Dunkeln und der Mörder wähnte sich in Sicherheit. Irgendwann, so gegen zehn Minuten vor Schluss, würde er einen Fehler machen und dann auch sehr bald geschnappt werden. Ich sah auf die Uhr: neun Uhr dreißig. Bald würde er leichtsinnig werden, der Mörder, und für mich bedeutete dies, dass ich noch eine Viertelstunde Zeit hatte, dort oben zu hocken in meinem eigenen Krimi. Ich verschränkte die Arme vor meinen Knien und sah mich um. Die Konturen wurden immer unschärfer und hoben sich kaum mehr von ihrer Umgebung ab. Der Mond begann seine Runde zu drehen und der äußere Rand von ihm tastete sich ans grünbemooste Fenster heran. Ein sichelförmiger Strahl erhellte die Gegend um die Einstiegsluke und ich heftete meinen Blick an diese Sichel, die von Minute zu Minute größer wurde. Auf einmal bekam ich die Antwort auf meine Frage! Nämlich auf jene, wie Gott, falls er es tatsächlich wäre, wovon ich jedoch schon fast uneingeschränkt ausging, also wie er die Geschichte mit den Briefen anstelle. Wie er sie auf den Dachboden schmuggle, bei Tag oder bei Nacht, bei Regen oder bei Sonnenschein oder ob er mir nach Lust und Laune schreibe, sofern ich ihm zuvor schrieb.

Ich behielt den Fleck am Boden im Auge. Ich traute mich kaum zu blinzeln, denn ich wollte den Moment nicht verpassen. Doch ich verpasste ihn, so schnell war der Brief plötzlich da. Kürzer als die Zeit eines Wimpernschlags. Erst dieses sonderbare

Leuchten. Ich riss die Augen auf. Dann der dünne Hauch eines Briefes, den ich mir auch eingebildet haben könnte und dann: schwups, war er da.

Ein Brief von G.

Von Gott?

Höchstpersönlich?

Warum sollte er ausgerechnet dir schreiben?, hatte Bruno mich gefragt. Ja, warum eigentlich? Ich hoffte es nun erfahren zu können. Ich schnappte ihn mir voller Ehrfurcht, doch bei aller mystischen Faszination lag er als ganz normaler, grauer umweltfreundlicher Brief in meiner Hand. Nur schade, dass er nicht schon früher angekommen war, als Bruno noch da war. Ich faltete ihn in der Mitte, steckte ihn in die Hosentasche und schlich in mein Zimmer zurück. Vorsichtshalber verschloss ich meine Tür von innen, um nicht von meinen skeptischen Eltern überrascht zu werden.

Für Anna, stand vorn drauf, so wie immer bisher.

Mein liebes Kind,

selbstverständlich darfst du mich duzen. Das tun doch alle. Liebe Anna, du hast mir eine sehr gute Frage gestellt. Warum ich dir, ausgerechnet dir, Briefe schreibe?

Nun, das liegt daran, dass du mir sehr wichtig bist. Du bist einzigartig, wie nichts anderes auf der Welt. Außerdem ist jetzt der richtige Zeitpunkt dafür, in dein Leben zu treten.

Ob ich Langeweile habe? Nein, das kann ich nicht gerade behaupten, zumindest nicht in dem Sinn, wie ihr Menschen es versteht. Aber es stimmt, ich sehne mich tatsächlich nach jemandem, mit dem ich reden kann und der mir auch zu-

hört und darauf achtet, was ich ihm zu sagen habe. Meine Worte helfen jedem, der sich danach richtet. Ich halte Ausschau nach Menschen, die auf meiner Seite sind, die mich lieb haben.

Du erfährst gerade selbst, wie schwer es ist, verstanden und geachtet zu werden.

Der Trick mit den Briefen ist ganz leicht. Ich sage es einfach und es geschieht. So habe ich es schon damals gemacht, als ich Himmel und Erde erschuf. Viele machen sich Gedanken darüber, wie alles entstanden sein mag, doch für mich war alles ganz einfach. Ich habe gesprochen. Mehr war nicht nötig.

Wer ich bin? Ich bin, der ich bin. Für dich möchte ich in erster Linie ein Freund sein. Ich glaube, so langsam weißt du, wer G. ist. Übrigens hat mir dein Blümchenpapier auch sehr gut gefallen.

Liebe Grüße
G.

PS: Er segnet die, die sich um Frieden bemühen, denn sie werden Kinder Gottes genannt werden.

Kapitel acht

Zutritt verboten!

Der Film war schon lange zu Ende. Vielleicht war es auch gar kein Krimi. Nun drangen wieder laute, eindringliche Worte aus dem Wohnzimmer an meine Ohren. Meine Eltern hatten nachgeladen und stritten sich schon wieder. Gleichzeitig hielt ich den Brief von G. in meinen Händen. Für mich bestand nun kein Zweifel mehr daran, wer der Absender war. Gut, ich wusste zu dem Zeitpunkt noch nicht viel von Gott. Ein paar Dinge aus dem Religionsunterricht und den Büchern, die wir dafür brauchten. Doch dass er die Welt mit allem drum und dran in nur sieben Tagen geschaffen haben sollte, konnte ich irgendwie glauben. Ich meine, wenn man schon Gott ist - warum denn nicht? Also ging ich davon aus, dass so ein kleiner Brief für ihn keine besonders große Anstrengung darstellte. Er war ein Klacks für ihn, davon war ich überzeugt.

Ich las die Zeilen, wie ich es bei den vorigen Briefen auch getan hatte, drei-, oft auch viermal durch. Er segnet die, die sich um Frieden bemühen … Was will er mir denn damit sagen?, fuhr es mir durch den Sinn.

Frieden … Streit.

Es dauerte nicht lange, da wusste ich, was ich zu tun hatte. Ich stand von meinem Bett auf und verstaute den Brief in der Schatulle. Dann ging ich unsicher die Treppe hinunter und war mir nicht ganz sicher, ob es richtig sein würde, mich einzumischen. Mit jedem Meter, den ich mich dem Wohnzimmer näherte, wurde ihr Gebrüll lauter. Schade, dachte ich, der Krimi hatte ihre Gemüter nicht besänftigt. Langsam schob ich die Tür auf und blieb im Rahmen stehen. Mehr tat ich nicht. Ich stand nur da und sah sie an und hörte ihnen zu, wie ein Wort das andere gab, wie sie sich in ein Gefecht hineinsteigerten, das so unsinnig schien. Erst nach einer Weile bemerkten sie mich, sahen erst mich an und dann einander und schienen nun zu begreifen, was mich bewegte. Augenblicklich hörten sie auf zu streiten und kamen auf mich zu. Sicherheitshalber fragten sie nach: „Was ist denn, Schatz?" Meine Mutter nahm mich in den Arm und wischte mir die Tränen, die unaufhörlich die Wangen hinunterkullerten, mit dem Ärmel ihrer Strickjacke ab. Mein Vater machte ein betroffenes Gesicht, fast schon schmerzverzerrt, als habe es ihm körperlich wehgetan, mich so leiden zu sehen.

„Ich mag es nicht, wenn ihr streitet. Früher habt ihr das doch auch nicht getan."

Gemeinsam gingen wir hinüber zur Couchgarnitur. Mein Vater streichelte mir übers Haar und sah betroffen zu meiner Mutter herüber. Dann, nach einer Weile, schien es, als sei die dunkle Wolke über unserem Haus fortgeweht worden. Sie wussten schon bald gar nicht mehr, worüber sie gestritten hatten. Nichtigkeiten, das erkannten sie nun selbst und schüttelten verwundert die Köpfe. Ich wollte noch diesen Spruch loswerden: *Er segnet die, die sich um Frieden bemühen,* doch es reichte mir, genau das getan zu haben. Eines jedoch konnte ich mir nicht verkneifen. „Bitte schließt den Dachboden nicht ab. Es ist schön da oben und ich bekomme ab und zu Post aus dem Himmel."

Mein Vater zog die Brauen hoch. „Ist das ein neues Spiel von dir: himmlische Post?"

„Siehst du, ich habe es dir doch gesagt. Mit dem Kind stimmt was nicht", sagte meine Mutter mit einem Unterton der Sorge in der Stimme.

„Es ist alles in Ordnung, Mama. Ich weiß zwar auch nicht, wie er das mit den Briefen macht, aber wenn er tatsächlich Gott ist, dürfte das wohl kaum ein großes Problem für ihn sein."

„Was soll das für ein Problem sein? Wovon sprichst du denn überhaupt?" Mein Vater rückte dichter an mich heran.

„Na, die Briefe, die er mir schickt. Ich finde sie immer oben auf dem Dachboden. Briefe von einem gewissen G."

„Du spielst also, dass Gott dir Briefe schickt?“, fragte meine Mutter. Sie sprach sehr langsam, als wolle sie wie ein Psychologe beruhigend auf mich einwirken.

„Nein, ich spiele das nicht. Es geschieht wirklich.“ Ich ließ meinen Eltern einen Augenblick Zeit. Sie sahen sich sorgenvoll an, das war nicht zu übersehen.

Ich nickte verständnisvoll. „Bruno hält mich auch für bescheuert. Er meint, ich schriebe die Briefe selbst, aber ich habe gar nicht so ein hässliches Briefpapier.“ Dann schwieg ich, denn mir wurde plötzlich eines sonnenklar: Für Bruno und meine Eltern redete ich wirres Zeug. Ich machte auf sie den Eindruck eines verstörten und in seiner Fantasie lebenden Kindes. Eins, um das man sich Sorgen machen *muss*!

„Ist das vielleicht normal in der Pubertät?“, fragte mein Vater meine Mutter, doch er erntete nur ein Achselzucken. Ich wunderte mich, dass sie sich die Briefe noch nicht einmal anschauen wollten. Natürlich, sie hätten vermutlich auch gemeint, ich hätte sie selbst geschrieben und das Papier aus der Schule mitgenommen. Umweltfreundliches Papier wird immer in Schulen verwendet, als gutes Vorbild und so. Zum Schluss fragten sie mich noch, ob das vielleicht Hausaufgaben für den Religionsunterricht seien. Zu nicken, wäre gelogen gewesen, also sagte ich gar nichts außer: „Gute Nacht. Und streitet bitte nicht mehr.“ Wir umarmten uns und sie gaben mir einen Kuss. Dann dachte ich an meinen Brieffreund. Ich nahm mir vor, ihn als Nächstes zu fragen, warum mir kein Mensch glaubte und warum sich niemand für ihn interessierte. Ein schönes Gefühl, von allen für verrückt gehalten zu werden, war das nicht gerade.

Lieber Gott,

(ich glaube, dass G. für Gott steht. Ist doch so, oder?) scheinbar weißt du alles und siehst alles. Hab ich das richtig gemacht? Ich meine, die Sache mit dem Streit meiner Eltern und dem Frieden. Das war ein guter Tipp. Danke.

Wie du dir vorstellen kannst, habe ich wieder eine Menge Fragen und ich habe das Gefühl, es werden mit jedem Brief mehr. Also: Was mich am meisten ärgert ist, dass mir niemand glaubt. Alle halten mich für bekloppt, doch eigenartigerweise stört es mich weniger, als es vielleicht sollte. Verstehen kann ich es allerdings nicht. Was ist denn so schlimm daran, von Gott Post zu bekommen? Wo liegt das Problem? Doch für jeden, dem ich es erzähle, scheint so etwas unmöglich zu sein. Doch ich habe es ja mit eigenen Augen gesehen.

Mich würde natürlich auch interessieren, wie du das sonst so machst. Also, mit uns Menschen zu reden, meine ich. Schreibst du viele solcher Briefe? Klar, du bist unsichtbar, das habe ich schon kapiert. Ein bisschen schwierig wird es daher schon sein.
Ich bin jetzt müde. Bitte schreib bald zurück.

Viele Grüße
Deine Anna

Gähnend packte ich den Brief, geschrieben auf Blümchenpapier, in einen hübschen Umschlag. Die Sache begann mir Spaß zu machen. Der Weg zum „Briefkasten“ war nicht weit und ich hatte einen neuen Brieffreund. Einen Freund, der mich verstand und scheinbar uneingeschränkt auf meiner Seite war. Es dauerte nur wenige Sekunden, flink die Treppe hochzusteigen und den Brief zu deponieren. Sehr praktisch und einfach, das Ganze.

Rasch zog ich mich um, putzte mir die Zähne und schlüpfte unter meine Bettdecke. Ich blickte durch mein Fenster in den klaren Sternenhimmel hinauf. *Ganz schön weiter Weg für den Brief,* dachte ich und bei dem Gedanken, dass das für Gott überhaupt kein Problem darstellte, schlief ich friedlich und geborgen ein.

Der nächste Tag brachte eine unangenehme Überraschung. In der Schule lief alles glatt, die anderen Mitschüler begannen sogar, freundlich zu mir zu sein, Bruno war wie immer nett zu mir, doch dann, als ich nach Hause kam, traf mich der Schlag. Wie gewohnt stieg ich in großer Neugier nach oben. Wollte nachschauen, ob mein neuer Freund mir schon geantwortet hatte, doch ich kam nicht dazu, nachzusehen. Die Luke zum Dachboden war verschlossen. Verriegelt und verrammelt und kein Schlüssel in Sicht. Wie von einer Hornisse gestochen, rannte ich nach unten zu meiner Mutter und stellte sie zur Rede.

„Wir dachten, dass das für eine Weile das Beste für dich sei. So lange, bis du dich wieder beruhigt hast."

„Wieso beruhigt?", schrie ich sie an. „Ich bin ganz ruhig!"

„Siehst du. Genau das habe ich gemeint. Du bist alles andere als ruhig. Du hast dich verändert, Anna."

„Na und! Das gibt euch noch lange nicht das Recht, den Dachboden abzuschließen. Ich habe euch gebeten, es nicht zu tun." Die ersten Tränen kamen schon wieder zum Vorschein.

„Ich habe heute mit deinen Lehrern gesprochen, Kind. Deine Leistungen lassen sehr zu wünschen übrig. Die Mathearbeit hast du versiebt, das weißt du ja. Dann Physik 'ne vier und – na ja gut, Reli 'ne zwei. Das ist ja nicht schlecht, aber Frau Winter meinte …"

Ich fiel ihr ins Wort. „Frau Winter ist doch doof. Sie hat überhaupt keine Ahnung, obwohl sie Religionslehrerin ist. Ich versuche ihr die ganze Zeit begreiflich zu machen, dass Gott mit uns Menschen reden will, aber sie hört nicht auf mich. Sie sagt immer, Gott sei nur eine Kraft oder Energie oder so einen Blödsinn. Woher hat sie nur diesen Quatsch?“

Mein Gesicht fühlte sich heiß an und es muss rot wie Hagebuttentee gewesen sein.

„So kommen wir nicht weiter, Kind. Sieh zu, dass du in Mathe und Physik besser wirst, sonst sehe ich schwarz für deine Versetzung. Vielleicht kann dir ja Bruno helfen.“ Ich brummte unverständliches Zeug und dachte nach. Irgendwie müsste es doch zu schaffen sein …

„Einverstanden“, sagte ich bestimmt. „Wir machen es so: Ich lerne täglich, sagen wir mal, eine Stunde für Mathe und eine für Physik. Ich halte meine Klappe bei Frau Winter in Reli und du lässt mich dafür noch ein einziges Mal auf den Boden! Na, was sagst du?“ Meine Mutter schien in echte Gewissensnot zu kommen, denn mein Vater hatte ihr wohl eingebläut, streng und unnachgiebig zu bleiben, doch wie Mütter nun mal so sind … „Einverstanden, aber nur ganz kurz. Dann schließ ich wieder ab. Und kein Wort zu Papa.“

Ich hielt ihr zur Besiegelung unseres Paktes die Hand hin und rannte schon einmal hoch. Mit klopfendem Herzen wartete ich vor der engen Tür, die zum Dachboden führte, auf sie. Nach wenigen Minuten kam sie empor und hatte sichtlich Mühe dabei, weich geworden zu sein. „Nur fünf Minuten, Anna. Hörst du?“ Ich nickte eifrig.

„Mir reichen schon zwei. Ich will ja nur mal was nachgucken.“ Meine Mutter schloss das Vorhängeschloss auf und ließ mich gewähren. Sie blieb aber wie angewurzelt stehen und wartete. „Husch husch“, sagte ich schelmisch und gab ihr zu verstehen, wieder in die Küche zu gehen, wo die Spaghettis schon kochten. Dann zog ich die Luke auf, die Treppe hinunter und kletterte hoch.

Juchhu, jubelte ich. Ein neuer Brief war da! Ich schnappte ihn mir schnell und sah mich noch einmal um. Dann kam mir eine Idee.

Schnell drückte ich die Treppe wieder hoch, verschloss die Luke und gab meiner Mutter den Schlüssel zurück. Ein breites Grinsen lag auf meinem Gesicht und meine Mutter schüttelte, von einem lauten Seufzer begleitet, den Kopf. Sie wollte eigentlich gar nicht wissen, was ich dort oben gemacht hatte. Sie hoffte nur inständig, dass diese „Phase", wie sie es nannte, bald vorbeigehen würde.

Nach dem Essen verschwand ich in meinem Zimmer. Ich konnte es kaum erwarten, den Brief zu lesen.

Liebe Anna,

mach dir keine Sorgen über die Schwierigkeiten, die du gerade hast. Das ist ganz normal, wenn man anfängt, daran zu glauben, dass ich mehr bin als nur eine Legende. Das haben schon sehr viele Menschen vor dir erfahren und werden auch noch viele nach dir erleiden müssen. Dennoch, sei getrost, ich halte alles in der Hand, dich eingeschlossen.

Nun zu deinen Fragen. Ist schon toll, was du dir für Gedanken machst. Du hast recht. Ganz einfach ist es nicht, mich euch Menschen mitzuteilen, aber ganz unmöglich ist es auch nicht, wie du siehst.

Wenn ich mal keine Briefe an neugierige Mädchen schreibe, benutze ich auch schon mal einen Esel. Tja, da staunst du, was? Stimmt aber. Oder ich redete zu Mose aus einem brennenden Dornbusch heraus. Aus einer Wolke heraus hab ich auch schon gesprochen. Ist allerdings schon eine Weile her. Damals, bevor ich auf die Welt kam, um euch zu besuchen. Na ja, und manchmal spreche ich auch durch Träume zu euch, dann wieder durch andere Menschen, aber am allermeisten rede ich durch mein Wort, eure Bibel. Je nachdem, was derjenige Mensch, zu dem ich reden will, gerade am besten versteht. Und da du schon immer sehr gern Brieffreunde gehabt hast, bekommst du eben Briefe von mir. Ich bin da ziemlich flexibel, weißt du.

Das mit deinen Eltern hast du gut gemacht.

Frieden zu stiften ist immer gut.

Liebe Grüße
Dein Gott

Wieso nur erzeugte jeder neue Brief auch neue Fragen? Wo, bitte schön, sprach Gott jemals durch einen Esel? Das mit dem Dornbusch hatten wir in Reli; allerdings betrachtete Frau Winter die Geschichte nur als eine, wie sie sagte, unwahrscheinliche Überlieferung.

Dann die Sache mit der Wolke, damit konnte er den Auszug des Volkes Israel aus Ägypten meinen, oder vielleicht doch nicht?

Träume? Klar, die hatte ich jede Nacht. Aber dass Gott darin sprechen sollte? Das konnte ich mir nun wirklich nicht vorstellen, bei dem Mist, den ich immer träumte.

Ich beschloss, der Sache mit dem Esel schnellstmöglich auf den Grund zu gehen und wenn ich es nur benutzte, um Frau Winter zu testen. Denn wenn es einer wissen muss, dann ja wohl eine Religionslehrerin.

Und dann war da noch ein Satz, den ich überhaupt nicht verstanden hatte. Dass er auf die Erde gekommen sei, um uns zu besuchen. *Wann soll das denn bitte gewesen sein?*, grübelte ich. Ich konnte mich nicht erinnern, so etwas schon einmal in der Zeitung gelesen zu haben:

SENSATION
GOTT BESUCHT MENSCHEN AUF DER ERDE

Bruno freute sich sichtlich, mir als Nachhilfelehrer für Mathe und Physik beistehen zu dürfen. Er mochte mich schon damals - vom ersten Tag an - und freute sich nun, Zeit mit mir verbringen zu können. Es störte ihn nicht, dass ich ihn mit seiner Namensverwandtschaft zu dem Bernhardiner aufzog oder ihm gelegentlich in überschwänglichem Übermut vor den schwabbeligen Bauch klatschte. Bruno und ich waren dicke Freunde und er vermied alles, was dies hätte ändern können.

Meine Mutter servierte ihm stets die gleiche Doppelpackung Kekse und er verschlang sie mit der Geschwindigkeit eines seiner Düsenjets, mal mit Gegenwind, mal ohne. Dennoch war er ein Genie, daran gab es keinen Zweifel.

Es lief an unseren Lernnachmittagen immer gleich ab: Bruno hielt die Keksschachtel auf seinem Schoß und kaute permanent auf etwas herum. Mal waren es die weißen Kekse mit den Zuckerstreuseln oder die knusprigen Schokoladenringe auf Krokant, dann wieder die langen Waffelrechtecke, die er sich quer in den Mund stopfte. Ich gewöhnte mich allmählich an seine unklare Aussprache. Es war fast wie ein eigenes Vokabular, das ich lernte. Ich stellte ihm die Fragen und Bruno prustete seine Antworten ohne nachzudenken mit einem begleitenden Krümelregen heraus. Manchmal wollte ich ihn testen und herausfinden, ob er sich auch wirklich konzentrierte, doch er merkte es sofort. „Das steht da nicht", nuschelte er und sogleich grinste er überlegen, weil er jeden meiner Tests gewann. Ich denke, Bruno hat unsere Freundschaft in vollen Zügen genossen, auch wenn ich nur ein Mädchen war oder vielleicht gerade deshalb.

Kapitel neun

Das Geheimnis der alten Dame

Nachdem Bruno bezüglich Geometrie und anderer Scheußlichkeiten mit mir zufrieden war, gingen wir in den Garten, spielten Federball, stromerten in den Büschen herum, um Brombeeren zu sammeln, oder beobachteten das Haus der alten Frau nebenan. Sie erschien uns als äußerst sonderbar und fremdartig. Das Haus wirkte von der rückwärtigen Seite noch hässlicher als von vorn und auch der Garten war sichtlich verwahrlost. Eines Nachmittags dann öffnete sich knarrend die Haustür zum Garten und sie trat wie ein dunkles Gespenst auf die Veranda. Unser Blick wurde zunächst von einem großen Rosenbusch verdeckt, dessen alte Blüten kahl und verblüht am Stamm hingen. Jedes Kind weiß, dass alte Rosenblüten abgeschnitten werden müssen, damit der Busch im nächsten Jahr wieder blüht, doch solche Nebensächlichkeiten schienen die Alte nicht zu kümmern. Was sie überhaupt kümmerte, fanden wir lange Zeit nicht heraus. Uns war nur klar, dass wir sie nicht besonders mochten. Sie hatte eine sonderbare, für unser Empfinden finstere Ausstrahlung, besonders an dem Nachmittag, wo sie uns zum Greifen nahekam. Sie hatte einen kleinen Kopf mit langen grauen Haaren, die an verschiedenen Stellen schon den Blick auf den bleichen Schädel freigaben. Hinten im Nacken waren die Haare zu einem langen, dünnen Zopf zusammengebunden. Ihr Gesicht war über und über von tiefen Falten durchfurcht und von ihren Lippen war gar nichts zu sehen. Offensichtlich hatte sie keine oder nur noch wenige Zähne in ihrem Gebiss, sodass ihr Mund als schmaler Schlitz erschien und die Nasenspitze dem Kinn ziemlich nahekam. *Wie so eine alte Frau noch allein durchs Leben kommt,* fuhr es mir durch den Kopf.

In ihrem Garten schien sich eine schwarze Katze zu Hause zu fühlen. Ob es ihre eigene war, war uns nicht bekannt. Also dachten wir, dass sie wenigstens tierlieb sei, doch auch darin hatten wir uns getäuscht.

Wir steckten gerade in besagtem Brombeerbusch fest. In der linken Hand hielt ich eine Schale mit Beeren und mit der anderen versuchte ich, meine Strickjacke von Dornen zu befreien. Die Alte schlenderte auf dem Rasen herum und hob ihre Füße, die in braunen Pantoffeln steckten, dabei keinen Millimeter hoch. Sie schob sich förmlich durch das hohe Gras und rief fortwährend: „miez, miez, miez, miez." Dann wieder: „miez, miez, miez". Vornüber gebeugt hielt sie etwas in der rechten, zittrigen Hand, etwas Graues, und aus ihrer geschlossenen Faust schaute etwas wie ein dünnes Band heraus. Dann öffnete sie die Hand und wir erkannten: Es war der Schwanz einer toten Maus und diese Maus wollte sie der Katze zum Fraß anbieten. Die alte Frau war von den wenigen Metern, die sie im hohen Gras zurückgelegt hatte, außer Atem und stützte sich an dem Pfosten ihrer Laube ab. Plötzlich schlüpfte ein Rauhaardackel durch die Maschen ihres löchrigen Zaunes hindurch und kam schwanzwedelnd auf sie zu. Freundlich und neugierig, was es mit dieser Maus auf sich hätte, stand er vor ihr und hechelte. Mit langsamer Bewegung griff die Alte nach einem Reisigbesen neben ihr und wartete. Der Dackel hüpfte freudig vor ihr hin und her, mal skeptisch, mal freundlich. Doch dann trollte er sich schließlich und verließ ihren Garten durch das Schlupfloch, durch das er gekommen war. Bruno und ich hielten die Luft an. Jetzt nur nicht bewegen, dachten wir. Kein Rascheln, kein Atmen. Sie bemerkte uns nicht, sondern schlurfte mit einem finsteren Gesichtsausdruck zurück ins Haus. Ob sie mit dem Besen nach dem Hund schlagen wollte oder ob sie ihn nur für sich als Stütze brauchte, blieb ein Geheimnis. Unser Urteil jedoch war gefällt: Sie konnte den Dackel nicht leiden und wollte ihn verscheuchen. Die niedliche Miezekatze, die sie so gern gefüttert hätte, hatte sich wohl auch nicht getraut, ihr zu nahe zu kommen. Katzen sind da ein wenig schlauer als Hunde und daher verschwand die Alte unverrichteter Dinge wieder in ihrem grünen Haus.

Von diesem Tag an bespitzelten wir unsere Nachbarin in jeder freien Minute, selbstverständlich erst nach Mathe und Physik. Wir studierten ihr Verhalten und zogen Schlüsse, die uns zwar als logisch erschienen, aber ebenso als voreilig zu bezeichnen waren. Wir sahen nur, was vor Augen war, und nicht, was diese alte Frau zu dem gemacht hatte, was sie wirklich war.

Dadurch, dass der Dachboden eine Weile für mich verschlossen blieb, vergaß ich auch ganz allmählich die Briefe von Gott. Erstaunlich, aber wahr. Zu viele Dinge hatten mich abgelenkt. Der letzte Brief von ihm lag noch unbeantwortet in der Pappkiste, in der ich alle Briefe aufbewahrte. Bruno, die Alte im Nachbarsgarten, die Schule und vor allem die miesen Noten in Mathe und Physik hatten mich derartig eingenommen, dass in meinem Kopf kein Platz mehr für Gott war.

Eines Abends dann entlud sich ein heftiges Wärmegewitter. Die Blitze zuckten über den Horizont und der Donner brachte mein Zwerchfell im Bauch zum Vibrieren. Angst hatte ich nicht, doch welches Mädchen fühlt sich so richtig wohl, wenn sich am Himmel zehntausend Volt austoben? Mir war, als läge ein gewisser Grimm in der Luft, doch gegen wen sollte er gerichtet sein? Gab es da etwas in meinem Inneren, das sich angesprochen fühlte? Eine Schuld, die den Zorn des Himmels heraufbeschwor? Wie hätte ich herausfinden sollen, ob es einen sonderbaren, ja sogar absurden Zusammenhang zwischen meinem Leben und diesem Gewitter gab? Natürlich bildete ich mir in meiner Fantasie alles Mögliche ein, doch ein zunehmendes Unbehagen erfüllte mich und die mich schützende Bettdecke reichte bei Weitem nicht mehr aus, selbst nicht, als ich sie dicht an meinen Hals hochzog. In diesem Moment fiel mir mein Versäumnis wieder ein. Erst war ich doch Feuer und Flamme für meine mysteriösen Briefe gewesen und nun hatte mich der Eifer so schnell wieder verlassen!

Meinen Eifer hatte man mir ausgeredet, nur Flausen waren es für die anderen. Mit klugen Vernünfteleien hatten sie es geschafft, sie aus meinem Kopf zu verbannen. Ganz gleichgültig, ob das Gewitter mir galt oder nicht, es half mir, mich meines Brieffreundes wieder zu erinnern. War er nur mein Brieffreund oder auch ein richtiger Freund, der immer für mich da sein würde? Ihm würde egal sein, ob die Luke geschlossen war oder nicht. Wenn er wollte, würde er den Brief auch in meinem Zimmer abholen können oder einen seiner Boten schicken. Doch dann fiel mir die Ritze am Rand der Luke wieder ein, die ich beim Verschließen des Speichers entdeckt hatte. Ein kleiner Spalt, durch den ein Brief mühelos hindurchschlüpfen könnte. Ich würde ihn mit einem kleinen Schubs genau an die Stelle schieben, auf der die anderen Briefe auch immer gelegen hatten. Ein paar Zentimeter mehr oder weniger würden schon nichts ausmachen.

Gedacht, getan. Ich hatte vor dem Schlafengehen noch eine halbe Stunde Zeit und so setzte ich mich an meinen Schreibtisch, holte mein schönstes Papier hervor und begann:

Lieber Gott im Himmel,

ja, ja, du hast ja recht, wenn du sauer bist. Man hört dein Grummeln und Donnern ja bis hierhin. Es tut mir leid. Das gehört sich nicht, wochenlang nichts von sich hören zu lassen. Dabei war dein letzter Brief so nett. Ich habe mir auch einige Gedanken dazu gemacht, zumindest am Anfang. Danach habe ich, ehrlich gesagt, leider vergessen, über dich nachzudenken. Tut mir leid.

Ich habe noch nicht herausgefunden, welche Geschichte du meinst. Die mit dem Esel, meine ich. Na ja, die werde ich irgendwann auch noch finden. Vielleicht frage ich Frau

Winter. Was mir aber wirklich ein wenig Kopfzerbrechen bereitet hat, war, dass du sagtest, du habest uns auf der Erde schon einmal besucht. Wann war denn das? War ich da schon auf der Welt? Hab' ich was verpasst? Und wieso bist du nicht dageblieben? Gefiel es dir nicht bei uns? Sag mir rechtzeitig Bescheid, wenn du mal wieder vorbeikommst!

Übrigens, du hattest recht. Der Bruno ist wirklich ein sehr guter Freund geworden. Wir werden zwar in der Schule immer noch geärgert, aber das ist uns egal. Hauptsache, wir halten zusammen, und das werden wir ganz bestimmt.

Hast du gewusst, dass unsere Nachbarin Hunde schlägt? Finde ich nicht nett von ihr. Sie sieht aus wie eine richtige Hexe mit den wenigen Zähnen im Mund und dem Besen in der Hand. Würdest du der auch einen Brief schreiben? Bestimmt nicht, oder? Du magst bestimmt nur nette Leute wie mich.

Also lieber Gott, ab jetzt schreibe ich dir wieder regelmäßig. Versprochen!

Liebe Grüße
Deine Anna Lena

PS: Wusstest du, dass mein zweiter Name Lena ist? Klar, doofe Frage. Natürlich weißt du das! Du weißt ja alles!

Schnell steckte ich den Brief in einen Umschlag, machte ganz leise meine Zimmertür auf und horchte ins Dunkel hinein. Unten lief der Fernseher. Sehr gut. Ich nahm meinen Schreibtischstuhl mit auf den Flur und stellte ihn direkt unter die Luke. Mit einer Taschenlampe in der linken Hand leuchtete ich nach oben, während ich mit der rechten umständlich versuchte, den Brief in den kleinen Schlitz zwischen Lukenbrett und Dielenboden zu schieben. Das Problem war, dass ich nur wenige Zentimeter zu klein war, so sehr ich mich auch reckte. Mit einem wagemutigen Hüpfer versuchte ich das Äußerste. Ich sprang hoch, ließ schnell den Brief erfolgreich in die Ritze gleiten und ... brach mir bei der Landung das Bein. Ich flog mit meinem linken Fuß auf den Rand des Stuhles. Dieser kippte nach links um, sodass sich mein rechtes Bein beim Fallen zwischen Stuhllehne und Sitzfläche so verdrehte, dass mich zuerst ein Knacken und dann ein heftiger Schmerz aufschreien ließen. Das Poltern des Stuhles auf dem Holzboden muss so laut gewesen sein, dass es die Schüsse im Krimi meiner Eltern übertönte. Blitzschnell kamen sie die Treppe heraufgespurtet und fanden mich wimmernd am Boden liegen, noch immer mit der Taschenlampe in der Hand, die gespenstische Lichtstrahlen durch den Flur warf. Mein Vater schaltete sofort das Deckenlicht an und, wie er mir später erzählte, wurde ihm schrecklich übel, als er mein verdrehtes Bein betrachtete. Meine Oberschenkel lagen parallel nebeneinander, doch der rechte Unterschenkel zeigte in eine ganz andere Richtung. Meine Eltern schrien wild durcheinander und wussten gar nicht, ob und wie sie mich anfassen oder hochheben sollten. Also holten sie nur ein Kissen, das sie unter meinen Kopf legten und riefen den Krankenwagen an. Dann knieten sie beide neben mir. Kein Wort des Vorwurfes kam aus ihrem Mund, sahen sie doch den Stuhl unmittelbar unter der Luke und brauchten nur eins und eins zusammenzuzählen. Sie streichelten meinen Kopf und redeten beruhigend auf mich ein. Die Schmerzen trieben mich fast in eine Ohnmacht, zumindest hätte ich mir gewünscht, in eine solche zu fallen. Nach kurzer Zeit schellte es an der Tür und zwei Ärzte in weißen Hosen und mit roten Westen eilten die Treppe herauf. Sie brauchten mich gar nicht zu fragen, wie es mir ging – das hätte ein Blinder aus fünfzig

Metern Entfernung gesehen. Sie stellten verschiedene Taschen neben mich und packten in unglaublicher Geschwindigkeit verschiedene Sachen aus. Der Arzt mit dem buschigen Bart pikte mich obendrein noch mit einer Nadel in den Arm, doch schon nach kurzer Zeit ließ der Schmerz in meinem Bein nach. Ich war ihm sehr dankbar dafür, dass er mich von den Schmerzen erlöst hatte, und nach wenigen Augenblicken begann ich zu träumen, obwohl ich mir sicher war, noch wach zu sein. Eigentlich war es ein herrlicher Zustand. Ich wusste, ich hatte mir das Bein gebrochen, doch seit der Spritze war es mir ganz egal. Man hob mich auf eine Trage, schnallte mich mit mehreren Riemen an und bugsierte mich irgendwie die Treppe hinunter. Mein Arm stieß heftig am Geländer an, doch ich spürte es kaum. Man schob mich in den Krankenwagen und brachte mich in ein Krankenhaus, ohne Begleitung meiner Eltern - ich hatte keine Angst.

Natürlich kamen meine Eltern mit ihrem Wagen hinterhergefahren und trafen fast zur gleichen Zeit im Krankenhaus ein. Mein Vater hatte mehrere rote Ampeln überfahren. Auf einem Bild von der Polizei, das drei Wochen später bei uns ankam, war er besonders gut getroffen.

Eigentlich war alles gar nicht so schlimm. Im Krankenhaus hörte ich, wie die Ärzte miteinander diskutierten. Es klang wie durch einen milchigen Nebel hindurch, ganz ruhig und überhaupt nicht beunruhigend. „Operieren“, sagte der eine, „in Narkose richten“, sagte der andere. Es war mir vollkommen gleichgültig. Keine Ahnung, was man mir in die Ader gejagt hatte, aber es wirkte fantastisch.

Am nächsten Morgen war mein Bein von oben bis unten in blütenweißem Gips eingepackt und hing in einer Schlinge, die an einem Gestell festgemacht war. Mein Kopf brummte zwar, aber ich hatte keine Schmerzen im Bein. Auf dem Rücken meiner rechten Hand steckte eine lange Nadel, die mit einem Krepp-Klebeband an der Haut festgemacht war. Mit demselben, mit dem mein Vater zu Hause die Türen und Wände zum Streichen abgeklebt hatte. Hinten auf die Nadel war ein dünner durchsichtiger Schlauch gesteckt, der mit einem Sack neben mir verbunden war. Ich beobachtete die gelben Tropfen, die dieser Sack meinen Venen spendete, und empfand keinerlei Beunruhigung dabei.

Es juckte fürchterlich unter dem Gips, doch an Kratzen war gar nicht zu denken.

Ich trug ein Nachthemd, das definitiv nicht mir gehörte. Ein langweiliges, weißes Hemd, ungemustert, das obendrein viel zu groß war.

Es dauerte nicht lange, da kam eine Krankenschwester ins Zimmer gestürmt. Voller Eifer schnappte sie sich die Bettdecke und schüttelte sie kräftig aus. „Na, junges Fräulein, wie fühlen wir uns denn heute?“, fragte sie. Dann zog sie mir das Kissen unter dem Kopf weg, sagte Danke, als sie es schon längst hatte, und schüttelte auch dieses.

Ich fand dieses Verhalten ziemlich frech mir gegenüber, hatte ich doch so viel Schmerz und Leid gerade hinter mir. Trotzig antwortete ich ihr: „Ich weiß nicht, wie Sie sich fühlen, aber mir geht es so einigermaßen gut. Bis auf dieses Ding da.“ Ich zeigte auf mein Gipsbein. „Wie lange muss ich denn noch …?“

Täglich dieselben Fragen, muss die Schwester gedacht haben, denn sie leierte pflichtgemäß ihren Spruch herunter. „Im Krankenhaus zwei Wochen, der Gips bleibt sechs Wochen, danach gibt es einen Gehgips.“ Dann nahm sie sich die Krankenakte, die am Fußende in einem speziellen Fach steckte. „War nicht ganz einfach, dich wieder grade zu biegen. Bist wohl von einem ziemlich hohen Klettergerüst geflogen, was?“ Nun rollte sie ihr Kaugummi aus der einen Wange über die Zunge zur anderen und sah mich fragend an.

„Nee, vom Stuhl. Zu Hause“, sagte ich kurz. Zu sagen, ein hohes Klettergerüst, wäre mir allerdings lieber und nicht ganz so peinlich gewesen.

„Im Haushalt passieren die meisten Unfälle, sag ich immer.“ Dann verabschiedete sich die junge Schwester wieder von mir und brachte noch im Türrahmen eine Kaugummiblase zum Platzen. Schnell drehte sie sich noch einmal zu mir um. „In einer Stunde gibt's Frühstück. Magst du Hagebuttentee?"

„Hmm", antwortete ich ihr zustimmend. Dann war sie verschwunden.

Nun lag ich da, angekettet an diesem Galgen für gebrochene Beine. Ich stierte auf die Wand gegenüber, an die Decke, zur Linken durch engmaschige Gardinen aus dem kleinen Fenster hinaus und nach rechts zum Waschbecken. Eigentlich war es ein Doppelzimmer, doch das Bett neben mir war frisch bezogen und leer. „Trostlos" war der einzige Begriff, der mir zu dieser Umgebung einfiel. Das einzige tröstliche Element an der gegenüberliegenden Wand war ein Kreuz mit einem angenagelten Jesus, der den Kopf schief zur Seite hängen ließ. Tröstlich jedoch in dem Sinne, dort jemanden zu sehen, dem es offensichtlich mal schlechter ergangen war als mir.

Bereits am ersten Tag kamen natürlich meine Eltern zu Besuch. Meine Mutter kam unmittelbar nach dem Frühstück und mein Vater in seiner knappen Mittagspause. Er musste sich sehr abhetzen, um rechtzeitig den Weg von der Firma und wieder zu ihr zurück zu schaffen, doch während er auf meiner Bettkante saß, gab er sich große Mühe, mich den Druck, dem er ausgesetzt war, nicht spüren zu lassen. Er hielt meine Hand und sah mich an. Mal presste er die Lippen aufeinander und schüttelte den Kopf. „Warum das ausgerechnet jetzt passieren muss?", fragte er in den Raum hinein. Dann wieder holte er tief Luft und seufzte. Doch außer ein paar wenigen aufmunternden Worten hatte er mir nichts zu sagen. Sein Kopf war einfach zu voll mit Dingen, die außerhalb des Krankenhauses lagen, und daran änderte auch mein Gipsbein nichts. Mit zwölf Jahren konnte ich noch nicht erfassen, was es bedeutete, für eine Familie zu sorgen, sich dem Druck der Arbeitswelt zu stellen und stets Oberwasser behalten zu müssen. Für ihn galt, maximale Leistung zu bringen, um seinen

Job zu behalten und nicht wieder rauszufliegen. Eigentlich liebte er seinen Beruf, doch getrieben zu werden war ihm genauso verhasst wie jedem anderen Menschen auch. Er sah beinahe durch mich hindurch und war mit seinen Gedanken weit weg. Wie ein ferngesteuerter Roboter, dessen Fernbedienung der Chef einer Firma mit 150 Angestellten in der Hand hält.

Kapitel zehn

Eingegipst

Am Nachmittag kam Bruno. Darüber freute ich mich sehr. Mit Überschwang riss er die Tür auf und fiel fast ins Zimmer hinein. Dann schnappte er sich den harten, unbequemen Holzstuhl für die Besucher, die es nicht lange darauf aushalten konnten. Der muss mindestens so alt gewesen sein wie das Krankenhaus selbst und dies stammte aus der Zeit um die Jahrhundertwende. Der Stuhl hatte eine hohe Lehne, die mit sieben Streben mit der Sitzfläche verbunden war. Stabil war er wahrscheinlich, aber nicht gemütlich. Es machte Bruno nichts aus, darauf zu sitzen. Er war ja gut gepolstert. Bruno hatte, als er mit leicht geröteten Wangen vor meinem Bett stand und das weiße Übel betrachtete, einen kleinen Blumenstrauß in der Hand, der aussah, als wäre ein Lastwagen darübergefahren. Gekauft war der sicher nicht, das war allen, die ihn „bewunderten", schnell klar. Jahre später beichtete er mir, dass er ihn, einer kurzen unüberlegten Eingebung folgend, auf dem Flur direkt vor meiner Tür aus einer Vase geklaut hatte. Nun, er dachte sich, dass die Blümchen wahrscheinlich von einer Patientin stammten, die sie nicht mehr wollte oder brauchte, weil sie schon als gesund entlassen worden war, und da die nur halb verwelkten Blümchen in seinen Augen noch schön aussahen, konnte er den Gedanken nicht ertragen, dass sie ohne seine Hilfe in der dunklen Mülltonne gelandet wären. Außerdem war es ihm im letzten Moment peinlich geworden, mit leeren Händen an einem Krankenbett zu stehen.

Die Schwester sah sich die Blumen ziemlich lange an, als kämen sie ihr irgendwie bekannt vor, doch sie sagte nichts und zuckte nur mit den Achseln. Ihr Kaugummi hatte sie immer noch. Wahrscheinlich war es ein neues.

Bruno brachte mir natürlich auch die Hausaufgaben. Mathe

und Physik löste er in Windeseile gleich selbst und Englisch und Bio machten wir zusammen.

„Ich bin nur froh, dass ich noch nie im Krankenhaus war", sagte er und plusterte wie ein Kugelfisch die Wangen auf. „Ich hab auch nicht so schnell vor, hier reinzukommen", fügte er kleinlaut hinzu.

„Wieso?", fragte ich. „Ist doch eigentlich ganz nett hier. Ich werde hier den ganzen Tag bedient, die Schulleitung bedauert meinen Beinbruch sehr, die anderen Schüler in der Klasse sind froh, dass ich mal weg bin und versäumen tue ich dank dir auch nichts."

Bruno nickte nur, doch tief in seinem Inneren kämpfte er einen tapferen Kampf. Er hasste Krankenhäuser, mit allem, was dazu gehörte: vor allem ihren Geruch, danach die Halbtoten, die in rosa Plüschpantoffeln über den Flur schlurften. Und die Ärzte waren sowieso an allem schuld.

„Es macht mir gar nichts aus, hier zu sein", prahlte ich. „Bisschen langweilig, aber sonst …" Ich tat, als sei ich ganz gelassen, doch in Wahrheit wusste ich auch nicht so recht, wie ich auf diese Situation reagieren sollte. Mein Unfall war just in dem Moment passiert, als ich Gott einen neuen Brief zukommen lassen wollte. Und dann, bums, brech' ich mir das Bein. Hatten mir nicht meine Eltern in ihrer pädagogischen Weitsicht den Dachboden verboten? Sagten sie nicht, die Leiter sei für mich zu steil? Hatten sie nicht Angst, ich könne mir darauf die Beine oder Arme brechen? Na und dann falle ich prompt von einem Stuhl. Natürlich konnten sie es sich nicht verkneifen: „Siehste, Kind, haben wir dir doch gesagt, dass der Dachboden zu gefährlich ist."

Doch was mich in Stunden der Einsamkeit am meisten beschäftigte, war, was wohl mein Brieffreund über die ganze Sache dachte. Wie sollte er mir jetzt eine Antwort schicken? Einen Brief auf meinen Nachttisch flattern lassen, ging ja wohl schlecht. Ich machte Gott auch keinen Vorwurf, warum auch, er hatte mich ja nicht vom Stuhl geschubst. Obwohl? Hatte er nicht gesagt, er werde immer auf mich aufpassen? Ich kam zu dem Schluss, dass es meine eigene Blödheit war, die mich ins Krankenhaus gebracht hatte.

Winzige Restzweifel blieben trotzdem.

Bruno kam jeden Tag exakt zur gleichen Zeit. Um viertel vor vier. Man hätte eine Uhr nach ihm stellen können. Seinen kalorienhaltigen Proviant brachte er sich meistens selbst mit. Entweder hatte er ihn im Krankenhauskiosk gekauft oder schon vorher bei Aldi erstanden. Dann tauchte er schon mit aufgerissener Tüte bei mir auf. Bruno hing an Süßigkeiten und anderem Knabberkram wie ein Ertrinkender an frischem Wasser.

Nicht einen der vierzehn Tage meines Aufenthaltes ließ er aus. Blumen jedoch gab es nur am ersten und die waren auch schon bald danach völlig hinüber. Bruno bemerkte gar nicht, als sie eines Nachmittags nicht mehr dort standen.

Es war wie eine schöne Zeremonie. Er schob den antiken Holzstuhl mit lautem Knarren über den Fliesenboden und schien es zu genießen, für einen Augenblick volle Aufmerksamkeit für sich in Anspruch nehmen zu können. Er stellte ihn schräg vor mein Bett, sodass er mich gut sehen konnte. Wir plauderten häufig, wie es unsere Gewohnheit geworden war, aneinander vorbei, nicht jedoch, ohne die Unterhaltung trotzdem zu genießen. Nur konnte ich mit ihm leider nicht mehr über Gott und die Briefe reden. In diesem Punkt blieb er stur und nahm nichts davon an. Ich hätte es sehr gern getan, gerade jetzt in einer Situation, in der ich eh unglaublich viel Zeit zum Grübeln hatte. Dafür erfuhr ich viel über ihn selbst. Natürlich, ich wusste schon einiges von ihm. Nämlich, dass er unbedingt Pilot werden wollte, nein würde, wie er sagte, und dieser Teil machte schon achtzig Prozent seiner Person aus. Ich lernte alles über seine Kinderkrankheiten, die er wie ein Professor bis ins kleinste Detail beschreiben konnte, über seine Schwäche für Süßes und darüber, dass er gern wäre wie die anderen Jungs. Wie die Dünnen, die Schnellen, die Wendigen und wie die Langstreckenläufer, denen nicht schon nach zwei Minuten die Puste ausging. Er bewunderte jene, die eine Ehren- oder zumindest eine Siegerurkunde der Bundesjugendspiele mit nach Hause brachten. Vom Sport war er ein halbes Jahr zuvor befreit worden. Nicht, weil er es so gewollt hatte, sondern weil es nicht mehr ging. Irgendetwas stimmte nicht mit ihm, wie man fand. Er war zu kurzatmig für die Volleyballmannschaft, zu klein für Basketball, zu schwer für das Reck und definitiv zu lahm für die ehrgeizigen Fußballer. „Man", das waren die Lehrer und die Schüler, ein Arzt wurde jedoch nie zurate gezogen. Bruno, der Krankenhäuser und Arztpraxen hasste wie den Tod, wollte dies unter keinen Umständen. Dennoch hörte ich heraus, dass er sich Sorgen machte.

„Ich will nie in ein Krankenhaus kommen", sagte er noch einmal so bestimmt, als läge es an ihm, das zu entscheiden.

Ich zuckte mit den Schultern und stopfte mir ein paar Chips aus der Tüte, die er mir reichte, in den Mund. „Musst du auch nicht, wenn du gesund bleibst."

„Pah. Sehr schlau. Wie kann man das wissen?"

„Gar nicht. Siehste ja an mir. Und gesund leben tust du ja auch nicht gerade." Ich deutete auf die Kalorienbombe in seinem Arm, Note scharf-ungarisch.

„Na und. Die machen mir nichts aus. Nervennahrung, sagt meine Mutter immer." Ich grinste, denn ich erinnerte mich an die Hüftröllchen seiner Mutter.

„Na, dann kann dir ja auch nichts passieren."

Bruno nickte. „Genau!" Aber überzeugt war er immer noch nicht. Irgendwas beschäftigte ihn, doch er rückte nicht so schnell damit raus. Nachdem die Tüte halb leer war, wurde er ernst. „Wenn ich doch mal hier landen sollte, besuchst du mich dann auch so oft?"

„Klar mach ich das. Jeden Tag, so wie du."

Bruno nickte wieder und dachte nach. Plötzlich rutschte er unruhig auf seinem Stuhl hin und her. „Ich hab ein bisschen

Angst", sagte er leise, so als hoffte er, ich hätte es nicht gehört. Ich rückte mir das Kopfkissen zurecht, damit ich aufrechter sitzen konnte. Das blöde Bein schränkte meinen Bewegungsumfang drastisch ein. Doch ich spürte deutlich, dass ihm irgendetwas auf der Seele lag, und er konnte es kaum mehr für sich behalten. Ein gewisses Knistern lag in der Luft, denn Bruno wurde immer blasser im Gesicht. Auf einmal war nicht mehr ich diejenige, die Zuwendung brauchte, sondern er.

„Wovor hast du denn Angst?", fragte ich ihn und ließ ihn nicht aus den Augen.

„Es tut mir in letzter Zeit immer öfter hier weh." Bruno deutete mit dem rechten Daumen auf seine linke Brust.

„Was liegt denn da? Der Magen?", fragte ich und überlegte. Mit zwölf weiß man ja noch nicht unbedingt, dass das Herz auf der linken Brustseite liegt. Außer Bruno, der sich offenbar in Anatomie genauso gut auskannte wie in Mathe.

„Nein, das Herz", erklärte er mir daher auch. „Ich spüre es besonders beim Rennen. Das erste Mal hab ich es ganz deutlich beim Federball bei euch im Garten gemerkt. Ich habe fast keine Luft mehr gekriegt und Husten muss ich auch immer häufiger in letzter Zeit." Auf Brunos Stirn sammelten sich erst ganz feine, später immer dicker werdende Schweißtropfen. Der Gedanke, an meiner statt in diesem Bett liegen zu müssen, quälte ihn unsäglich.

„Hast du 'ne Idee, was da genau mit deinem Herzen los sein könnte?", fragte ich ihn.

Er schüttelte den Kopf. „Leider nicht, aber ich spüre, dass es nicht so was Harmloses ist wie ein Schnupfen."

„Du musst zum Arzt, Bruno!", sagte ich entschieden.

„Nääää. Ganz sicher nicht!", protestierte er laut. „Dort kriegen mich keine zehn Pferde rein."

„Ach Bruno, das ist doch dumm. Du willst doch Pilot werden. Glaubst du, die nehmen jeden?" Jetzt wurde Bruno hellhörig. Ich nutzte die Chance, die sich wie durch einen kleinen Türspalt einschlich. „Schon möglich, dass man in zwanzig Jahren was gegen deine Augen, also gegen deine dicken Gläser, machen kann, aber was am Herzen zu haben, das ist schon was anderes. Stell dir vor, du düst gerade in zehn Kilometern Höhe übern Atlantik und dein Herz fängt an zu spinnen. Fänd ich nicht so lustig, wenn ich Passagier wär und mich auf den Strand freuen würde, aber dann doch abstürzen würde, nur weil du nicht beim Arzt warst."

Das war die Sprache, die er verstand, und für seinen Traum, Pilot zu werden, würde er fast alles tun. Aber eben nur fast.

„Ja, mal sehen ... Ich kann ja mal irgendwann hingehen. Erst mal musst du wieder gesund werden."

„Kein Problem. Bin ich ja schon fast." Bruno schnappte sich die Kekse, die meine Mutter für *mich* mitgebracht hatte. Er brauchte offensichtlich noch mehr Nervennahrung und versank in trüben Gedanken an eine ungewisse Zukunft. Er tat mir leid und ich ahnte, dass es nicht so unbeschwert wie bisher weitergehen würde.

Es gab während meiner vierzehntägigen „Einzelhaft" noch eine Person, die mich regelmäßig besuchte, sodass meine Grübelzeiten auf die eine oder andere Stunde begrenzt blieben. Eine Person, in die ich zu Beginn ihrer Besuche große Hoffnungen legte. Eine, von der ich sicher war, dass wenigstens sie mir glauben würde, wenn ich ihr von den Briefen von Gott erzählen würde. Eine Frau, die es ja schließlich ganz genau wissen musste, die sicher alle Fragen über Gott und die Welt souverän beantworten konnte.

Die Frau, die ich meine, war eine Nonne. Sie war schon ein bisschen älter, so um die sechzig herum. Sie trug die typische Ordenstracht, die man gelegentlich in der Nähe von Kirchen durch die Straßen huschen sieht. Auf dem Kopf hatte sie eine schwarze Haube mit einem weißen Streifen darunter, den sie unter dem Kinn straff zusammengebunden hatte. Ich hatte immer das Gefühl, als müsse ihr die Schleife die Kehle zuschnüren, doch sie schien diesen Eindruck nicht zu teilen.

Ich erinnere mich gern an sie, denn sie hatte trotz allem so etwas Erhabenes, Entrücktes. Sie schien mit sich und der Welt völlig im Reinen zu sein. Sie ruhte in sich selbst oder, wie sie es nannte, in der Hand ihres Vaters im Himmel.

Da war er wieder: der Vater im Himmel. Und was sie alles über mich wusste. Als wäre mir auf der Stirn geschrieben gewesen, was mich bewegte. Ich kam nie dahinter, wer ihr all die Dinge gesteckt hatte, die mich und meine Träume betrafen. Auch möglich, dass sie aus ihrem reichen Erfahrungsschatz im Umgang mit pubertierenden Mädchen schöpfte, denn sie empfand es seit fast fünfunddreißig Jahren als ihre Aufgabe, die in ihren Betten vegetierenden Patienten zu besuchen und wenn möglich sogar aufzuheitern. Im optimalen Falle wäre sie der glücklichste Mensch gewesen, falls es ihr gelungen wäre, einen frisch Operierten mit unsäglichen Schmerzen mit Gott bekannt zu machen und ihm zu einer dauerhaften Beziehung zu ihm zu verhelfen. Damit will ich nicht sagen, dass sie die Not der Menschen ausnutzen wollte, aber es ist nun einmal unumstößliches Gesetz und auch vieler Menschen Erfahrung, dass wir am ehesten nach Gott schreien, wenn es uns so richtig dreckig geht. In solchen Fällen ist eine Nonne oder sonst wer zur richtigen Zeit am richtigen Fleck und hat mit Verkupplungsversuchen großen Erfolg. Es ist ja auch eigentlich nichts Schlechtes daran.

Meine Nonne grinste fast immer mit ihren an den Rändern zu kurzen und daher hässlichen Zahnkronen, wenn sie mich besuchte. Doch sie tat dies nicht wie der Eisverkäufer an unserer Straßenecke, wenn er mit Freude sein Geld zählte, sondern so, als gäbe es gar nichts Böses auf der Welt, nichts, worüber man sich ernstlich Sorgen machen müsste. So als säßen wir beide allein in einem schönen Garten voller Schmetterlinge und summenden Bienen, so als ginge es ihr einfach rundherum gut. Sie hieß Hildegard, genauer gesagt Schwester Hildegard. Eine schwarz bekittelte Ordensschwester unter vielen weiß bekittelten Krankenschwestern.

Auch sie setzte sich auf den alten Besucherstuhl. Wo hätte sie in diesem Verlies auch sonst sitzen sollen?

Doch, ich gebe zu, ich habe die Zeiten mit ihr genossen. Sie half mir, die Langeweile zu vertreiben. Wir sprachen über alles Mögliche: über die Schule, meine Mitschüler und deren unentwegtes Hänseln, über Bruno, über meine Oma und Purzel. Ich weiß auch nicht, wie sie es angestellt hat, aber in ihrer Gegenwart wurde ich zu einem sprudelnden Wasserfall. Während ich redete, hatte sie immer ein kleines schwarzes Buch in der Hand. Aber sie schlug es nie auf, zumindest nicht in den ersten Tagen. Sie schien froh zu sein, es in der Hand zu halten und für den Notfall griffbereit zu haben. Aber ich glaube, es half ihr selbst und es gab ihr große Sicherheit, sich daran festhalten zu können.

„Weißt du, liebes Kind“, begann sie unvermittelt eines Nachmittags, „das mit dem lieben Gott ist schon so eine Sache.“

Ich hatte sie gar nicht nach Gott befragt. Es stimmte schon, ich hatte mir so meine Gedanken über meinen Briefe schreibenden Gott gemacht, aber gefragt hatte ich sie nach ihm nicht. Sie fing einfach von ganz allein von ihm an. Ich dachte, Nonnen machen das wahrscheinlich immer so. Eben ein Teil ihres Jobs.

Ohne irgendeinen Zusammenhang begann sie also: „Gott wohnt zwar im Himmel, aber er hat seinen Sohn zu uns geschickt, um uns nah zu sein.“ Mein Blick wanderte zu dem hölzernen Mann am Kreuz mit dem schiefhängenden Kopf und dem aufgemalten roten Schlitz am Bauch.

„Der Vater im Himmel ist Mensch geworden, um uns zu besuchen. Jesus war und ist der Sohn Gottes und kam, um auch uns zu Kindern Gottes zu machen.“ So sprach sie immer weiter. Sie blickte dabei verklärt aus dem Fenster und wiegte sich auf ihrem Stuhl hin und her. Sie erinnerte mich an den Pastor, den wir einmal im Jahr zu Weihnachten in seiner Kirche besuchten. Sie predigte fast genauso gut wie er, doch ich gebe zu, ich konnte ihr nicht lange zuhören. Ich betrachtete sie vielmehr, wie sie so dasaß, schwankend, gestikulierend, fabulierend, neben mir und doch - auf eigenartige Weise - nicht bei mir. Ich gab mir immer wieder Mühe, mich auf ihre Worte zu konzentrieren, und schnappte viel von dem auf, was ich eigenartigerweise Gott auch gefragt hatte, nämlich wann und warum er uns auf der Erde besucht hatte. Unhöflicherweise unterbrach ich sie in ihrer Predigt und fragte sie: „Es hat ihm nicht gut bei uns gefallen, hm? Er sieht nicht besonders glücklich aus." Ich nickte in Richtung des Kreuzes. „Das ist er doch, den Sie meinen, oder?" Schwester Hildegard legte ihren Kopf ein wenig schief und blickte in die Richtung der gegenüberliegenden Wand. Als sähe sie den Mann am Kreuz zum ersten Mal, so eingehend betrachtete sie ihn. Sie erstarrte in ihrer Betrachtung und jegliche Leichtigkeit fiel von ihr ab. Wahrscheinlich hatte man sie noch nie Derartiges gefragt, denn sie wirkte plötzlich sehr traurig. Dann sagte sie: „Nein, als er am Kreuz hing, war er vermutlich nicht glücklich." Sie zuckte mit den Schultern. Ihr Pinguinkleid hob und senkte sich dabei. „So habe ich das noch nie gesehen, Kind. Glücklich? Ehrlich gesagt, ich habe mich das noch nie gefragt, ob er glücklich war. Das kommt darauf an, wie man Glück definiert", fügte sie eilig hinzu.

Auch ich dachte nach. „Na ja, zufrieden sein, zum Beispiel. Eben glücklich", versuchte ich ihr zu helfen, als sei dieses Wort doch wirklich nicht besonders schwer zu erklären.

Ich hatte Schwester Hildegard mit meiner Frage sichtlich verwirrt. „Ich muss darüber nachdenken, Liebes." Sie grinste, als sie sich verabschiedete, doch diesmal wirkte es ein wenig gequält.

Kapitel elf

War Jesus glücklich?

Wenige Tage später kam sie wieder. Ich hatte eigentlich schon viel eher mit ihr gerechnet, doch sie brauchte wohl so viel Zeit zum Nachdenken. Erst redeten wir über dies und das, über die Krankheiten und das Wetter, das miserable Essen im Krankenhaus und dass dadurch so dünne Kinder wie ich noch viel dünner würden.

Doch dann, von einer Sekunde auf die nächste, verhielt sie sich ein wenig sonderbar, druckste herum und zappelte auf ihrem Stuhl. „Also Kind, ich habe nachgedacht. Und nicht nur das. Ich habe Gott gefragt, ob Jesus ein glücklicher Mensch gewesen ist oder nicht. Daher habe ich dich die letzten Tage auch nicht besuchen können, weil das manchmal nicht so schnell geht mit den Antworten. Aber es lohnt sich", fügte sie lehrerhaft hinzu, „beharrlich zu bleiben und nicht aufzugeben, bis man Klarheit gewonnen hat."

Ich unterbrach sie mal wieder. „Sie wollen damit sagen, dass Sie mit Gott geredet haben und er mit Ihnen?" Gegen Ende des Satzes wurde meine Stimme immer höher, um ihr zu verstehen zu geben, dass ich das kaum glauben konnte. Briefe von Gott, meinetwegen, aber dass Gott zu Menschen redet, so klar und deutlich, dass sie es auch kapieren? Das schien mir schwer zu glauben.

Die Schwester mit der schwarzen Haube und dem weißen Tuch darunter nickte. „Genau. Ich habe mir drei Tage Zeit genommen, so gut wie nichts gegessen, um mich nicht abzulenken, und Gott immer wieder die gleiche Frage gestellt: War Jesus Christus ein glücklicher Mensch? Zunächst habe ich überlegt, was dieses Wort bedeutet, woher es stammt. Glücklich heißt so viel wie ‚glückselig' oder ‚glücklich zu preisen'. Jemand, der glücklich ist, ist einer, den man beglückwünschen kann. Na und dann habe ich in einer alten Konkordanz nachgeschlagen." Ich sah sie fragend an.

„Das ist so etwas wie ein Nachschlagewerk zur Bibel, weißt du?" Ich nickte verständig, als wüsste ich ganz genau, wovon sie sprach. In Wirklichkeit hatte ich keinen blassen Schimmer. Derweilen kramte sie unter ihrer Ordenstracht herum und fingerte einen zusammengefalteten Zettel hervor. Sie strich ihn auf meinem Beistelltisch neben der Keksschachtel glatt.

„Ich habe es herausgeschrieben, weil ich mir so lange Sachen nicht mehr merken kann. Also, hör zu. Da stand: ‚In der Bibel wird der Mensch glücklich gepriesen, den Gott mit einem erfüllten Leben gesegnet hat, zum Beispiel mit irdischen Gütern und Wohlstand, besonders aber mit dem Glück rechter Gottesgemeinschaft.'" Sie grinste und sah mich über den schwarzen Brillenrand hinweg an, um zu prüfen, ob ich auch wirklich zuhörte. Dann fuhr sie langsam und sehr deutlich sprechend fort: „‚Darum wird vor allem der Fromme glücklich gepriesen, der Gottes Geboten gehorsam ist und Gott allein vertraut.'"

Nachdem sie eine bedeutsame Pause gemacht hatte, faltete sie den Zettel fein säuberlich wieder zusammen und ließ ihn zwischen die Seiten ihres schwarzen Buches gleiten.

Ich wusste in diesem Moment nicht, was ich erwidern sollte und antwortete daher nur mit einem klugen „Aha". Gleichzeitig sah ich aus dem Fenster und dachte nach. Ich kam allerdings dem eigentlichen Problem kein Stück näher. Wieso konnte Jesus trotzdem glücklich sein, obwohl er da oben am Kreuz hing? Als hätte Schwester Hildegard meine Gedanken erahnt, nahm sie das Gespräch wieder auf. „Weißt du, Anna, du hast mir mit deiner Frage sehr geholfen."

„Ich? Wieso denn?"

„Ich hab mich nicht nur gefragt, ob Jesus glücklich war, sondern ob auch ich glücklich bin."

„Das versteh ich nicht. Was hat das mit Ihnen zu tun?"

„Na ja, Jesus hat sein Leben ganz in den Dienst Gottes gestellt.

Gott war sein Vater im Himmel, so wie Gott auch unser Vater ist. Wenn nun Jesus in seinem Leben unglücklich gewesen wäre, dann müsste ich es ja wohl erst recht sein. Ich bin nicht der Sohn Gottes, sondern nur eine einfache, unbedeutende Nonne, aber auch ich habe mein Leben Gott gegeben. Wenn ich Grund dazu hätte, unglücklich zu sein, was hätte es dann genützt, all das auf mich zu nehmen? Und als ich Gott gefragt habe, ob Jesus glücklich war, sprach Gott durch ein altes Gebet zu mir, das du bestimmt auch kennst: Das Vaterunser. Darin beten wir: ‚Dein Wille geschehe.'" Sie sah mich fragend an, um zu erkunden, ob ich das Vaterunser kennen würde. Wieder nickte ich stumm.

„Das, mein liebes Kind, ist der springende Punkt. Jesus war glücklich, weil er genau das getan hat, was er den Jüngern zu beten empfohlen hat. Er hat nicht seinen Willen getan, sondern den des Vaters im Himmel. Er war glücklich, weil er genau wusste, wofür er lebte, warum er sein Leben opferte. Verstehst du das?" Ich schüttelte den Kopf. Jetzt war sie wieder ganz die Alte, die in sich, genauer gesagt, in ihm ruhte. „Ja, ich denke, Jesus war glücklich, weil Gott der Vater darüber glücklich war, was Jesus für ihn getan hatte. Und ich bin glücklich, weil ich denke, dass auch Gott sich darüber freut, was ich tue. Man ist dann glücklich, wenn man weiß, dass das, was man tut, das Richtige ist, auch wenn es schwierig oder anstrengend oder manchmal sogar gefährlich ist." Dann strahlte sie wieder und wirkte dabei viel jünger, als sie war.

„Sie meinen also, dass ich glücklich werde, wenn ich das tue, was Gott will und was ihm gefällt." Schwester Hildegard nickte eifrig.

„Aber was gefällt ihm denn? Wie soll ich das denn herausfinden? Und wenn *mir* das aber nicht gefällt, was ihm gefällt?" Ich presste die Lippen aufeinander und schüttelte den Kopf. Irgendwie wurde mir das Ganze allmählich zu viel.

Nun hob sie ihr schwarzes Buch in die Höhe. „Das steht hier drin, mein Kind, in seinem Wort. Darin spricht Gott zu dir."

„Auch durch Briefe?", fragte ich rasch. Sie spitzte die Lippen und zog die Stirn kraus. „Ach, du meinst die Briefe des Apostels Paulus und des heiligen Petrus?"

„Wer ist denn Paulus? Nee, den meine ich nicht. Briefe von Ihm. Von Gott selbst." Schwester Hildegard legte den Kopf ein wenig schief wie ein Hund, der einen Befehl erhalten hatte und ihn nicht verstand oder ihn nicht verstehen wollte. Sie betrachtete mich eine Weile mit großer Skepsis. „Er schickt mir Briefe", sagte ich, als sei es die normalste Sache der Welt. „Ich finde sie immer auf dem Dachboden."

Nun schien sie wirklich überfordert zu sein. „Tja", sagte sie, um die Stille zu unterbrechen. Dann wieder „Tja, hmm. Ich weiß nicht so recht, ob er auch Briefe …"

„Na ja, macht auch nichts. Ich weiß das aber ganz genau. Zu manchen Leuten spricht er im Traum, zu Ihnen durch die Bibel und zu mir durch die Briefe. Er sei da ziemlich flexibel, hat er gesagt."

„Ach, hat er das?" Sie überlegte eine Weile, vielleicht, ob meine Antwort in ihr theologisches Konzept passen würde. Dann fegte sie plötzlich meine Überzeugung mit einer Handbewegung weg wie eine Fliege, die vor ihrer Nase herumsauste. Die harmlose Fantasie eines zwölfjährigen Mädchens. Nichts, worüber man sich Sorgen machen bräuchte. Aber geglaubt hat sie mir auch nicht.

Dann endlich kam der Tag meiner Entlassung. In den zwei Wochen blieb das Bett neben mir unbenutzt, obwohl die Kranken auf den Fluren hin- und herflitzten oder in Rollstühlen durch die Gänge jagten. Ich war nicht sicher, ob es mir lieber gewesen wäre, eine Bettnachbarin gehabt zu haben. Vielleicht hätte ich eine neue Freundin kennengelernt oder wenigstens jemanden zum Reden oder Kartenspielen gehabt. Doch so empfand ich diese zwei Wochen meines Aufenthaltes wie eine kleine Ewigkeit, die nur durch die Besuche von Bruno, meinen Eltern und Schwester Hildegard unterbrochen wurde.

Ich humpelte an zwei Krücken den sterilen Gang entlang, gestützt von meinem Vater an der einen Seite und meiner Mutter an der anderen Seite. Ich war ziemlich wackelig auf den Beinen und die Balance auf den Stöcken glich jener eines Betrunkenen. Eigentlich hatte ich Angst, nach Hause zu kommen. Ich wusste nicht, was mich erwarten würde. Würde es überhaupt weitere Briefe von Gott geben oder war die Sache nun vorbei? Würde ich den Anschluss an den Unterricht wieder finden oder müsste ich die Klasse wiederholen? So trostlos mein Krankenzimmer auch war, es hatte den Vorteil, dass ich mich um nichts kümmern musste. Alles wurde mir abgenommen. Keine Entscheidungen, keine Noten, keine Klassenarbeiten, keine Angst, doch leider auch kein Verständnis. Ich litt darunter, dass mich alle für einen Spinner hielten. Solange ich den Mund hielt und niemandem etwas von den Briefen erzählte, war die Welt für sie und mich in Ordnung. Aber kaum berichtet man von Dingen, die keiner hören will oder kann, gerät die Welt aus den Fugen. Sogar für Schwester Hildegard schien es unmöglich zu sein, dass Gott von Zeit zu Zeit und wahrscheinlich schon durch die Jahrhunderte hindurch manchmal Dinge tut, die wir Menschen nicht für möglich halten. Ja, ich gebe zu, es klang ein wenig verrückt, aber was ist schon normal? Und warum wird man nicht mehr akzeptiert, wenn man Dinge erlebt, die nicht der Norm entsprechen, wenn man ein wenig anders ist als die anderen? Ich erlebte, wie engstirnig die Menschen waren, wie intolerant und festgefahren in ihren Meinungen. Eine Realität jenseits des Sichtbaren und des menschlich Erfassbaren schien es nicht zu geben. Einen Gott, der sich auf unkonventionelle Art und Weise versucht mitzuteilen, kann es nicht geben und will man auch gar nicht kennenlernen. So oder so ähnlich empfand ich meinen Spagat in jener Zeit.

Meine Eltern hatten mein Zimmer krankengerecht eingerichtet. Alles war in unmittelbarer Reichweite meines Bettes aufgebaut. So schnell würde ich den Gips noch nicht loswerden, daher musste ich mich auf weitere vier unbequeme Wochen einstellen. Zeiten, in denen ich von anderen abhängig sein würde wie ein kleines Kind. Gerade jetzt, wo ich beweisen wollte, dass ich vertrauenswürdig und schon mindestens halb erwachsen war, wurde ich in einen Zustand der Hilflosigkeit zurückversetzt. Ich konnte außer liegen und verkrampft sitzen nichts machen. Nicht toben, nicht Federball spielen, gar nichts. Nur denken, grübeln, eine Menge Bücher lesen und so gut es ging die Hausaufgaben nachholen.

Am dritten Tag nach meiner Entlassung schellte es an der Tür. Ich ging fest davon aus, dass es Bruno sei, doch ich sollte mich täuschen. Ich hörte ein undeutliches, sehr leise gesprochenes Gespräch an der Haustür, dann wurde sie wieder geschlossen. Kurz darauf kam meine Mutter die Treppe hoch und brachte mir ein kleines Päckchen.

„Hier, für dich, mein Schatz." Meine Mutter überreichte es mir. Einfaches Packpapier mit einer schon mehrfach benutzten, roten Schleife. Ich zog eine Augenbraue als Zeichen meiner Verwunderung hoch, doch meine Mutter löste das Rätsel nicht auf. Sie grinste nur.

„Nun sag schon. Von wem ist es?" Meine Neugier kannte keine Grenzen. Ungeduldig wie eh und je.

„Mach es doch erst mal auf", forderte sie mich auf.

Ich zog die locker gebundene Schleife über das Papier hinweg und riss das für meinen Geschmack hässliche Packpapier auf. Zum Vorschein kam eine Pralinenschachtel, die schon etwas angegriffen wirkte. Eine Delle an der Ecke und verblichene Schriftzüge auf der Packung. Ich freute mich nicht besonders, denn erstens mochte ich, verwöhnt wie ich war, nicht jede Sorte Pralinen und zweitens hatte ich nicht mit Pralinen, sondern mit einem Buch oder etwas Praktischem gerechnet.

„Also? Von wem?"

„Von Frau Rosenbaum." Ich zog eine Grimasse mit Tausend Fragezeichen darin. „Wer, bitte schön, ist Frau Rosenbaum?"

„Unsere Nachbarin."

„Die aus dem grünen Haus? Die alte Hexe, die wehrlose Hunde verprügelt?"

Meine Mutter nickte, obgleich sie nichts von derlei Ereignissen wusste. „Sie ist doch keine Hexe, Kind. In der zweiten Woche deines Krankenhausaufenthaltes habe ich sie am Briefkasten getroffen. Ich dachte mir, es wäre mal gut, sich kennenzulernen und bin auf sie zugegangen. Sie ist schon vierundachtzig, wusstest du das?"

„So sieht sie auch aus", spottete ich. „Komischer Name, Rosenbaum." Ich lachte gequält. „Sie heißt Rosenbaum und hat im Garten auch einen, aber den lässt sie vergammeln."

„Sie bekommt ab und zu Post aus Amerika, von ihren Kindern." Meine Mutter sah an die Decke, als suchte sie nach Antworten. „Jedenfalls erzählt sie das", sinnierte sie. „An dem Tag, als ich sie das letzte Mal traf, kam endlich eine Karte, sagte sie. Ich hatte eher den Eindruck, dass es nur zusammengefaltete Reklame war. Hatten wir nämlich auch im Briefkasten an diesem Tag, aber so genau konnte ich es ohne Brille nicht sehen." Meine Mutter schüttelte ungläubig den Kopf. „Ist schon eine sonderbare Frau. Sie hat mir diese Reklame, also die angebliche Postkarte, zitternd und voller Freude hingehalten, als wäre sie ihr ganzer Stolz. Muss ziemlich einsam sein, die Gute. Das ist der einzige Weg, den sie jeden Tag macht. Zum Briefkasten hin und zurück. Eigenartig, dass mir das nie aufgefallen war. Du bist ja auch immer in der Schule zu der Zeit und ich bin meistens einkaufen."

Ich sah mir die Pralinenpackung an, ob sie an irgendeiner Stelle geöffnet oder beschädigt war. „Vielleicht will sie mich ja vergiften!", raunte ich misstrauisch.

„Du spinnst, Anna. Warum sollte sie das denn tun? Im Gegenteil. Sie mag dich."

„Woher willst du das denn wissen?"

„Sie hat es mir erzählt. Sie sieht euch immer beim Spielen im Garten zu. Bruno mag sie auch, aber sie meint, er solle mal zum

Arzt gehen." Schon wieder zog ich eine Grimasse. Es wurde immer skurriler.

Mutter fuhr fort: „Sie sagt, die Art, wie er sich bewegt, und sein ständiges Aus-der-Puste-Sein seien nicht normal. Er sei so blass im Gesicht und hätte in letzter Zeit so blaue Lippen, dass sogar sie das bis oben zu ihrem Fenster sehen könne. Er solle mal sein Herz untersuchen lassen."

Nun war ich wirklich baff. Was wusste schon die Alte von solchen Sachen?

„Blödsinn!", raunte ich meine Mutter an.

„Sie war mal Ärztin, hat sie erzählt."

„Im Mittelalter, oder wann?" Ich konnte mir meinen Spott nicht verkneifen. Ein Mensch, der Hunde schlägt, dem traut man alles zu: kleine Mädchen vergiften und pummelige Jungs für herzkrank erklären. Das war für mich sonnenklar. Meine Großmutter, ja, die war ein lieber Mensch. Sie liebte Purzel und mich und verwöhnte uns beide, wo sie konnte, als wir noch in Bremen wohnten.

„Das hat sie dir alles am Briefkasten erzählt?", fragte ich verwundert.

Mutter nickte stumm.

„An drei verschiedenen Tagen. Sie vermisst dich."

„Kann ich mir nicht vorstellen. Ich habe doch noch nie ein Wort mit ihr geredet."

„Das macht nichts. Es reicht ihr, euch zuzusehen. Ihre Tage sind nicht besonders aufregend, weißt du. Was erlebt eine so alte Frau schon noch im Leben?"

„Aber sie hat doch eine Familie, oder nicht? Soll die sich doch um sie kümmern", protestierte ich.

„Tut sie aber offensichtlich nicht. Nur vier Mal im Jahr 'ne Postkarte wäre ja nicht gerade viel, oder? Das heißt, falls sie die überhaupt tatsächlich bekommt!"

„Stimmt." Ich lenkte ein wenig ein und bemerkte, wie sich ein Funken Mitleid in mir breitmachte. Außerdem wurde mir ganz langsam klar, dass ich genauso fies war wie die anderen, die mich in der Schule hänselten und mich für bekloppt hielten, weil ich an Gott glaubte. Doch in meinem Leben war kein Platz für eine zweite Oma. Es konnte nur die eine geben und die vermisste ich schrecklich.

Am nächsten Tag humpelte ich vom Bett zum Fenster und sah hinaus. Es dauerte nicht lange, bis sich im grünen Haus gegenüber eine Gardine bewegte. Ich humpelte zurück und holte die Pralinenpackung, die jedoch noch ungeöffnet war und es wahrscheinlich auch noch eine Weile bleiben würde. Mein Misstrauen hielt noch an. Doch höflich und gut erzogen wollte ich trotzdem erscheinen. Vor das Fenster zurückgekehrt, hielt ich die Packung hoch und wedelte sie in der Luft. Wie sollte ich ihr zu verstehen geben, was aus zehn Metern Entfernung ohne Worte „Dankeschön" heißt? Wie beim letzten Mal, als ich sie so sah, hielt sie mit der einen knochigen Hand die vergilbte Gardine zurück und grüßte mit der anderen zaghaft. Ich denke, sie hatte meinen Dank verstanden, denn sie lachte ein wenig. Zumindest sah ich, wie sich ihre Mundwinkel zu beiden Seiten nach oben bewegten und einen dunklen Raum dazwischen freigaben. Strahlende Zähne, die ein herzhaftes Lachen signalisieren, hatte sie wohl nicht mehr.

Dann verlor ich beinahe den Halt und balancierte auf einer Krücke herum. Es glich nahezu einem artistischen Akt, die Packung in die Höhe zu halten, damit zu wedeln und mich gleichzeitig bei erhobenem Bein an der anderen Krücke festzuhalten.

Doch irgendwie war es die Sache wert gewesen, denn ich fühlte mich erleichtert und fröhlich. Natürlich empfand ich für eine ganze Weile immer noch eine Abneigung gegen sie, doch der Rest davon verschwand einige Zeit später, als sie mir ihre spannende Lebensgeschichte erzählte.

Kapitel zwölf

Es ist nicht immer so, wie es scheint

Ich hüpfte zu meinem Bett zurück und ließ mich darauffallen. Erst die langweiligen Tage im Krankenhaus, nun die gleichen Tage zu Hause. Ich begann, diesen behinderten Zustand zu hassen und alles, was damit zusammenhing. Ich richtete meinen Groll sogar auf den Dachboden und irgendwann erwischte ich mich dabei, auch auf Gott böse zu sein. Hätte er mir nicht diese Briefe geschickt, die mir sowieso niemand glaubte, dann hätte ich auch nicht versucht, meine Antwort durch den dünnen Schlitz zu bugsieren. Und doch. Gerade als ich darüber nachdachte, wie es ohne diese Briefe bisher für mich gewesen wäre, also ohne die Begegnung mit Gott, merkte ich, dass mir irgendwie etwas gefehlt hätte. Trotz meines Gipsbeines empfand ich in den Botschaften von ihm eine Bereicherung, die ich nicht missen wollte. Natürlich litt ich darunter, dass mich alle für bescheuert hielten, doch einen gab es zumindest, der mir glaubte, und das war Gott selbst, mein Brieffreund. Der unvermeidliche Gedanke kam mir in den Sinn: Hat mir Gott neue Briefe geschrieben? Oder anders formuliert: Hat Gott in den letzten Wochen auch ohne Briefe zu mir gesprochen? Ich erinnerte mich an die Nonne, Schwester Hildegard. War es nicht so gewesen, dass sie mir eine Antwort lieferte, die ich gar nicht ihr als Frage gestellt hatte, sondern Ihm? Die Frage, wann er die Erde denn mal besucht hatte und ob ich was verpasst hatte?

Die Schwester hatte mir von Jesus erzählt, dem glücklichen Jesus trotz seines schrecklichen Endes, von dem, der sein Leben für uns gelassen hat, damit wir kapieren, dass Gott uns liebt. Doch nun, dachte ich, bin ich ja wieder zu Hause. Hier brauche ich keine Schwestern als Sprachrohr. Hier funktionieren auch wieder die Briefe. Natürlich wusste ich, dass der Speicher immer noch verschlossen war, und selbst wenn er offen gewesen wäre, hätte ich es nie nach oben geschafft. Und doch traute ich mittlerweile Gott eben jene Flexibilität zu, von der er mir erzählt hatte.

Also humpelte ich mit meinen Krücken zur Tür, ging in den Nebenraum und schaute unter die verschlossene Lukenklappe. Sie war zu, daran bestand kein Zweifel. Warum blieb ich trotzdem noch zwei Minuten länger dort stehen? Ich weiß es bis heute nicht, doch noch während ich an die Decke starrte, seilte sich eine stattliche Spinne von dem Lukenrand herab. Zum Glück war ich nie eine ängstliche hysterische Ziege, die, sobald sie ein Krabbeltier sieht, völlig überzogen anfängt zu schreien. Die Spinne blieb völlig unbeweglich, nur der Faden wurde immer länger. Sie drehte sich um ihre eigene Achse, so wie ich, wenn ich an einem Seil hing, das an einem Ast eines alten Baumes aus Omas Garten festgezurrt war. Direkt vor meinen Augen hielt sie an. Ich trat einen Schritt zurück, denn hässlich war sie trotzdem, auch wenn ich keine Angst vor ihr hatte. So baumelte sie denn nun und drehte sich dabei. Dann sah ich ihren Kopf ganz genau. Einen kleinen, winzigen Kopf mit wachen Augen, die mich anzustarren schienen. So, als wollten sie mir sagen: Tja, Kleine. Ich komme tatsächlich von da oben, von deinem Dachboden. Und den Faden über mir benutze ich nicht nur zum Abseilen …

Ein verrückter Gedanke, über den ich lachen musste. Dann ließ sich die Kletterkünstlerin noch weiter abseilen, kam auf dem rissigen Holzboden an und flitzte in die hintere Ecke, wo sie in einer Ritze verschwand.

Nicht alle unsere Handlungen sind logisch begründet und wohlüberlegt. So auch nicht, dass ich plötzlich einen Schritt nach vorne tat. Ich stand vor dem, wie mir schien, kräftigen Spinnwebenfaden und blickte nach oben. Er führte tatsächlich direkt zu dem dünnen Schlitz, durch den ich meinen letzten Brief gesteckt hatte, bevor ich mir das Bein gebrochen hatte. Ich griff nach oben, nahm vorsichtig den Faden zwischen Daumen und Zeigefinger und zog daran. Er spannte sich und ich rechnete jeden Moment damit, dass er reißen werde, doch nichts dergleichen geschah. Ich zog den Faden nach hinten über meinen Kopf hinweg und mir war, als klebe der Faden an einem Gegenstand, den er langsam hinter sich herzog. Und plötzlich erblickte ich eine kleine graue Ecke, die unter der Dachluke zum Vorschein kam. Der dünne, fast durchsichtige Faden war daran festgeklebt und ich gab mir große Mühe, ihn nicht zu zerreißen. Nun wusste ich, was der Faden ans Tageslicht bringen würde. Natürlich einen grauen Umschlag, in dem mit ziemlicher Sicherheit ein Brief stecken würde. Ich konnte es trotzdem kaum glauben und während ich langsam zog und zog und der Brief nur millimeterweise zum Vorschein kam, wuchs meine Freude ins Unermessliche. Schließlich kippte der Brief über die Kante und plumpste auf den Boden. Von der Spinne und ihrem Faden war keine Spur mehr zu sehen.

Ich klemmte den Brief zwischen meine Achseln und eilte, soweit mir dies möglich war, in mein Zimmer zurück.

Für Anna, stand auch diesmal auf dem Kuvert.

Ich riss den Brief auf und zog ein gefaltetes DIN-A5-Blatt heraus. So wie immer. Nun gab es keinen Zweifel mehr. Er hatte es wieder geschafft, mir eine Botschaft zukommen zu lassen. Und Humor schien er auch noch zu haben.

Mein liebes Kind,

es tut mir leid, was dir geschehen ist. Du wirst es nicht verstehen, warum ausgerechnet dir und dann noch zu dieser Zeit ein Bein gebrochen ist, aber glaube mir, auch dies habe ich in meiner Hand. Du wirst mich fragen wollen, warum ich es nicht verhindert habe, und tatsächlich, ich hätte es können, und doch ließ ich deinen Beinbruch zu. Dir zu er-

klären, warum ich das tat, hätte im Moment noch keinen Zweck. Du würdest es jetzt noch nicht verstehen. Eines Tages werde ich dir die großen Zusammenhänge des Lebens einmal erklären.

Habe ich dir deine Frage nach meinem Besuch auf der Erde verständlich genug erklärt? Hat Schwester Hildegard sich deutlich genug ausgedrückt? Ich werde es dir gern noch einmal erläutern. Eigentlich genügt dafür ein Satz: Jesus und ich sind eins. Das heißt, als Jesus auf der Erde war, war auch ich auf der Erde. Wenn er gesprochen hat, habe ich gesprochen, wenn er geweint hat, habe ich auch geweint.

Und ebenso bedeutet dies: Wer Jesus lieb hat, liebt auch mich und umgekehrt gilt natürlich das Gleiche.

Nur in einer kurzen Zeit habe ich ihn verlassen, als er dort am Kreuz hing und die Sünden aller Menschen getragen hat. Ich musste mich von ihm trennen, weil ich euch liebe.

Du wirst vieles von dem, was du in meinen Briefen lesen wirst, noch nicht verstehen, doch der Zeitpunkt wird kommen. Wichtig ist nur, dass du mir glaubst!

Dein dich liebender Gott

PS: Manchmal sind die Dinge nicht so, wie sie scheinen.

Es war ein gängiges Ritual, die Briefe von Ihm mindestens dreimal zu lesen, bis ich sie schon fast auswendig konnte. Zum einen, weil ein Teil von mir nicht glauben konnte, dass es jene Briefe überhaupt gab und daher stets Zweifel an mir nagten. Und dieser Teil, der stetig kleiner und stiller wurde, musste restlos überzeugt werden. Zum anderen aber war da mein von ihm prophezeites Unverständnis. Es gab Sätze, die kapierte ich rein gar nicht. Zum Beispiel jenen erst gerade gelesenen Satz, dass Gott der Vater und Jesus eins waren und, wer weiß, vielleicht immer noch sind. Wie um alles in der Welt sollte das funktionieren? Und kaum, dass Jesus am Kreuz hängt und es ihm so richtig mies geht, zieht sich der Vater zurück und sagt: „Tschüss, mein Sohn. Ich lass dich jetzt mal für drei Tage allein."

Ich konnte nicht behaupten, das verstanden zu haben, und als einen wirklich netten Zug von Gott konnte ich das auch nicht erkennen. Kaum wird's brenzlig, ist er weg. Das Erstaunliche jedoch war, ich war ihm nicht böse, nur weil ich zu blöd war, um das zu verstehen. Ich dachte mir, okay, eines Tages wirst du das schon begreifen, doch hinzu kam eine andere Regung in mir: nämlich ein ziemlich großes Mitleid mit Jesus. Ich stellte mir vor, wie es gewesen sein musste, ganz allein von dort oben auf die Menschen herabzuschauen und vermutlich elende Schmerzen zu haben. Links und rechts nur Menschen, die seinen Tod wollten, sonst hätten sie ihn ja nicht an dieses Ding gehängt. Also, wenn wir darüber reden, dass Bruno und ich gehänselt wurden und wir das als Ablehnung empfanden ... Wenn einer auf dieser Welt Ablehnung erfahren hat, dann ja wohl er. Dagegen ist das bisschen Frotzeln der anderen ein kleiner Witz. Ja, ich hatte tiefes Mitleid mit ihm und ich wurde von so starker Traurigkeit erfüllt, dass ich über diesen Brief weinen musste. Natürlich, es blieb wieder die Frage des Warum. Warum hatte ihn Gott der Vater allein gelassen? Doch diese Frage brachte mich nie weiter. Ich stellte sie trotzdem, immer wieder. Mal ein Warum, dann wieder ein Wozu. Mein ganzes späteres Leben fragte ich mich das, doch bis zum heutigen Tag habe ich auf solche Fragen keine Antworten erhalten. Und ich muss es auch nicht mehr.

Bevor ich völlig übermüdet schlafen ging, beschäftigte mich noch sein kleines Rätsel. *Es ist nicht alles so, wie es scheint*. Was konnte er damit gemeint haben? Oder sollte ich besser fragen: Wen sollte er damit gemeint haben? Ich schlief darüber ein, denn so einfach war das Ganze nicht.

Langweilige Wochen zogen an mir vorbei, in denen ich das Gefühl hatte, nicht wirklich am Leben teilzunehmen. Ich begann, den Gips zu hassen, der mich behinderte und mich in meiner Aktivität einschränkte. Der einzige Vorteil an ihm war, dass er mir bei meinen Eltern und auch mittlerweile einigen wenigen Freundinnen zu mehr Aufmerksamkeit verhalf. Für eine kurze Zeit stand ich mal im Mittelpunkt jeglicher Fürsorge. Man wünschte mir gute Besserung, erledigte Besorgungen für mich, entband mich aller häuslichen Tätigkeiten, schrieb mir lustige Sprüche auf den Gips und zollte mir eine gehörige Portion Mitleid. Das tat gut, ehrlich.

Doch ebenso spürte ich, dass meine Eltern etwas beschäftigte, was sie zunächst vor mir geheim halten wollten. Sie machten sich große Sorgen um mich. Sie dachten, der Umzug in das neue Haus habe mir nicht gutgetan, die Klasse sei nicht die richtige für mich und meine fixe Idee, Briefe von Gott zu bekommen, sci alles andere als förderlich für mich. Darum zogen sie in Erwägung, mich im Laufe des Jahres in ein Internat zu schicken. Eines Morgens fand ich eine Broschüre in der Küche, sprach aber meine Eltern nicht darauf an. Ich hoffte, es sei nur eine Postwurfsendung oder Ähnliches und so vergaß ich es gleich wieder.

In diesen langen Wochen, in denen meine Knochen nur widerwillig beschlossen, wieder zusammenzuwachsen, stand ich oft unter meinem geöffneten Dachfenster, stützte mich auf der Unterkante ab und schaute in den Garten. Dann und wann fiel mein Blick natürlich auch auf die verschlossene Gardine der alten Frau von gegenüber, doch nie bewegte sie sich. Weder wurde sie von einer knochigen Hand beiseitegehalten noch durch einen die Ritzen entlangkriechenden leisen Wind angehaucht. Und so eigenartig dies in Anbetracht meiner Voreingenommenheit dieser Frau gegenüber klingen mag - ich begann mir ob ihres Fernbleibens vom Fenster und, wie mir meine Mutter glaubhaft versicherte, auch vom Briefkasten, Sorgen zu machen. Die Pralinenschachtel war nach wie vor ungeöffnet, lag auf dem Tisch und klagte mich an. Sie bezichtigte mich der grausamen Gefühlskälte, einer alten Frau die Redlichkeit abzusprechen und sie der Tierquälerei zu beschuldigen. Und immer sprang mich der letzte Satz meines Brieffreundes an: *Es ist nicht alles so, wie es scheint.* Ich kam ins Grübeln: *Was genau ist nicht so, wie es scheint? Bezieht sich diese Anregung zu weiterem Nachdenken und Nachforschen wirklich auf meine Nachbarin? Welches Geheimnis trägt diese alte Frau, dass Gott mich auf sie aufmerksam zu machen scheint?*

Nachdem mir der Gips abgenommen worden war und mein rechtes Bein so dick, besser gesagt, so dünn war wie mein Oberarm, öffnete mir die Freiheit nur zögerlich die Türen. Mein Bewegungsradius war immer noch sehr beschränkt, doch nach zwei Wochen unermüdlichem Training schaffte ich ohne Hilfe und ohne Krücken den Weg zu Frau Rosenbaum.

Ich weiß nicht, welche Gedanken mich zu dieser Entscheidung bewogen haben, aber etwas in mir trieb mich, diese Frau zu besuchen. Ich wollte mich wenigstens bedanken, für Pralinen, die ich nicht mochte, ja sogar eklig fand. Sicher war auch meine Neugier maßgeblich daran beteiligt, herauszufinden, ob Frau Rosenbaum irgendetwas mit dieser ominösen Andeutung in meinem letzten Brief von G. zu tun hatte.

Mein Herz klopfte wie verrückt, so aufgeregt war ich.

Die Außenfassade des Hauses und der Vorgarten waren in einem traurigen Zustand und nur ein Kenner von Flora und Fauna hätte noch die zarte Handschrift einer lange zurückliegenden Gartenpflege erkannt. In meinen Augen wuchs alles haltlos kreuz und quer dem Himmel entgegen. Das Grundstück war von einer kniehohen Natursteinmauer begrenzt, in deren Ritzen sich Steingewächse niedergelassen hatten und schon längst mit flinken, blütenreichen Ausläufern den Gehweg erkundeten.

Das Törchen, das Urwald und Außenwelt voneinander trennte, quietschte und mit jedem Meter, den ich dem Haus näherkam, wuchs mein Unbehagen. Langsamen Schrittes und von kaum sichtbarem Humpeln begleitet, stieg ich die Treppenstufen zu ihrem Haus empor. *Rosenbaum* stand auf der Klingel und unentschlossen drückte ich den Knopf, der eine nicht zum Haus passende moderne, melodische Melodie erzeugte. Ich trug keine Armbanduhr, doch einige Minuten mussten bereits vergangen sein, ohne dass ich auch nur das kleinste Geräusch aus dem Inneren des verfallenen Grusel-Schlosses vernommen hatte. Ich drückte erneut. Meine Fantasie ging mit mir durch. Entweder war die Alte tot, verreist oder taub. Dass sie krank und hilfsbedürftig im Bett liegen könnte und eine geraume Zeit brauchte, die ihren Körper bedeckenden Daunen zur Seite zu schieben, sich den Morgenmantel anzustreifen und in die Filzpantoffeln zu schlüpfen, kam mir nicht in den Sinn.

Nichts passierte.

Schade.

Ich drehte mich um und begann, nur zögerlich, den langsamen Abstieg von dem verwitterten Podest ihres Hauses. Soeben hatte ich die unterste Stufe erreicht, als sich die Haustür in Millimeterabständen öffnete. Ich drehte mich um und blickte zunächst ins Innere des Hauses wie in eine schwarze Höhle, in der kein menschliches Wesen wohnte, sondern nur ein unsichtbares Gespenst hauste, das auch die Tür geöffnet hatte. Dann, langsam und schlurfend, trat die alte Frau aus dem Dunkel hervor und der Eindruck eines Gespenstes blieb, als ich sie sah. Mit der linken Hand hielt sie sich von innen an der Klinke fest und stützte sich gleichsam daran ab. Die rechte Hand hing schlaff herunter, wie ihr Nachthemd und ihr Morgenmantel.

Nun noch ängstlicher und, bedingt durch mein eigenes erst kurz zurückliegendes Erleben, mit einer gehörigen Portion Abnei gung gegen alle Krankheit, ging ich zur Tür zurück. Sie zwang sich, den zum Boden geneigten Kopf zu heben und sich ein schwaches Lächeln abzuringen. Als ich sie erreichte, trat sie langsam einen Schritt zurück und machte mir Platz. Sie und ich, wir waren beide gleich groß: Ich war im Wachstum begriffen, sie schrumpfte.

Ich trat in die Höhle ein. Ein Schwall kranker, beißender Luft schlug mir ins Gesicht und ins Herz. Gemächlich schloss sie die Tür hinter uns und trennte uns von der hellen Welt da draußen. Angst ist ein Gefühl, für das es oft keine rationale Begründung gibt, und auch in diesen Minuten fand ich keine Erklärung für mein Unwohlsein. Was konnte mir schon eine alte, klapperige Frau antun?

Ohne zu sprechen, schlurfte sie voran und ich folgte ihr in demselben verlangsamten Tempo. Dies gab mir Gelegenheit, sie eingehend von hinten zu betrachten. Ich bemerkte schnell: alt und alt ist nicht dasselbe, denn gemessen an meiner Jugend galt für mich schon meine Großmutter als betagt, doch diese Frau ... Ihr Rücken war vornübergebeugt und ihre Wirbelsäule zeichnete sich so deutlich ab, dass man die Wirbel einzeln zählen konnte. Ihr sonst gekräuseltes Haar war auf ihrem Hinterkopf plattgedrückt und wirkte wie ein vor langer Zeit verlassenes Vogelnest.

Wir schlichen ins Wohnzimmer hinein, dessen Bestimmung, das Wohnen, es seit einigen Wochen nicht mehr erfüllte, denn die Rollläden waren heruntergelassen und nur durch die Ritzen fielen milchige Strahlen. Doch nun, wo sie Besuch hatte, war ihr klar, dass sie mich nicht an ihren Sterbeplatz führen konnte. Dennoch warf ich einen flüchtigen Blick in ihr Schlafzimmer hinein. Genau genommen sah ich nur einen Nachttisch neben einem zu einem Haufen aufgeworfenen Bettzeug, auf dem wie eine Garnison bewaffneter Soldaten in erster, zweiter und dritter Reihe Fläschchen, Döschen und Tablettenschachteln den aussichtslosen Kampf gegen das Ende kämpften.

Sie gab mir zu verstehen, dass ich die Rollläden ein wenig hochziehen solle. Dann erst schaute ich mich um. In ihrem Wohnzimmer war Braun die vorherrschende Farbe. Braune Möbel, brauner Teppich, sogar eine braune Gardine, die jedoch vermutlich erst im Laufe der vergangenen Jahrzehnte diese Farbe angenommen hatte. Vor einem Sessel mit geschwungenen Armlehnen und Kupfernieten drehte sie sich um und ließ sich nach hinten hineinplumpsen. Sie stieß weder links noch rechts an der Armlehne an, sodass sich mir der Verdacht aufdrängte, dass sie in diesem gekonnten Fallrückzieher eine gewisse Übung hatte.

Unaufgefordert setzte ich mich auf ein uraltes Sofa neben sie. Ich faltete verlegen die Hände, legte sie in meinen Schoß und drückte auf den Knöcheln herum. Ich spürte den rauen, ebenfalls braunen Stoff, auf dem ich saß und nahm die verbrauchte, sauerstoffarme Luft unangenehm wahr. Da die alte Frau nichts sagte, musste ich wohl oder übel das Gespräch beginnen und eigentlich war ich auch nur gekommen, um mich schnell zu bedanken und dann möglichst rasch wieder zu verschwinden.

Kapitel dreizehn

Ein Stethoskop für Jung und Alt

„Vielen Dank für die Pralinen." Ich hoffte, sie würde mich nicht fragen, wie sie denn geschmeckt hatten, denn dies wollte ich in den nächsten Jahren sicher nicht testen.

Sie räusperte sich laut und nickte. „Hatte ich noch übrig", murmelte sie leise vor sich hin, doch ich war, im Gegensatz zu ihr, nicht schwerhörig.

Eines wurde mir schlagartig klar, als ich mich in diesem Zimmer umsah: dass nämlich die Pralinen in der vergilbten Packung dasselbe Alter haben mussten wie das Sofa, auf dem ich saß, wenn nicht sogar jenes der Frau selbst.

„Es geht Ihnen wohl nicht besonders gut, was?"

Mühsam drehte sie nun den Kopf mit der weißen, plattgedrückten Haarpracht zu mir. Jede Bewegung schien mehr Energie zu verbrauchen, als ihr zur Verfügung stand. Sie wirkte wie von einem Marionettenspieler geführt, der seine erste Übungsstunde hatte. Doch dann schien sie sich entschieden zu haben, zu den Lebenden zurückzukehren, und etwas Bemerkenswertes geschah: Sie sah mich mit festem Blick an, als ob sie mich mit ihren Augen nie wieder loslassen wollte, und ich meinte, darin ein Lächeln erkannt zu haben. Es war ein Lächeln, das ich so noch nie gesehen hatte. Ich kannte ja das Lächeln älterer Damen von meiner Großmutter und ihren Freundinnen, aber nicht jenes greiser, dem Tode geweihter Menschen. Das Zusammenspiel tiefer Falten, runzliger Haut und selten benutzter Muskulatur ließ mich staunen. Das Entblößen der unverkennbar schlecht sitzenden Zahnprothese, die sie mit der Zunge am Gaumen festzuhalten versuchte. Ein Lächeln, das soeben noch hervorgequält wird, nachdem man die Fratze des Todes schon von Weitem gesehen hat.

Und dann der Rest ihres verfallenden Körpers, der wie ein

zerknautschtes Leinentuch auf dem Sessel lag und doch, und dies erstaunte mich umso mehr, von Würde und Kraft vergangener Tage erzählte.

„Ist schon in Ordnung, Herzchen", sagte sie, doch es war mehr ein kehliges Krächzen als ein melodisches Sprechen, das sich Bahn brach. Und doch erkannte ich den typischen norddeutschen Dialekt, der selbst beim Krächzen nicht zu verbergen war. Ich wusste schon gar nicht mehr, was meine Frage gewesen war - so sehr war ich in die Betrachtung dieses Menschen versunken gewesen und so viel Zeit war inzwischen verstrichen.

Ich hüstelte verlegen. „Kann ich Ihnen irgendwie helfen? Ich könnte ein paar Besorgungen machen." Ich schüttelte den Kopf und rutschte unruhig auf meinem Sofa hin und her, denn trotz meines Angebotes wusste ich nicht, ob ich das tatsächlich auch leisten wollte. Überhaupt war ich erstaunt, etwas Derartiges aus meinem eigenen Mund zu hören. Hielt ich sie nicht für ein herzloses, tierquälendes Ungeheuer? War sie nicht mindestens eine olle verhärmte Zicke? Wo waren auf einmal meine haltlosen Vorstellungen über sie?

„Ich bekomme jeden Tag ‚Essen auf Rädern' gebracht und mein Hausarzt sieht regelmäßig nach mir. Beide haben einen Schlüssel. Ich bin krank, darum hat es so lange gedauert, bis ich dir geöffnet habe." Sie sagte diese Worte so, als hätte ich ihr einen Vorwurf gemacht, dass sie nicht schneller zur Tür geflitzt war, doch das hatte ich ja gar nicht. Mir war völlig klar, dass sie ein Mensch war, dessen Lebenszeit sich dem Ende zuneigte, und aus ihrer Stimme klang eine Verbitterung heraus, die von der Vermutung herrührte, dass alle Menschen ihr übel gesonnen waren.

Dann schaute sie durch das Fenster an mir vorbei in die Weite des Himmels und sagte mit milderer Stimme: „Eigentlich habe ich alles, was ich brauche. Was mir fehlt, ist Gesellschaft - wer besucht mich denn schon? Ich kann mich doch nicht nur mit meinen Katzen unterhalten. Ich verstehe ihre Sprache nun mal nicht."

Wieder dieser Vorwurf in ihrer Stimme, als seien alle anderen für ihr Schicksal verantwortlich. Aber ich ja wohl am allerwenigsten.

„Wie doll krank sind Sie denn?" Ich deutete mit einem Kopfnicken auf die Garnison Medikamente auf ihrem Nachttisch. Allmählich schien Frau Rosenbaum aufzutauen und mit der Wärme, die in sie zurückkehrte, wurde alles an ihr beweglicher und schneller. Die Worte kamen jetzt schon etwas flüssiger über ihre Lippen und auch der Klang ihrer Stimme wurde durch das Flattern und Vibrieren der Stimmbänder weicher. Sie zischelte bei Wörtern wie „Katzen" und „Schlüssel" durch die künstlichen Schneidezähne hindurch, die eine kleine Lücke zwischen sich hatten. Dann wieder schob sie den Unterkiefer so lange zurecht, erst nach links und dann nach rechts, bis die unteren Zähne zu den oberen passten. Doch in meinen Augen passte alles so ungewöhnlich schlecht zusammen, als habe man die Zähne beim letzten Zahnarztbesuch vertauscht.

„Ach Herzchen", begann sie langsam und sie lächelte sogar dabei, als kündigte sie einen kleinen Witz an. „Die Liste all dessen, was man in mir als nicht gesund bezeichnen könnte, ist zu lang, als dass ich sie dir aufzählen könnte. Sie würde dich nur langweilen und die Zeit wäre zu schade dafür." Sie zuckte mit den Achseln und das spitze Ende ihrer Schultern stach durch den Morgenmantel hindurch.

„Richtig krank bin ich eigentlich gar nicht. Ich bin einfach nur ziemlich alt und schon viele Jahre überfällig."

„Woher wissen Sie das denn?", fragte ich sie erstaunt. „Vielleicht leben Sie ja noch viele Jahre. Das kann man doch gar nicht wissen." Die Alte nahm mir meine kindliche Naivität offenbar übel und bedachte mich mit einem strengen Blick. „Ich weiß es einfach", sagte sie. „Ich hätte schon einmal vor über vierzig Jahren sterben sollen und dann noch einmal vor zwanzig Jahren, doch beide Male bin ich dem Tod entwischt." Sie zog die Lippen hoch wie zu einem Lachen, doch eher schien die Erinnerung an diese Zeit so schwer zu wiegen, dass jegliches Lächeln wieder aus ihren

Falten entschwand. Sie sah mich an und ich brauchte sie gar nicht zu fragen, wieso und weshalb sie noch am Leben sei. Wenn man solche Dinge dahersagt, weiß man, dass man sie auch erklären muss, erst recht einem zwölfjährigen, neugierigen Mädchen. Also rückte sie das gebrechliche Gestänge, über das der Morgenmantel gehängt war, aufrecht in den Sessel zurecht und holte tief Luft. Dabei ließ sie ein langgezogenes Kratzen vernehmen, das vermutlich nur ich hörte, da sich der Lautstärkeregler ihres Hörgerätes auch nicht mehr weiter aufdrehen ließ, obgleich sie ständig daran herumfummelte.

„Meinen ersten Tod überlebte ich im Krieg und meinen zweiten besiegte ich, als ich mich weigerte, einem scheußlichen Gewächs in meiner Niere den Zutritt zum Rest meines Körpers zu gestatten."

Ich wunderte mich damals über ihre merkwürdige Wortwahl. Ich dachte: *So redet doch keiner.* Sie sprach wie unsere Deutschlehrerin, nur noch ein bisschen geschwollener. Doch fest stand, in ihrem Kopf war sie noch jung und rege, nur ihr Körper war schon mal vorangegangen und wollte sich bald ganz verabschieden. Zumindest beurteilte ich das so aus meiner jugendlichen Sicht.

Die Alte holte ein paarmal tief Luft und ich spürte ihr mühelos ab, dass das Gespräch sie sehr anstrengte. Jedoch genoss sie meine Nähe und saugte sie auf wie ein rissiger Wüstenboden.

„Hast du ein wenig Zeit mitgebracht?", fragte sie leise, als sei eine derartige Vereinnahmung meiner Zeit sehr ungehörig. Andererseits wusste sie, dass in *ihrem* Leben Zeit ein teures und knapp bemessenes Gut war und klug ausgekauft werden musste.

„Ist eine längere Geschichte", sagte sie knapp, wie um sich zu entschuldigen.

Obwohl ich eigentlich nicht gekommen war, um mir ellenlange Tiraden über den Verfall des menschlichen Körpers anzuhören, nickte ich dennoch. Mir schien, als sei es aus irgendeinem Grund wichtig, ihr zuzuhören. Wichtig für sie oder für mich, das konnte ich zu diesem Zeitpunkt noch nicht sagen.

Gerade in dem Moment, als sie für ihre Lebensgeschichte Luft holen wollte, wurde im Schloss der Haustür ein Schlüssel herumgedreht. Die Tür öffnete sich, es wurde heller im Flur. „Hallo Frau Rosenbaum, ich bin's", rief eine männliche Stimme sehr laut, um die alte Frau bei Versagen des Hörgerätes nicht zu erschrecken. Dann erschien ein Mann mittleren Alters mit einem grauen Schnurrbart auf der Oberlippe und wenigen ebenfalls grauen Haaren auf dem Kopf in der Tür zum Wohnzimmer. Ein kugeliger Bauch dominierte seine Erscheinung, doch als er mich freundlich anlachte, lenkte er meinen Blick zu seinem Gesicht hin. „Hallo, junges Fräulein, das finde ich aber nett. Leistest du Frau Rosenbaum etwas Gesellschaft?" Ich nickte gepeinigt, als er sein Stethoskop aus der wuchtigen schwarzen Tasche zog. Ich hatte seit einigen Wochen ein angespanntes Verhältnis zu Ärzten und erhob mich also von meinem Sofa. „Tja, ich geh dann mal, Frau Rosenbaum", schrie ich sie an, um es dem Arzt gleichzutun. „Ich komm morgen oder übermorgen mal wieder. Ist das okay?" Frau Rosenbaum bedachte mich mit einem traurigen und den Arzt mit einem zornigen Blick. Es war ihr wohl nicht recht, die Unterhaltung mit mir zu beenden, jetzt, da ihr innerer Motor gerade warmgelaufen war. Ich für meinen Teil wollte die Untersuchung des Arztes nicht mitverfolgen, doch ich hatte ihr versprochen wiederzukommen.

Obwohl sie, wie ich heute weiß, nicht weit vom Sterben entfernt war, kam es dann doch so, dass sie mich im Laufe unserer gemeinsamen Stunden nicht das Fürchten vor dem Tod, sondern den Dank für das Leben lehrte.

Am nächsten Tag erzählte ich Bruno in der Zehn-Uhr-Pause von meinem Besuch bei der Alten. Wir hockten auf einer kleinen Mauer neben einer Schaukel, die nur noch die Erstklässler benutzten, und kramten einige Essenssachen hervor. Besonders Bruno schien für mindestens drei Schüler Proviant dabeizuhaben. Als er von meinem Besuch bei der Alten hörte, starrte er mich, sein

Butterbrot mampfend, an und vergaß für einen Augenblick, weiterzukauen.

„Echt? Du warst in der Höhle der Löwin? Hat sie dich nicht mit dem Besen verdroschen?" Bruno grinste über beide Backen und entblößte zwischen seinen Zähnen die Brotreste mit Nutella.

Ich winkte ab. „Ach, die ist eigentlich ganz harmlos. Bisschen zickig vielleicht. Redet so geschwollen, aber sonst ist sie ganz okay. Total klapperig und krank ist sie auch. Als der Arzt kam, bin ich abgehauen." Bruno nickte. Das verstand er gut und er hätte es vermutlich genauso gemacht.

„Und? Was hat sie so erzählt?"

„Tja, eigentlich nicht so richtig viel. Ich weiß nicht, aber ich glaub, die lebt nicht mehr lange. Sagt sie auch selber. Die muss so viele Pillen schlucken, dass in ihrem Bauch bestimmt kein Platz mehr für richtiges Essen ist." Ich legte eine kleine Pause ein. So richtig spannend war mein Besuch bei Frau Rosenbaum ja noch nicht. Also sagte ich nur noch: „Ich werd aber noch mal hingehen. Ich hab's ihr versprochen. Ich glaube, die kriegt nicht viel Besuch." Bruno verlor sogleich das Interesse an der Alten und kratzte sich am Bauch.

„Und? Wie geht es dir?", fragte ich ihn und packte ebenfalls mein Pausenbrot aus.

„Ganz gut. Ich habe gestern einen Bericht gelesen von einem englischen Arzt, der versuchen will, mit einem Laser Augen so zu operieren, dass man keine Brille mehr braucht. Das ist doch echt stark, oder?"

„Na ich weiß nicht. Stell dir vor, der muss plötzlich mal niesen und zack, schmurgelt dir der Laser das halbe Auge weg. Dann haste auf dem einen 'ne dicke Brille und auf dem anderen siehste gar nichts mehr."

Bruno zog mit den Lippen einen resignierten Flunsch. Sein Doppelkinn wabbelte dabei. Ich hatte den Eindruck, er habe seit unserem letzten Treffen schon wieder ein paar Pfund zugelegt. Als ich ihn so ansah, blass um die Nase und übergewichtig, begann ich mir doch ein wenig Sorgen zu machen. „Machst du eigentlich gar keinen Sport mehr? Wir haben schon lange keinen Federball mehr gespielt. Könnten wir doch mal wieder, oder?" Ich stieß ihm meinen Ellenbogen in die Seite und mein spitzer Knochen versank in seiner weichen Taille. Müde sah er mich an. Dann blickte er sich zu den anderen, auf dem Schulhof spielenden Kindern um, die so viel Lärm machten, dass ihn außer mir garantiert keiner hören konnte: „Es wird immer schlimmer, Anna. Ich krieg manchmal keine Luft mehr. Gestern habe ich den Bus verpasst. Ich habe gehustet und geröchelt, nur weil ich ein bisschen schneller als normal gegangen bin."

„Hast du das mal deinen Eltern erzählt? Warst du mal endlich beim Arzt?" Bruno sah mich nur an und das kam einem Kopfschütteln gleich. Ich wusste sofort, dass er weder zu Hause noch sonst wo etwas von seinen Schmerzen und seinen Beschwerden erzählt hatte. Er hatte einfach Angst vor den Folgen. Man würde ihn ins Krankenhaus schicken, ihn untersuchen, ihm die eine oder andere Spritze verpassen, Blut abnehmen und das ganze Zeug. Das wusste er ganz genau.

„Trotzdem Bruno. Ich finde das nicht in Ordnung. Das ist doch kindisch. Du bist doch kein Baby mehr."

„Ich habe nie behauptet, dass ich ein Held bin."

„Doch, das bist du. Wie du da vor der ganzen Klasse für mich aufgestanden bist, das war doch super. Das war so mutig!"

„Das war was anderes. Scheiße, ich hab einfach total Schiss vor Ärzten."

Plötzlich schoss mir eine seltsame Idee durch den Kopf und ich offenbarte sie ihm sofort. „Wie wäre es, wenn du morgen oder übermorgen mit mir zu Frau Rosenbaum kämest? Bestimmt kommt der Arzt wieder zu ihr. Der hatte auch so ein Ding zum Abhören dabei, das man hinten auf den Rücken oder vorn auf die Brust legt, weißt du."

Bruno nickte überlegen. „Ein Stethoskop."

„Genau. Na, jedenfalls war der ziemlich nett, fand ich. Vielleicht kann er mal kurz, so nebenbei, für eine Minute nachgucken, ob irgendwas nicht okay ist bei dir. Macht der bestimmt, wenn ich ihn lieb bitte. Ich glaube, der mochte mich."

Ich versuchte ihm die Dringlichkeit einer ärztlichen Untersuchung so beiläufig wie möglich zu vermitteln, doch gleichzeitig so eindringlich, dass er fast nicht ablehnen konnte. So zumindest lautete mein gewitzter Plan, doch Bruno war stur und er zog die Stirn kraus, biss in sein Brot und schüttelte den Kopf. „Ganz bestimmt nicht. Du spinnst wohl. Erst zu der Alten nach Hause und dann noch genauso wie die Alte vom Arzt abgehorcht werden. Nää, das kannste vergessen."

Dann schellte die Pausenglocke und wir gingen in unsere Klasse zurück. Bruno war froh, das Thema beenden zu können. Das Verrückte war, dass ihn seine eigene Situation zwar ziemlich beunruhigte, jedoch offensichtlich noch nicht genug, um die nötigen Schritte zu unternehmen. Ich überlegte ernsthaft, seinen Eltern mal einen dezenten Hinweis auf seine nicht vorhandene Gesundheit zu geben, doch dann würde er mich als Petze beschimpfen und das wollte ich auch nicht. Besser wäre es aber trotzdem gewesen!

Nach der Schule verschanzte ich mich in meinem Zimmer und hatte einen riesigen Berg Hausaufgaben zu erledigen. Ich quälte mich durch Mathe und Physik, denn Bruno hatte, wie er mir sagte, keine Zeit. Ich dachte nicht, dass er mich anlog, doch die Wahrheit war, dass er keine Zeit *für mich* hatte. Ich schätze, er wollte sich nicht mir, sondern meinem Drängen, zum Arzt zu gehen, entziehen. Ich war der einzige Mensch, der irgendwie das Gefühl nicht aus dem Kopf bekam, dass sich Bruno auf ziemlich dünnem Eis bewegte. Ich wunderte mich nur, dass es sonst niemandem auffiel, nicht einmal seinen engsten Verwandten. Natürlich, er war übergewichtig, man könnte auch sagen, *ganz schön fett,* aber das alleine reichte in meinen Augen nicht aus, ihn derart schlapp und alt wirken zu lassen.

Nach zwei Stunden hatte ich mich durch den Dschungel aller Aufgaben durchgekämpft und machte mir Musik an. Ich hörte entfernt das Klappern von Geschirr aus der Küche und vermutete, dass meine Mutter gerade die Spülmaschine ausräumte. Mein Vater würde erst spätabends nach Hause kommen und für mich gab es außer Faulenzen nichts mehr zu tun. In dem Moment fiel mir ein, dass ich schon ewige Zeiten keinen Brief mehr an Gott geschrieben hatte.

Also setzte ich mich an meinen Schreibtisch und legte los.

Hallo Gott,

ich habe gerade ein bisschen Zeit übrig. Eigentlich habe ich sogar Langeweile und da dachte ich mir, ich könnte dir ja mal wieder schreiben. Zurzeit passiert bei mir nicht besonders viel. Mein Bein ist wieder ganz okay. Ich war drüben bei Frau Rosenbaum und so schrecklich, wie ich immer dachte, ist sie eigentlich gar nicht. Wie 'ne alte Frau eben so ist. Du hast beim letzten Mal gesagt: Es ist nicht alles so, wie es scheint. Was oder wen meinst du denn damit? Hat das was mit ihr zu tun?

Dass es Bruno nicht gut geht, weißt du ja schon. Ich mache mir Sorgen um ihn. Soll ich seinen Eltern mal was stecken? Ist das dann Verpetzen? Wie kriege ich ihn denn sonst zum Arzt?
So, das wär's für heute. Dir noch einen schönen Tag.
Bis bald.

Deine Anna

Ich packte den Brief in einen Umschlag, schleckte ihn diesmal gedankenverloren am Rand ab und verschloss ihn damit so, dass jeder Mensch zum Öffnen einen Brieföffner benutzen müsste. Nicht jedoch mein Brieffreund. Der konnte das sicher auch anders aufmachen.

Kapitel vierzehn

Ruth

Nachdem ich diesen Brief „abgeschickt" hatte, ging ich pfeifend nach draußen und spielte im Garten. Die Tage vergingen, ohne dass ein Brief zurückkam, und ich dachte, Gott habe bestimmt Wichtigeres zu erledigen, als sich um mich zu kümmern. Dass er das trotzdem tat, obwohl ich nicht von ihm hörte, wusste ich damals noch nicht.

Eines Nachmittags saß ich wieder in Frau Rosenbaums Wohnzimmer. Ich kauerte auf ihrem harten Sofa und wartete das Rasseln in ihren Bronchien ab, bevor sie wieder zu sprechen begann. Ob sie noch krank oder einfach nur alt war, konnte ich nicht beurteilen, doch natürlich wirkte sie auf mich nicht gerade fit und kräftig.

Trotzdem ging es ihr schon sichtlich besser als beim letzten Mal und sie freute sich, mich zu sehen.

Meine Mutter hatte mir aufgetragen, ihr aus einem Lebensmittelladen Milch und Quark und andere eiweißhaltige Dinge mitzubringen. Tatsächlich verdrückte sie Unmengen an Quark und trank literweise Milch, denn sie glaubte fest daran, dass dadurch ihre Knochen und Muskeln zusammengehalten würden, und sie musste es ja wissen, denn schließlich war sie ja mal Ärztin.

Also nahm sie einen großen Schluck warmer Milch mit Eukalyptushonig, um ihrem Husten Linderung zu verschaffen. Da ich nur, wenn ich mich sehr zusammenriss, fünf Minuten am Stück still sitzen konnte, stand ich von dem Sofa auf und marschierte ein wenig in ihrem barocken Wohnzimmer auf und ab. Ich spürte ihren Blick in meinem Rücken.

Hinter dem braunen Sofa stand ein staubbedecktes Sideboard, auf dem eine Reihe gerahmter Bilder standen. Sie zeigten stets dasselbe Ehepaar: Arm in Arm, aneinanderlehnend oder sitzend, im Wandel der Zeit älter werdend. Ich erkannte Frau Rosenbaum ganz deutlich auf den Bildern und vermutete, dass der Mann an ihrer Seite ihr Ehemann gewesen sein musste. Dann fiel mein Blick auf ein besonderes Bild, eine sehr alte Schwarz-Weiß-Fotografie mit einer jungen Familie darauf; Vater, Mutter und Tochter. Ich muss eine Ewigkeit vor diesem Bild gestanden haben, irgendetwas fesselte mich daran ungemein: die Art, wie sie lachten; eine starke Ausstrahlung von Liebe und Frieden hauchte mich an.

Frau Rosenbaum beobachtete mich dabei ganz genau. Ich drehte mich wieder zu ihr um, setzte mich aufs Sofa und plötzlich begann sie, mir ganz persönliche Dinge aus ihrem Leben zu erzählen. Ich hatte nicht damit gerechnet, dass sie sich mir, einem zwölfjährigen, rotznäsigen, vorpubertierenden Mädchen offenbaren würde, doch sie schien etwas auf dem Herzen zu haben, das endlich mal ausgesprochen werden musste, egal bei wem.

Als hätte ich ihr eine ganz konkrete Frage gestellt, sagte sie: „Damals war sie sechs. Sieben Monate, bevor der Krieg ausbrach. Februar '39. Zwei Tage vor ihrer Abreise." Ihr Kopf zitterte leicht, während sie das sagte, und ihre Stimme war nun nicht mehr so harsch und zickig wie beim letzten Mal.

Ich wusste genau, wen sie meinte. Sie konnte nur das kleine, lachende Mädchen auf dem Bild gemeint haben, das in der Mitte von Mutter und Vater stand. Und auch ohne lange Erklärungen drängte sich meiner Fantasie eine traurige Geschichte um das Schicksal dieses Mädchens auf. Denn schließlich hatte sie das Wort „Krieg" erwähnt.

Langsam und bedächtig holte sie tief Luft und formte beim Ausatmen ihre langen, keuchenden Sätze. „Wir wollten zu dieser Zeit noch gar nicht wahrhaben, dass schon wieder ein neuer, verdammter Krieg kommen könnte, doch meine Mutter ahnte es schon. Sie wusste es irgendwie. Wir hatten den letzten noch nicht vergessen und nun schon wieder ein neuer. Sogar ein Weltkrieg. Wir hatten unsere Jugend zwischen Trümmern verbracht und wollten für unsere Tochter ein anderes Leben. Doch was zählt schon, was wir wollen?", sagte sie resigniert. Sie rückte ihren hustenden Körper tiefer in den Sessel und schielte, an mir vorbei, auf das Foto. „Dieses Bild wurde in Hamburg an der Alster fotografiert. Die Sonne schien, der Winter zog endgültig ab und wir wollten so gern einfach nur leben und unbeschwert sein, doch es kam anders, als wir es uns wünschten."

Ich saß ihr schweigend gegenüber und wartete, bis sie ihre Milch getrunken hatte. Es war nicht nötig zu fragen, was denn passiert war, denn irgendwie wusste ich, dass sie nun nicht wieder aufhören würde, bis ich die ganze Geschichte gehört hätte.

„Bis zu diesem Tag führten wir ein schönes Leben. Mein Mann arbeitete als Architekt und ich hatte wieder eine Halbtagsstelle als Ärztin im Krankenhaus. Meine kleine Ruth blieb solange im Kindergarten oder bei meiner Mutter. Unangenehm war nur, dass Juden mehr und mehr benachteiligt wurden, sogar öffentlich beschimpft."

Ich hörte ihr aufmerksam zu, sogar noch konzentrierter als der Nonne im Krankenhaus, denn obwohl die Geschichte traurig klang und ich nicht allzu viel von dem verstand, wovon sie berichtete, war die Erzählung irgendwie auch spannend und warf in mir eine Menge Fragen auf. Ich wusste wohl, dass die jüdische Religion etwas anderes war als die christliche, doch dass sie dadurch etwas Schlechteres sein sollte, konnte ich nicht verstehen, damals nicht und heute nicht.

Sie schniefte ein paar Mal in ihr Taschentuch und fuhr dann fort: „Konrad war Jude und hatte schon bald keine Arbeit mehr. Mich konnte man im Krankenhaus gut gebrauchen. Alle anderen Kinder aus Ruths Klasse wurden mit der Kinderlandverschickung weit vor die Tore Hamburgs gebracht, dorthin, wo keine Bomben fallen würden, doch Ruth war Halbjüdin. Sie nahm man nicht mit. Ich unterrichtete sie zunächst zu Hause und versorgte sie, so gut ich konnte, bis der Tag kam, an dem sie mit meiner Mutter abreiste. Wenige Monate später stand die Gestapo vor der Tür und nahm mich und meinen Mann mit. Ruth war zu diesem Zeitpunkt bereits in Sicherheit, so vermutete ich jedenfalls."

Sie machte eine Pause, angefüllt mit Räuspern und Schniefen, dann sagte sie emotionslos: „Man hat uns in ein Konzentrationslager gebracht." An dieser Stelle machte sie eine längere Pause. Die Erwähnung eines solchen Ortes, der mir jedoch fremd war, beunruhigte sie sehr. Sie zitterte nun noch mehr und ich begann mir Sorgen zu machen. Sowieso fragte ich mich manchmal, was ich tun würde, wenn sie plötzlich einen Herzanfall erleiden würde oder Ähnliches, doch zum Glück starb sie nicht auf diese Weise – nicht in meiner Gegenwart.

Es kam mir damals so eigenartig vor, dass sie mir alte Kriegsgeschichten erzählte. Man hätte über so vieles reden können, über meine Schule, das Wetter oder meine Eltern, doch sie hatte das Bedürfnis, mit einem halbwüchsigen Teenager über den Krieg zu sprechen, der mir ohnehin äußerst zuwider war. Außerdem hatten wir dieses Thema in der Schule noch nicht gehabt und wer oder was getötet wurde, interessierte mich nicht sonderlich. Kaum ein zwölfjähriges Mädchen macht sich über solche Sachen Gedanken, doch die Alte behandelte mich in diesem Punkt wie eine Erwachsene und mutete mir diese Geschichten einfach zu. Vielleicht war es auch so, dass sie gar nicht zu mir sprach, sondern nur neben mir saß und in die Luft redete. Ihr Blick ging dabei immer an mir vorbei, zu den Bildern oder an die Decke. Sie holte aus ihrer Erinnerung die alten zerfledderten Fragmente ihres Lebens hervor und manchmal hatte ich den Eindruck, sie hätte auch dann noch weitergesprochen, wenn ich schon gegangen wäre. Viele Jahre später erst begriff ich, warum sie mir all diese Geschichten vom Sterben und Überleben erzählte, was sie, *was man,* mir damit zu verstehen geben wollte.

„Wo ist Ihre Tochter denn jetzt?", fragte ich sie zaghaft.

„Sie ist …", sie zuckte mit den knochigen Schultern, „… in Amerika. Ja, sie ist ganz bestimmt in Amerika."

„Ja wissen Sie es denn nicht genau?"

Sie kniff die Augen zusammen. Große Unsicherheit spiegelte sich darin.

„Amerika ist groß. Sie schreibt so selten."

„Wann haben Sie sie denn das letzte Mal gesehen?"

„Das ist schon eine Weile her. Einige Jahre." Eine lange Pause folgte. „Seit damals, genau genommen, nicht mehr."

Ich blickte auf das schwarz-weiße Foto. „Sie meinen, seit diesem Tag auf dem Bild?" Sie nickte.

Ich wollte gern wissen, was passiert war, doch sie schien zum Weiterreden keine Kraft zu haben. Mein eindringlicher Blick schien sie jedoch anzustacheln, weiterzusprechen und so sagte sie: „Ach Herzchen, es ist so lange her. Warum soll ich dich mit der ganzen Geschichte quälen?" Ich dachte, nun werde sie in die Hände klatschen und sagen: *Ach komm, lass uns über was Nettes sprechen* und wahrscheinlich wäre es mir auch lieber gewesen. Stattdessen sprach sie unbeirrt weiter. So ist es wohl bei alten Leuten, dass sie nicht in chronologischer Form alles Erlebte nacheinander erzählen, sondern dass die Erinnerungen wie Seifenblasen vor ihrem inneren Auge erscheinen und schnell ausgesprochen werden müssen, bevor sie wieder weiterfliegen oder zerplatzen. „Auschwitz war ein Lager für Gefangene, für Andersdenkende, für Menschen, die nicht der Vorstellung der Nazis entsprachen. Wir arbeiteten dort und viele starben. Ich durfte die Gefangenen verarzten, ich war ja keine Jüdin, nur mit einem Juden verheiratet. Trotz allem behandelte man uns vergleichsweise gut. Warum, weiß ich bis heute nicht."

Plötzlich sah sie zu mir auf. „Möchtest du Kekse?" Ich dachte an die vergilbten Pralinen und schüttelte den Kopf. Dann tauchte sie wieder in die Erinnerung ein und fuhr fort. „Ich versuchte, meine Arbeit so zu tun, als sei ich in einem ganz normalen Krankenhaus. Zu tun gab es genug und Kranke gab es reichlich, nur als ich abends auf der verlausten Matratze lag, mit den Gitterstäben vor meinem Fenster, wurde mir wieder bewusst, dass ich vermutlich nicht lebend dort rauskommen würde. Doch es kam anders: Konrad und ich haben überlebt. Als die Amerikaner kamen, wog ich gerade noch 43 Kilo und mein Mann 52 Kilo, doch wir waren halbwegs gesund. Wir kamen zurück nach Hamburg. Unser Haus war vollständig zerbombt und an der Stelle, wo es mal gestanden hat, lagen nur Trümmer. Ich fand nicht einmal einen einzigen Gegenstand von Ruth zwischen den Steinen. Kein Stofftier, kein Spielzeug, nichts." Sie sah mich mit glänzenden Augen an und lächelte. „Wenigstens ihren kleinen Bären hatte sie schon auf der Schiffreise dabei. Ich hatte die Ohren des Bären schon dreimal wieder angenäht. Ich sagte im Spaß zu ihr, dass ihr zukünftiger Ehemann auch Bären mögen müsse, und sie quietschte vor Vergnügen dabei." Die Alte holte tief Luft und blickte an die Decke, als suche sie dort nach dem Fortgang der Geschichte.

„Meine Mutter sprach immerzu von Amerika und dass man so schnell wie möglich dorthin auswandern müsse. Sie hat recht behalten, denn wie viele Menschen sind in Deutschland umgekommen! So kurz vor dem Krieg auszureisen, das schien mir recht schwierig, doch sie war eine starke Frau. Ich denke, sie hat es geschafft. Ja, ich glaube, sie haben es geschafft." Frau Rosenbaum nickte. Vielleicht war es auch ihr gleichförmiges Zittern, ich weiß es nicht mehr. Schließlich brachte sie den Satz heraus, der ihr sichtlich Mühe bereitete. „Seitdem hab ich weder von meiner Mutter noch von meiner Tochter gehört oder gelesen." Ich zügelte meine vorlaute Zunge noch rechtzeitig, denn somit war klar, dass sie *noch nie* auch nur eine Postkarte bekommen hatte und sich oder den anderen oder allen zusammen etwas vormachte. Ich beschloss, sie einfach in Ruhe weitererzählen zu lassen.

„Meine Mutter ist natürlich schon lange tot, denn sie war damals schon über sechzig. Meine Tochter müsste jetzt 54 sein, selbst Kinder haben, vielleicht sogar schon Enkelkinder."

„Dann wären Sie ja schon Uroma", sagte ich mit einem heiteren Unterton, um die düstere Stimmung aufzuhellen. Sie nickte und ihre Augen glänzten feucht.

„Kannst du mal für mich zum Briefkasten gehen und die Post holen? Ja, würdest du das für mich tun? Ich bin schon so lange nicht mehr …"

Diesmal dachte ich mal wieder nicht besonders gründlich über meine Worte nach und so fragte ich sie: „Sie glauben tatsächlich, dass Sie eines Tages Post von Ihrer Tochter bekommen? Könnte es nicht sein, dass sie vielleicht gar nicht mehr …?"

Natürlich hatte die alte Rosenbaum bestimmt dann und wann in ihren dunklen Stunden über die Möglichkeit nachgedacht, dass sowohl ihre Mutter als auch ihre Tochter eine Überfahrt nach Amerika gar nicht geschafft haben könnten, doch sie hatte sich offensichtlich entschieden, diese Option nicht zuzulassen. Und dies, obwohl sie nach deren Ankunft in den USA nicht ein einziges Lebenszeichen von ihnen erhalten hatte.

Frau Rosenbaum dachte einen Herzschlag lang über meine Frage nach. Dann nickte sie wieder sehr heftig, um das Gesprochene so stark wie möglich zu unterstützen. „Doch, sie lebt, das spürt eine Mutter ganz genau." Sie hob die rechte Hand und deutete mit dem skelettartigen Finger an mir vorbei. „Da drüben, Kind, siehst du den Schlüssel am Brett neben der Tür?" Ich blickte in Richtung der Tür und nickte. Sogleich stand ich auf und ging los. Ich schnappte mir den kleinen Schlüssel, flitzte los und öffnete den Briefkasten unten am Törchen. Ein wenig aufgeregt war ich schon. Was, wenn dort wirklich ein Brief oder eine Karte von ihrer Tochter drinlag? Mit einem rostigen Krächzen zog ich den Kasten auf, doch er war leer. Nicht einmal eine Zeitung oder Werbung vom Lebensmittelladen um die Ecke. Doch hatte ich wirklich etwas anderes erwartet? Es mir vielleicht für die alte Frau sogar gewünscht? Ich ging wieder hinein. Mit weit aufgerissenen Augen sah sie mich an, so groß war ihre Hoffnung, selbst noch nach so vielen Jahren. Ich schüttelte nur den Kopf und sie sank in sich zusammen. Da begriff ich, dass sie wirklich fest daran glaubte, dass, irgendwo auf der anderen Seite der Erdkugel, ihre Tochter noch leben würde. Mit jeder Faser ihres Seins klammerte sie sich an diese Vorstellung, an diesen Wunsch. Doch für sie war es mehr als ein Wunsch, es war eine Wahrheit und dafür, dass diese verborgene Wahrheit eines Tages ans Licht kommen würde, dafür blieb sie am Leben.

Ich wechselte das Thema, um die Bedrückung abzuwenden. „Wie lange wohnen Sie hier schon allein?"

Sie dachte eine geraume Zeit lang nach. Im Geiste zählte sie die Jahre. „In diesem Haus seit sechsunddreißig Jahren, doch allein erst seit zweiundzwanzig. Zwei Wochen, nachdem Konrad in Rente gegangen war, bekam er einen Herzinfarkt. Wir hatten Pläne für eine weite Reise, doch es sollte nicht sein. Seitdem lebe ich hier allein und kam bisher ganz gut zurecht."

Dann sprang sie plötzlich zu einem anderen Gedanken, der ihr ebenfalls große Sorgen machte. „Ich möchte nicht in ein Heim. Wenn es irgend geht, möchte ich hier bleiben und hier warten … oder hier sterben."

Sie tat mir so leid, wie sie so dasaß, wie ein kleines Kind, das nicht fortgeschickt werden möchte. Wie gut konnte ich sie verstehen! Hatte ich doch auch mit den gleichen Befürchtungen zu kämpfen.

„Ist ja kein Problem. Ich komme sowieso jeden Tag beim Lebensmittelladen vorbei. Und außerdem kriegen Sie ja noch dieses Essen auf Rädern. Das schaffen wir schon irgendwie." Ich nickte und meine Ermutigung muss sie tatsächlich erreicht haben, denn sie strahlte über das ganze Gesicht. Als hätte ich mit meinen zwölf Jahren darüber entscheiden können, ob sie ins Heim musste oder nicht. Wenn ein Arzt es angeordnet hätte, hätte ich auch nichts dagegen unternehmen können. Doch was ihr half, war meine Fürsprache, meine Ermutigung. Ich begann sie zu mögen und sie mochte mich schon lange. Eine Tochter hatte sie vielleicht verloren, eine andere vielleicht hinzugewonnen.

Kapitel fünfzehn

Bruno soll nicht sterben

Mittlerweile fielen die ersten Blätter von den Bäumen und der Sommer sang seine letzten Lieder. Bruno und ich saugten die Wärme der Sonne in uns auf und freuten uns auf das Wochenende. Es war Freitagnachmittag und wir hatten es uns unter einer Rotbuche in unserem Garten gemütlich gemacht. Ich hatte meine Mutter gebeten, uns diesmal keine Kekse zu bringen, und wenn, dann nur solche, die nicht so viel Zucker beinhalteten. Doch Bruno schmeckten nur die richtig süßen, die klebrigen mit viel Schokolade oder Karamell darauf. Wir alberten herum und neckten uns. Ich weiß gar nicht mehr genau, worüber wir lachen mussten, doch irgendwann heizten wir die gegenseitigen und garantiert nicht böse gemeinten Sticheleien so an, dass wir von der rot-weiß karierten Decke aufstanden und uns durch den Garten scheuchten. Erst rannte Bruno hinter mir her und keuchte dabei wie ein Walross. Er war an diesem Nachmittag fürchterlich ehrgeizig, doch er hatte keine Chance, mich zu fangen. Ist ja klar. Ich war wendig wie eine Gazelle und wie die Jagd eines Elefanten auf eine Gazelle ausgeht, weiß jedes Kind. Dann drehten wir den Spieß um und ich versuchte, ihn zu fangen. Zumindest tat ich so, als ob ich langsamer sei als er und hetzte ihn unter den tief hängenden Zweigen der Buche und denen der Birken hindurch, quer über den Kiesweg zum hinteren Törchen und wieder zurück. Ob sein Lachen oder sein rasselndes Keuchen lauter war, kann ich nicht mehr sagen, doch all die überschäumende und unbeschwerte Freude mündete in ein plötzliches Weinen und Stöhnen. Bruno wurde langsamer, blieb stehen, griff sich mit schmerzverzerrtem Blick an die Brust und brach vor meinen Augen zusammen. Er platschte bäuchlings auf dem Rasen auf. Er schaffte es noch, sich umzudrehen und ich wurde bleich wie frischer Schnee. Er war im

Gesicht so blau wie die Tinte meines Füllfederhalters und seine Lippen beinahe violett. Angst um sein Leben oder Angst vor dem Tod sprangen mich aus seinen Augen an. Nie wieder habe ich diesen Ausdruck in seinen flehenden Augen vergessen.

„Mir ist so schwindelig“, sagte er leise und seine Pupillen huschten von links nach rechts, bis bald nur noch das Weiße in seinen Augen zu sehen war. Dann zerrte er an seinem Hemdkragen, riss dabei den obersten Knopf ab und wand sich wie eine gestrandete Robbe auf dem Wattboden. Erst, einen ganz kurzen Augenblick, lachte ich noch, so wie es ist, wenn man meint, einen schlechten Witz gehört zu haben oder wenn man erst viel zu spät kapiert, dass der Spaß schon lange vorbei ist. Doch schneller, als ich damit umgehen konnte, brach der Ernst der Lage wie ein heftiges Gewitter über mir zusammen. Ich schüttelte und rüttelte an ihm herum, brüllte ihn an und fühlte mich so hilflos wie noch nie in meinem Leben. Soeben wollte ich aufstehen und ins Haus zu meiner Mutter rennen, da fiel mir ein, dass sie, wie so oft, zum Einkaufen gegangen war. Den Notarzt anzurufen kam mir auch in den Sinn, doch ich tat etwas ganz anderes.

„Bruno, warte hier. Ich hole Hilfe. Ich bin gleich wieder zurück.“ Bruno konnte mir nicht mehr antworten, riss dafür die Augen auf und streckte mir seine bittende Hand entgegen. Ich wusste, was er mir damit sagen wollte, doch es half nichts. Ich riss mich von ihm los, rannte wie der Blitz durch den Garten, auf die Straße hinaus und zum Haus unserer kranken Nachbarin, vor deren Tür der alte schwarze Mercedes ihres Arztes parkte. Ich schellte Sturm, hüpfte dabei wie hysterisch auf der Stelle herum und schrie durch die verschlossene Tür ins Innere des Hauses. Kurze Zeit später erschien der Arzt mit seiner Tasche in der Hand im Türrahmen, erfasste gleich den Schreck in meinen Augen und ließ sich sofort mit mir mitziehen.

„Der Bruno liegt bei uns im Garten und kriegt keine Luft mehr. Ich weiß nicht, was ich machen soll.“

Dr. Thomssen folgte mir in unseren Garten und sah bereits

von Weitem Bruno auf der Wiese liegen. Er rannte los, denn Bruno bewegte sich nicht mehr.

Hastig ließ er seine Tasche neben Bruno fallen und fasste ihm mit den Zeigefingern an den Hals. Ich stand daneben und hielt meine Hände vor mein schluchzendes Gesicht. Die Vögel hatten vor Schreck aufgehört zu singen und der Himmel verfinsterte sich, zumindest kam es mir so vor, obwohl er noch immer blau war. Ich fühlte mich so elend und schuldig, weil ich Bruno wie eine Verrückte durch den Garten gehetzt hatte, doch ich dachte, es ginge ihm gut an diesem Tag und erzählt hatte er auch nichts. Ich hatte vergessen, dass er eigentlich krank war, schwer krank sogar. Und seinen Eltern hatte ich auch nichts erzählt. Hätte ich ihn doch nur verpetzt. Dann wäre er eben sauer auf mich gewesen.

Dr. Thomssen griff unter Brunos Nacken und streckte seinen Kopf nach hinten. Dann holte er tief Luft und blies dreimal hintereinander in seinen geöffneten Mund hinein. Danach stemmte er sich mit übereinandergelegten Händen mehrmals mit einem Ruck auf seine Brust. Dann presste er wieder seine Lippen auf Brunos und blies alles in ihn hinein, was seine Lungen hergaben. Die Wiederbelebungsversuche des Arztes hatten Erfolg, denn nach einer ganzen Weile schlug Bruno plötzlich die Augen auf und rang krächzend nach Luft. Als der Arzt sah, dass Bruno atmete, fragte er mich: „Wo ist euer Telefon? Er muss sofort ins Krankenhaus!“ Schnell rannten wir ins Haus hinein und ich zeigte ihm unser Telefon auf der Kommode. Damals gab es ja noch keine Handys. Er wählte flink eine Nummer und ließ keinen Zweifel daran aufkommen, dass es sich um einen lebensbedrohlichen Notfall handelte. Ich rannte schnell wieder zurück zu Bruno, dessen Augen zum Glück immer noch geöffnet waren und der auch einigermaßen kräftig atmete. Sofort ergriff er wieder meine Hand und sie versank in seiner fleischigen, kraftlosen Masse. Er konnte noch nicht reden, doch seine ängstlichen Augen sprachen Bände. Er schwitzte stark und ich konnte seine Angst förmlich riechen. Einige Minuten später traf der Krankenwagen ein und zwei kräftige

Männer hoben Bruno auf eine Trage. Ohne unnötig Zeit zu verlieren, schoben sie ihn ins Heck des Wagens hinein und stachen sofort eine Kanüle in seine rechte Vene. Ich sah nicht hin, sondern achtete auf Bruno. Geschah doch genau das, wovor er die meiste Angst gehabt hatte, nämlich dass irgendwelche spitzen, pikenden Kanülen in seinen Körper gesteckt werden würden. Doch er reagierte gar nicht darauf.

Dann ging alles sehr schnell. Der Arzt gab den Fahrern einige zügige Anweisungen und trug mir auf, meiner Mutter einen Zettel zu schreiben, für den Fall, dass ich mitfahren wollte. Er müsse schnell zu der alten Frau zurück, um auch ihr noch eine Spritze zu geben. Es ginge ihr sehr schlecht. Nachdem ich noch schnell den Auftrag des Arztes ausgeführt und das Haus abgeschlossen hatte, rannte ich zu Bruno zurück und setzte mich im Krankenwagen neben ihn. Sofort fuhr der Wagen ins Krankenhaus. Ich schluchzte die ganze Zeit, riss mich zwischendurch mal wieder zusammen und heulte dann weiter. Jetzt erst wurde mir bewusst, wie sehr ich um meinen Freund und Helden bangte.

Bruno trug die Situation in meinen Augen meisterhaft. Er jammerte nicht die ganze Zeit, so wie ich es vermutlich getan hätte, sondern begnügte sich damit, meine Hand zu halten und einen ängstlichen Blick in die Umgebung zu werfen. Verschiedene Apparate verrichteten ihren Dienst an ihm. Zig Saugnäpfe auf Brunos Brust verteilt, piepende Überwachungsgeräte mit weißen Zacken auf grünem Grund zu beiden Seiten und Wiener Schnitzel mit Gemüse und Pommes in Flüssigform aus einem Plastiksack, der seine Vitamine direkt in Brunos Vene träufelte. Bruno konnte nichts tun als daliegen und warten, hoffen und vertrauen. Vertrauen – natürlich den Ärzten, dann noch mir und vielleicht ein bisschen Gott, so hoffte ich, obwohl Bruno bisher nichts mit Gott zu tun haben wollte.

Seit dem Tag, an dem ich, Dr. Thomssen und die vielen anderen Ärzte, die noch folgen sollten, sein Leben retteten, ließ er mich nicht mehr los. Und damit meine ich nicht nur meine Hand.

Niemals vorher hatten wir uns an der Hand gehalten. Warum auch? Wir waren gute Freunde, aber kein Liebespaar oder dergleichen. Andere Mädchen aus unserer Klasse hatten schon die ersten Freunde, mit denen sie verstohlen Händchen hielten, sich verschämt verliebte Blicke zuwarfen und sich Liebesbriefchen schrieben, obwohl sie noch nicht so recht wussten, wie man mit solchen Situationen umgeht und was dieses flaue Gefühl im Magen zu bedeuten hat.

Bei Bruno und mir war das ganz anders. Wir waren deshalb Freunde, weil wir so vieles gemeinsam hatten und doch so verschieden waren, wie es schlimmer gar nicht mehr ging. Wir waren beide irgendwie Außenseiter, wie zwei Lachse, die den Strom aufwärts schwammen, statt wie die übrigen Fische mit der Strömung zu schwimmen. Doch außer, dass wir uns blendend verstanden, hätte man keine fünf Übereinstimmungen zwischen uns gefunden. Um es auf den Punkt zu bringen: Ich war die Träumerliese, Bruno der gnadenlose Realist. Ich konnte kaum drei und fünf zusammenzählen, Bruno kannte bereits mit zehn Jahren das Periodensystem auswendig. Ich war dünn und aß stets zu wenig und Bruno? Na, Sie wissen ja.

Als wir in diesem Krankenwagen hockten und der Plastikbeutel mit Brunos Mineralien bei jedem Schlagloch und in jeder Kurve hin und her schwappte, wussten wir, dass wir ein Leben lang Freunde bleiben würden.

Ein junger Krankenpfleger mit Pickelgesicht saß mir gegenüber und bis heute möchte ich gern wissen, was der wohl gedacht hat: Nachdem ich mich beruhigt hatte und meine Tränendrüsen keinen Nachschub mehr lieferten, fing ich an zu quasseln. Die ganze restliche Fahrt über habe ich aus lauter Angst um Bruno geredet. Ich habe Bruno von der Alten nebenan erzählt, von meiner Oma in dem kleinen Dorf bei Bremen, von den ungebügelten Hemden meines Vaters und noch vieles mehr. Ich dachte, ich müsse so viel reden, damit Bruno wach blieb. Ich hatte das mal in einem Film gesehen, dass der Verletzte nicht das Bewusstsein verlieren dürfe, weil er sonst sterben würde. Ich sagte: „Mensch Bruno, halt bloß die Augen offen! Hör mir genau zu, nur nicht einschlafen!"

Doch Bruno schlief ein.

Nicht lange, nachdem der Krankenwagen im Krankenhaus angekommen war, trafen auch bald schon Brunos und meine Eltern ein. Einer hatte den anderen benachrichtigt.

Bruno schlief immer noch.

Mein Vater hatte sich, nachdem ihn meine Mutter in der Firma angerufen hatte, nach einem kurzen, aber heftigen Disput mit seinem Chef seine Jacke geschnappt und war auf schnellstem Weg zuerst nach Hause gefahren, um meine Mutter abzuholen, und dann gleich weiter zum Krankenhaus gerast. Noch wussten sie keine genauen Details und gingen davon aus, dass auch mir etwas zugestoßen war. Sie dachten an einen Unfall oder Ähnliches. Es stand ja auch nicht viel auf meinem Zettel, den ich auf dem Küchentisch hinterlassen hatte, nur:

Hallo Mama und Papa,

ich musste mit Bruno ins Krankenhaus fahren.
Macht euch keine Sorgen.

Anna

Sobald meine Mutter den Zettel gelesen hatte, rief sie bei Frau Winkelmann an, um von ihr zu erfahren, dass irgendwas mit Bruno nicht stimmte. Sie hatte bereits ihre Jacke an, als das Telefon schellte. Dr. Thomssen hatte nur Andeutungen gemacht, um Frau Winkelmann nicht unnötig zu beunruhigen. Dass Bruno nur knapp von der Liste des Todes gestrichen wurde, war sicherlich keine Nachricht, die man mal eben am Telefon erzählen würde.

Außerdem war zu diesem Zeitpunkt nicht sicher, ob nicht sein Name schon bald wieder auf eben jener Liste erscheinen würde. Über den Berg war er ja noch lange nicht.

Bruno wurde die ganze Zeit über mit Sauerstoff beatmet und dieselben Geräte, die ihn schon im Wagen überwacht hatten, wurden nun wieder an ihn angeschlossen. Zuvor hatten sie jedoch noch ein Röntgenbild von seinem Oberkörper gemacht.

Der Professor der Kardiologie, einer Spezialabteilung für gebrochene Herzen, sprach mit meinen und Brunos Eltern. Auch ich stand dabei, doch durch die Glasscheibe ließ ich Bruno nicht aus den Augen. Ich wollte sehen, ob sich auch wirklich sein Brustkorb hob und senkte, denn seine Augen waren geschlossen.

Der Professor, ein Mann mit grauen Schläfen und einem kantigen Adlergesicht, zupfte seinen gestärkten weißen Kittel zurecht und versuchte, einen möglichst beruhigenden Gesichtsausdruck aufzulegen. In seinem Inneren sah es bestimmt ganz anders aus, denn dass er sich Sorgen um Bruno machte, hatte er zuvor der Schwester gesagt, als er glaubte, dass ihn niemand hören würde. Er hatte nicht bemerkt, dass ich neben der Tür zum Schwesternzimmer stand.

„Ihr Sohn hat eine sogenannte Pulmonalklappenstenose." Herr Winkelmann verzog seine Mundwinkel Richtung Kinn und wurde blass. „Was heißt das bitte genau?" Seine Stimme wurde weinerlich.

Der Professor überlegte, wie er diesen Befund so gut wie möglich übersetzen könne. „Man muss es sich so vorstellen, als wollten Sie die Blumen im Garten gießen und jemand steht auf dem Gartenschlauch." Herr und Frau Winkelmann nickten stumm. Diese Situation kannte jeder.

„Die rechte Herzkammer pumpt das Blut in den Lungenkreislauf, damit es in der Lunge mit Sauerstoff angereichert wird. Bei Ihrem Sohn ist der Ausgang in dieses Blutgefäß, das zur Lunge führt, verengt."

„Heißt das, er hat was am Herzen?", fragte Frau Winkelmann

mit hoher Stimme. Alles an ihr verkrampfte sich und ihre hektischen, besorgten Blicke suchten die Zacken auf dem Monitor über Brunos Kopf. Sie hoffte, sie wären gleichmäßig und kräftig, doch das Gegenteil war der Fall. Der Professor nickte. „Ja, es ist leider so, dass wir Ihren Sohn operieren müssen, möglichst bald. Er hat bereits eine Insuffizienz des rechten Herzens", fügte er hinzu.

„Ist die Operation gefährlich? Kann er dabei …?"

Der Herzspezialist überlegte sich seine Worte gut. „Keine Operation ist ohne Risiko, doch es ist nicht so schlimm, wie Sie denken. Zunächst wird nur ein Ballonkatheter ins Herz eingeführt und dann wird die betreffende Herzklappe von innen aufgedehnt. Falls es auf diese Weise nicht klappt, steht ein komplettes Spezialistenteam für eine weiterführende Operation parat. Wenn alles gut geht, wird er vermutlich ein ganz normales Leben führen können." Der Professor versuchte, so beruhigend wie möglich zu wirken, doch überzeugt waren Brunos Eltern noch nicht. Mein Vater legte anteilnehmend seinen Arm auf Herrn Winkelmanns Schulter und dieser dankte es ihm mit einem gequälten Lächeln.

„Wir haben noch ein paar Tage Zeit. Sein Zustand ist jetzt stabil, aber zu lange sollten wir nicht warten. Morgen früh werden wir gleich mit einer Reihe von Untersuchungen beginnen: Blutbild, Langzeit-EKG, all diese Dinge. Sie können jetzt zu ihm gehen, wenn Sie wollen."

Die Winkelmanns und ich gingen ins Krankenzimmer zu Bruno, während sich meine Eltern auf dem Flur auf zwei Stühle setzten. Dass ich mit hineindurfte, bedeutete schon so etwas wie eine Adoption in die Familie Winkelmann hinein oder doch ein absolutes Akzeptieren meiner Freundschaft zu Bruno.

Bruno war einige Minuten zuvor aufgewacht und hatte den Schluss des Gesprächs seines zukünftigen Operateurs mit seinen Eltern mit den Augen durch die Glasscheibe verfolgt. Was in ihm und mit ihm vorging und was noch auf ihn zukommen würde, war ihm noch nicht bekannt. In seinem Kopf wuchs ein großes schwarzes Fragezeichen, das sich zunehmend auszudehnen drohte. All die Apparate und Schläuche verunsicherten ihn und er war froh, als wir zu ihm ins Zimmer kamen. Brunos Eltern fühlten sich ein wenig hilflos, ihm zu vermitteln, wie es um ihn bestellt sei, und so übernahm ich kurzerhand diese Aufgabe. Ich setzte mich auf einen Stuhl neben seinem Bett, so wie er es auch gemacht hatte, als ich mit meinem Gipsbein ebenso hilflos dalag.

„Hallo Bruno. Wie geht's denn so?", begann ich vorsichtig.

„Ich hab Hunger", sagte er. Typisch, dachte ich. Denkt sofort nach dem Aufwachen ans Essen. Ich nickte verständnisvoll, ging aber nicht weiter auf dieses, in meinen Augen verhältnismäßig unwichtige, Bedürfnis ein. Doch schon nach kurzer Zeit wurde auch ihm die Schwere der Lage bewusst und er schaute abwechselnd in die Augen seiner Eltern und in meine. Er fragte uns wortlos und hoffte auf eine milde Antwort in der Art: *Ach, es ist nichts, ein kleiner Schwächeanfall, nichts Ernstes, morgen kommst du wieder raus.* Als wir eben diese Worte nicht aussprachen, befürchtete er das Gegenteil von dem, was er hoffte, und um ihn nicht länger auf die Folter zu spannen, machte ich einfach einen Anfang. „Irgendwas ist mit deinem Herzen nicht in Ordnung. Es pumpt zu wenig Blut in die Lunge." Er nickte stumm und schluckte mit weit aufgerissenen Augen.

„Deswegen hast du auch keine Puste beim Rennen gehabt. Nicht weil du zu dick wärst, sondern nur wegen dem Herzen." Dann sah Bruno zu seiner Mutter. Nun war sie an der Reihe. Auch mit fast dreizehn tröstet in Notfällen die Hand einer Mutter und er winkte sie mit dem Arm zu sich heran, der keine Nadel in sich stecken hatte.

„Hör mal, Schatz. Der Professor hat uns alles erklärt. Du hast einen angeborenen Herzfehler, der sich erst jetzt bemerkbar gemacht hat."

„Genau genommen ist nur eine Ader zu eng", beschwichtigte Herr Winkelmann. „Man schiebt dir einen kleinen Miniballon in die Ader und pumpt sie ein bisschen auf, damit wieder genug Blut durchpasst. Das ist schon alles." Während er das sagte, versuchte er so beiläufig zu klingen, als würde er seiner Frau erklären wollen, dass er noch einmal mit dem Hund um den Block Gassi gehen müsse, obwohl er sich mit seinen Freunden in der Kneipe verabredet habe. Aus irgendeinem Grund nahm ihm Bruno diese Lockerheit nicht ab. Dann sagte er in seiner Hilflosigkeit: „Kann ich mal ein paar Minuten mit Anna alleine sprechen?" Wieder sah er abwechselnd in die Augen seiner Eltern, hatte diese Bitte aber so ausgesprochen, dass man ihm kaum widersprechen konnte. Zögernd erhob sich seine Mutter von der Bettkante, als sie das ermutigende Augenzwinkern von Herrn Winkelmann bemerkte.

Ich dachte: *O je, was kommt denn jetzt?*, doch schnell verflogen meine Befürchtungen, diese Situation nicht meistern zu können. Kaum war die Tür zu und seine Eltern draußen, schoss es aus ihm heraus: „Weißt du noch, was wir mal besprochen haben, als du dein Gipsbein hattest? Ich hab dir gesagt, ich würde niemals in ein Krankenhaus kommen!" Ich nickte stumm. Ja, das hatte er gesagt, doch schneller als erwartet war es passiert.

„Weißt du auch, warum ich das gesagt hab?" Ich schüttelte den Kopf und wartete. Es war eine dieser Fragen, zu denen man die Antworten selbst liefert.

Kapitel sechzehn

Aus heiterem Himmel

„Ich habe dir immer gesagt, dass ich Angst vor Ärzten habe, und das stimmt ja auch, aber der eigentliche Grund ist, dass ich genau diese Szene schon einmal", er wehrte mit der ungebundenen Hand ab, „ach, was rede ich, zigmal geträumt habe. Immer liege ich in genau so einem scheußlichen Bett, habe tausend Apparate um mich herum und irgendein bescheuerter Arzt sagt mir, ich hätte einen Herzfehler und könne den Beruf des Piloten an den Nagel hängen. Kannst du dir das vorstellen? Seit ich weiß nicht wie vielen Jahren träume ich diesen Mist und jetzt passiert genau das und ich liege hier, wie in meinem Traum." Ich war wirklich baff, als er mir das erzählte, doch er war noch nicht fertig. „Ist es wirklich so harmlos, wie meine Eltern gesagt haben? Los, sag mir die Wahrheit. Wir sind doch Freunde!", bettelte er mich an.

Ich druckste herum, doch ich entschied, tatsächlich ehrlich zu sein. „Na ja, ich verstehe ja nicht viel von diesen Dingen, aber es ist und bleibt eine Operation, die du machen musst. Der Arzt sagte etwas von einer Rechtsherz-Dingsbums. Dass es nicht mehr richtig funktioniert, weil eben irgendeine Klappe nicht richtig aufgeht oder so."

Er überlegte ein bisschen und seine Augen füllten sich mit Tränen. „Was ist, wenn ich es einfach nicht machen lasse? Ich muss ja nicht unbedingt rumrennen und ich kann auch meinetwegen auf Kekse und Chips verzichten." Seine Stimme war von einem verzweifelten Flehen erfüllt, in der Hoffnung, ich würde ihm vielleicht recht geben. „Ich bleibe einfach immer nur ganz ruhig sitzen. Dann muss ich vielleicht gar nicht operiert werden."

„Ich schätze, das geht nicht, Bruno. Ich glaube, du stirbst sonst."

Bruno richtete sich in seinem Bett so gut es ging auf. „Ja,

glaubst du denn, die nehmen einen Piloten mit einem kaputten Herzen? Du hast keine Ahnung, wie streng die Aufnahmeuntersuchungen sind! Es gibt so viele Kerle, die Piloten werden wollen. Das ist der tollste Beruf, den es gibt, aber ausgerechnet ich bin fett, halb blind und hab jetzt noch ein kaputtes Herz." Dann ließ er sich wieder in die Kissen zurückfallen. „Wenn ich nicht Pilot werden kann, dann kann ich auch gleich sterben. Welchen Sinn hat es dann noch, zur Schule zu gehen?" Mit Entsetzen sah ich in seinen Augen genau das, was er aussprach. Er hatte keine Lust mehr zu leben. Jeglicher Wille, gegen die Hoffnungslosigkeit anzukämpfen, hatte ihn verlassen.

So sicher wie er damals war, als er mir in seinem Zimmer mit voller Überzeugung verkündete, dass er es trotz seiner Fehlsichtigkeit schaffen könne, Pilot zu werden, so überzeugt war er nun vom Gegenteil. Damit verlor das Leben für ihn jegliche Perspektive und es fehlte ihm jeder Anreiz, weiterzumachen und diese Operation auf sich zu nehmen. Ich spürte, dass dies kein besonders guter Start in eine schwierige Zeit war, eine, in der man eine große Extraportion Kraft braucht, um all das durchzustehen, was noch vor einem liegt. Was ihm von einer Sekunde auf die nächste geraubt wurde, war eine realistische Perspektive, ein Ziel, für das es sich zu kämpfen lohnt, doch so ganz unrecht hatte er nicht. Ich hatte zwar von der Fliegerei keine Ahnung, aber ich konnte mir sehr wohl vorstellen, dass die Bosse der Lufthansa keine kranken, fehlsichtigen Rentner ins Cockpit lassen, sondern nur durchtrainierte, kräftige Jungs und davon war Bruno noch Lichtjahre entfernt. Ich musste mir etwas einfallen lassen. So wollte ich Bruno nicht zurücklassen. Ich wollte ihn mit irgendwas aufmuntern und probierte die psychologische Variante des Verharmlosens, wie schon sein Vater zuvor. Ich befahl meinem Gesicht, selbstsicher und entspannt zu wirken, und sagte: „Du spinnst, Bruno. Die kriegen das hin. Das machen die hier jeden Tag von morgens bis abends. Pah, da lachen die doch drüber. Das erledigen die so nebenbei in der Mittagspause, dich wieder auf die Beine zu bringen."

Bruno drehte den Kopf zu mir, doch nicht das leiseste Lächeln zeichnete sich ab. „Ach, lass doch. Gib dir keine Mühe. Ich hab keine Lust mehr. Du kannst jetzt meine Eltern wieder reinlassen. Danke, dass du da warst, aber ich möchte jetzt mit meinen Eltern allein sein." Dann drehte er wieder den Kopf in die andere Richtung und gab mir zu verstehen, dass meine Ermutigungsversuche nicht mehr erwünscht seien. Er wollte mit sich und seinem Selbstmitleid allein sein und sich darin suhlen. Trotzdem tat er mir unsäglich leid. Ich drehte mich um. „Na gut, dann geh ich jetzt mal. Lass den Kopf nicht hängen, Bruno. Das wird schon. Ich komm morgen wieder. Du warst ja auch bei mir jeden Tag zu Besuch." Ich gab seinen Eltern mit einem Kopfnicken zu verstehen, dass sie jetzt wieder zu ihm reingehen könnten und steuerte wortlos auf die Sitzreihe zu, wo meine Eltern saßen.

Die ganze Rückfahrt nach Hause sprachen wir nicht viel. Belangloses Zeug, um von der Dramatik der Sache abzulenken. Ich war verwirrt und traurig. Eine große Aufgabe schien einzig und allein auf meinen Schultern zu lasten, nämlich die, Bruno irgendwie wieder aufzurichten, ihn mit Hoffnung statt mit Chips zu versorgen, ihm seinen Traum zurückzugeben, selbst wenn er zugegebenermaßen in sehr unrealistische Sphären abgedriftet war. Ich hatte mich ja schon immer über seinen Spleen, Pilot werden zu wollen, amüsiert, doch dass es ihm so ernst damit war, hatte ich erst an diesem Tag verstanden. Er hatte sich daran festgebissen wie ein wütender Terrier und nun begann er, loszulassen und sich zurückzulehnen. Dass er dabei sein ganzes künftiges Leben aufgab, machte mir jedoch große Not.

Irgendetwas musste geschehen, um die Situation zu retten, und ich wusste, dass, obwohl die Ärzte sicherlich gute Arbeit leisten würden, Bruno nur wieder richtig gesund werden würde, wenn er es auch selber wollte, wenn man ihm seinen Traum wiedergeben würde oder vielleicht einen anderen. Er brauchte einen Grund, leben zu wollen und nicht zu verzagen.

Ich beschloss, darüber nachzudenken und meinen Brieffreund darüber zu befragen. Doch könnte er auch etwas für jemanden tun, wenn derjenige gar nicht an ihn glaubte?

Als wir zu Hause ankamen, verschwand ich sofort auf meinem Zimmer und schloss die Tür hinter mir ab. Ich wollte allein sein, meine Ruhe haben und nachdenken. Bevor wir nach Hamburg gezogen waren, war mein Leben in ziemlich gleichmäßigen Bahnen verlaufen. Ein paar Höhen und Tiefen gab es natürlich, wie bei jedem Menschen, doch insgesamt war alles zufriedenstellend und ruhig. Doch nun schien mein Lebenszug aus den Gleisen springen zu wollen. Zumindest führte er mich in eine Gegend, in der ich mich nicht auskannte, in ein Land, das mir fremd war. Ein Land, in dem eine alte Frau lebte, die seit über vierzig Jahren auf ihre verschollene Tochter wartete, ein mir schreibender, unbekannter Gott und mein Freund Bruno, der mit dem Leben und seinen Träumen kämpfte.

Irgendwoher musste Hilfe oder Wegweisung kommen, das war mir klar. Doch klar war mir auch, dass ich diese Hilfe nicht von meinen Eltern erwarten konnte, die ja schon so überfordert waren, dass sie mich unbedingt in ein Internat abschieben wollten.

Also setzte ich mich an meinen Schreibtisch, nahm irgendein leeres Blatt Papier hervor und begann zu schreiben:

Hallo Gott,

ich hab da mal ein paar dringende Fragen. Ich fühl mich im Moment nicht so toll und verstehe nicht, was um mich herum passiert.

Also: 1. Du weißt doch, dass Bruno Pilot werden will, doch jetzt sieht es so aus, als wenn er das vergessen könne. Sowieso hat er genug damit zu tun, am Leben zu bleiben und gesund zu werden. Warum musste er überhaupt so etwas kriegen? Warum wird man krank? Hast du einen Fehler gemacht, als du uns geschaffen hast? Mir kommt es vor, als seien wir wie schicke Autos, aber mit defekten Motoren.

2. Die alte Frau nebenan glaubt immer noch, dass ihre Tochter irgendwo in Amerika lebt. Ich finde das doof, dass sie so lange in Ungewissheit ist, ob sie noch lebt oder nicht. Kannst du da nicht was machen? Wie lange soll die denn noch zu ihrem Briefkasten humpeln?

3. Ich möchte nicht ins Internat, sonst laufe ich von zu Hause weg.

Anna

Ich verstaute den Brief in einem Umschlag und wusste nicht, wohin damit. Mein himmlischer Briefkasten war noch immer verschlossen. Wutentbrannt stieg ich die Stufen zu meinen Eltern ins Wohnzimmer hinunter und stemmte die Hände in die Hüften. Ich war fest entschlossen, mich ihnen zu widersetzen. Manchmal muss man das eben tun.

Sie saßen auf dem Sofa und legten, als ich den Raum betrat, den Prospekt vom Internat schnell wieder beiseite. Doch ich hatte ihn bereits gesehen. Ich presste die Lippen aufeinander und meine Augen füllten sich schon wieder mit Tränen. „Ich will, dass ihr sofort den Dachboden wieder aufschließt. Sonst wird Bruno nicht wieder gesund." Fassungslos sahen sie mich an. Den Zusammenhang zwischen Bruno und dem Dachboden begriffen sie natürlich nicht. Doch als sie einander ansahen, wurde ihnen etwas deutlich vor Augen geführt: Da war er wieder - der Grund, mich dringend wegschicken zu müssen. Doch ich war mit meiner Standpauke noch nicht fertig. „Außerdem kriegen mich keine zehn Pferde ins Internat. Ihr könnt mich schließlich nicht zwingen. Sonst laufe ich vorher von zu Hause weg und komme nie wieder.“ Das hatte gesessen. Meine Eltern tauschten bedrückte Blicke aus und schoben den Prospekt weiter von sich weg. Dann stand mein Vater auf und ging zu seinem verschließbaren Schreibtisch. Er nahm einen kleinen Schlüssel heraus und ging voraus. Wenn er es schon nicht verhindern konnte, wollte er es mir wenigstens so einfach wie möglich machen. Ein gebrochenes Bein reichte ihm. Auf der Treppe beschloss er, sein Schweigen aufzugeben. „Okay, Schatz. Erklär es mir. Was hat es mit diesen Briefen und dem Dachboden auf sich? Wie funktioniert das Ganze?“ Es hatte den Anschein, als würde er mir tatsächlich glauben, und allein der Versuch, mich ernst zu nehmen, machte mich glücklich. Ich zog den Schnodder meiner Nase hoch und wischte meine Augen mit dem Ärmel meines Lieblingspullis trocken. Zuversichtlich begann ich, es ihm zu erklären. „Ich weiß nicht genau, wie er es macht, aber ich lege einen Brief auf eine bestimmte Stelle und einen Augenblick oder auch viel später, ist er verschwunden. Irgendwann, wenn ich wieder nachsehe, ist ein neuer Brief von ihm da. Einmal hab ich es sogar mit meinen eigenen Augen gesehen.“

Mein Vater lachte auf. „Das klingt ja ziemlich geheimnisvoll, fast wie ein Wunder.“

„Genau“, bestätigte ich ihn. „Wie ein Wunder. Aber nur für uns ist das wunderbar, für ihn ist das ganz normal - glaube ich. Nichts Besonderes jedenfalls.“

„Und? Was hast du ihm diesmal geschrieben?“

„Das ist ein Briefgeheimnis, Papa. Das verstehst du doch, oder?“, sagte ich altklug. Mein Vater nickte, als er auf der Leiter stand und mit dem kleinen Schlüssel das wuchtige Vorhängeschloss öffnete und entfernte.

„Danke, ab jetzt komme ich alleine zurecht …“ Behände zog ich mit der Stange die Klappe herunter. Immerhin hatte ich darin schon einige Übung. Wie geschmiert rutschte die Treppe zu mir herunter. Mein Vater sah mir zu, wie ich die Sprossen nach oben kletterte und meinen Brief an Herrn G. auf einen kleinen, hellen Fleck auf dem Fußboden legte. Mehr gab es für mich im Augenblick nicht zu tun. Um sein Entgegenkommen nicht zu sehr zu strapazieren, stieg ich sofort wieder runter und zu seiner Freude grinste ich wieder und zeigte der Welt meine hässliche Zahnspange.

Nun hieß es warten. Ich war damals kein geduldiger Mensch und bin es heute immer noch nicht. Ich schaffte es nicht, einfach nur dazusitzen und nichts zu tun, als auszuharren. Also beschloss ich, gleich am nächsten Morgen, einem Samstag, nach Frau Rosenbaum zu sehen. Man sagt alten Frauen landläufig nach, dass sie weise seien und aus dem reichen Fundus ihrer Erfahrungen Tipps und Ratschläge geben könnten. Viel hatte ich davon noch nicht bemerkt, aber ein weiterer Versuch war es wert. Gleich danach oder vielleicht auch erst am nächsten Morgen würde ich mit dem Bus zu Bruno fahren. Ich zupfte ein paar Bestechungsblümchen aus ihrem üppigen Urwaldbeet und sagte meinen Eltern Bescheid.

„Grüß sie bitte von uns ganz herzlich.“

„Hmm, mach ich.“ Dann schlug die Tür ins Schloss.

Ich stellte mich auf eine längere Wartezeit vor Frau Rosenbaums Tür ein. Umso überraschter war ich, als sie mir beinahe aufrecht gehend die Tür öffnete. Sie hatte zwar immer noch, oder wieder, ihren alten Morgenmantel oder etwas ähnlich Altmodisches und muffig Riechendes an und doch schien plötzlich alles viel heller zu sein: ihre Höhle und auch ihr Gesicht. Beinahe flink trat sie beiseite und ließ mich ein.

„Hallo Herzchen. Schön, dass du mich besuchst. Oh, sind die für mich? Kommen mir bekannt vor. Aus eurem Garten? Ich hatte auch mal solche Blümchen gepflanzt. Wie nett. Danke.“

Zack, mit einem schnell dahingeworfenen Satz hatte sie mich überführt. Das war mir unheimlich.

Ich war, wie man sich vorstellen kann, nicht besonders gut aufgelegt und so erwiderte ich ihre freundliche Begrüßung mit einem nüchternen „Hallo". Ich ging zielstrebig ins Wohnzimmer voran und wartete dort auf sie, während sie zuerst in die Küche schlurfte und die mickerigen Blümchen in ein Wasserglas stellte. Sie schien über meinen launischen Auftritt nur mäßig überrascht, denn zum einen hatte sie genug damit zu tun, ihren müden Beinen Befehle zu erteilen, zum anderen wunderte sie sich nach vierundachtzigjähriger Lebenszeit vermutlich über gar nichts mehr und schrieb mein ungehobeltes Benehmen meiner aufkeimenden Jugend zu.

In Wirklichkeit hatte ich eine Menge Fragen an sie. In gewohnter Manier ließ sie sich wieder rücklings in ihren Sessel fallen und stöhnte und ächzte dabei. Es dauerte einen Moment, bis sie alles an sich geordnet hatte, dann sah sie mit weit offenen Augen zu mir herüber. Sie schien zu spüren, dass ich nicht nur einfach so gekommen war, aus Langeweile oder aus Nachbarschaftsliebe oder Freundlichkeit einer alten Frau gegenüber.

Ich hockte auf der Kante des Sofas, als ob ich jeden Moment zum Sprung ansetzen würde, und knetete unruhig meine zierlichen Finger.

„Sie hatten übrigens recht", begann ich mit hauchdünner Stimme. Man hörte förmlich ihre Gedanken durchs Gehirn rauschen. Vielleicht hatte ich auch nicht laut genug gesprochen und sie hatte es gar nicht gehört.

„Womit, Herzchen?", fragte sie ruhig und fest.

„Mit dem Bruno. Dass er was am Herzen hat und so. Woher wussten Sie das bloß?"

Nun begann sie langsam zu verstehen. Es war ihr gar nicht bewusst gewesen, dass sie Brunos Diagnose so präzise formuliert hatte. Sie war eben ein halbes Leben Ärztin gewesen und derartige Diagnosen gehen einem dann vermutlich so leicht über die Lippen, als würde man bei herbeiziehenden schwarzen Wolken den Platzregen prophezeien.

„Er liegt im Krankenhaus und muss operiert werden.“ Meine Stimme begann zu flattern und es wurde immer schwerer, meine Hilflosigkeit und Verzweiflung zu unterdrücken.

Sie nickte stumm, aber wirkte doch sehr betroffen. Da sie nichts sagte, erzählte ich einfach immer weiter. Ihr Gehirn schien noch mehr Informationen zu brauchen, um irgendetwas Schlüssiges zu erwidern.

„Er hat keine Luft mehr bekommen und war ganz blau im Gesicht, genauso, wie Sie gesagt haben.“

Sie nickte wieder. „Schon oft habe ich diese Diagnose gestellt, doch es gab Zeiten, in denen man nichts mehr für diese Kinder tun konnte. Sehr oft war das sogar so.“

„Ist das gefährlich? Ich meine, wird er es schaffen? Er will Pilot werden, wissen Sie!“ Ich rutschte nervös auf dem Sofa herum und wartete gespannt auf Antworten. Nicht nur auf die Fragen, die ich ihr gestellt hatte, sondern vor allem auf die, die ich ihr noch nicht gestellt hatte. Ich hielt es kaum mehr aus. Wann würde sie endlich den Mund aufmachen?

Ein letztes Mal räusperte sie sich. „Die Medizin ist heute viel weiter als noch zu meiner Zeit. Ich denke, er hat gute Chancen, aber er muss sein Leben daraufhin ändern. Seine Ernährung umstellen und solche Dinge.“ Dann blickte sie durchs Fenster ins Freie. „Ob er mit dieser Krankengeschichte allerdings noch Pilot werden kann, ist fraglich.“ Sie schüttelte ihren greisen Kopf. „Das würde schon an ein Wunder grenzen, aber warum nicht …“

Ich entspannte mich, denn einstweilen reichte es mir zu wissen, dass ich Bruno gute Aussichten vermitteln durfte. Doch da war noch etwas: das Wort, das auch schon mein Vater in den letzten Tagen benutzt hatte: Wunder! Selbst, wenn er es im Spaß gesagt hatte.

Wunder? Was ist das eigentlich? Dinge, die eigentlich gar nicht geschehen dürften und nur dem passieren, der daran glaubt? Genau genommen waren meine Briefe von Gott doch nichts anderes, nicht in meinen Augen und auch nicht in Gottes Augen, aber für meine Eltern und für Bruno waren sie ein Ding der Unmöglichkeit. Doch wer beurteilt, was möglich ist und was nicht?

Nun begann ich, Frau Rosenbaum zu testen. „Glauben Sie denn an Wunder, Frau Rosenbaum?"

„Ach Kindchen." Frau Rosenbaum knabberte mit den unteren Schneidezähnen auf ihrer trockenen Lippe herum und dachte über meine Frage nach. „Ja doch, wahrscheinlich ist es schon ein Wunder, dass ich überhaupt noch am Leben bin. Doch was ist mit Konrad, Ruth und meiner Mutter? Wann geschehen Wunder und für wen?"

„Glauben Sie an Gott?", fragte ich sie unvermittelt.

Sie erschrak nicht über meine Frage, als hätte sie früher oder später damit gerechnet. Es schien normal zu sein, Gott und Wunder in einen Topf zu werfen. Gott und Wunder, das gehört zusammen.

„Ich glaube an Gott, aber ich kenne ihn nicht besonders gut. Ich denke, dass er da ist, dass es ihn irgendwo gibt, aber was er mit mir zu tun hat, wie er über mich denkt und ob er überhaupt über mich nachdenkt ... und ob er über all die anderen damals nachgedacht hat – die im Lager ... Ich weiß es nicht, Herzchen."

„Könnten Sie sich vorstellen, dass er Lust hat, mit uns zu reden?" Ich wollte nicht gleich mit der Frage, die mich so dringend beschäftigte, herausplatzen. Noch immer hatte ich keinen einzigen Verbündeten gefunden, der mit mir den Geheimnissen himmlischer Post auf den Grund ging.

„Du meinst, so mit uns zu reden, wie wir beide das tun?" Sie wedelte mit ihrem dünnen Zeigefinger zwischen uns hin und her.

Ich schüttelte den Kopf. „Keine Ahnung, wie. So, dass wir ihn verstehen, eben. Ich denke, dass es für uns viel schwerer ist, ihn zu verstehen als umgekehrt. Also muss er sich etwas einfallen lassen, irgendwas Außergewöhnliches, was Einzigartiges, damit wir kapieren, was er denkt und fühlt. Oder ob er was von uns will. Da muss er sich doch klar und deutlich ausdrücken, oder?"

Die Alte zog die Brauen in Richtung ihrer Nase. Die schwarzen Striche, mit denen sie eher schief als gerade ihre ehemaligen Brauen nachgezogen hatte, sahen nun aus wie zwei Fragezeichen. „Tja, da ist schon was dran, an dem, was du sagst. Ich hätte eine Menge Fragen an ihn, das kannst du mir glauben."

„Haben Sie schon mal daran gedacht, ihm einen Brief zu schreiben?"

„Nee, Herzchen, das habe ich nicht. Wer kommt denn auf solche Ideen?" Sie lachte und dabei rutschten ihre falschen Zähne ein wenig herunter. Sofort schnellte ihr ihre Zunge zu Hilfe.

„Machen Sie doch mal! Ist doch nichts dabei. Hab ich schon ein paarmal gemacht."

„Und? Hat er schon geantwortet?"

„Klar. Er hat ja damit angefangen. Er hat mir zuerst einen Brief geschrieben."

„Ach Kind, was ihr doch für eine lebendige Fantasie habt." Sie lachte richtig und einerseits war ich froh, zur Erheiterung der alten Dame beigetragen zu haben, doch andererseits war es gar kein Witz und wieder einmal fühlte ich mich missverstanden. Ihre Kräfte schienen an diesem Tag ein weiteres Mal aufgebraucht zu sein. Sie schnaufte ganz fürchterlich und bat mich, sie ins Bett zu bringen. Ich half ihr aus der tiefen Kuhle ihres Sessels auf und schleppte sie in ihr Schlafzimmer. Ein strenger Geruch herrschte dort, bitter wie die Medizin, die ich bei meiner letzten Grippe einnehmen musste.

Ich deckte sie zu und sie sah mich dankbar an. Dann nahm sie ihre Zahnprothesen aus dem Mund und legte sie in ein Wasserglas neben die Pillen und Fläschchen. Ich erschrak heftig, als ich sie nach dieser Verstümmelung ansah. Offensichtlich wusste sie nicht um die Wirkung einer zahnlosen Halbtoten auf ein zwölfjähriges Mädchen, das gerade mittels einer Spange versucht, die eigenen Beißerchen in Reih und Glied zu drücken. Der Schrecken bezog sich jedoch nicht allein darauf, wie unappetitlich die schlechte Kopie eines nicht zu kopierenden Ideals war, sondern darauf, dass ich zum ersten Mal in meinem Leben einer bizarren Verwandlung beiwohnte, in der binnen weniger Sekunden ein alter Mensch um weitere zwanzig Jahre alterte. Wenn Frau Rosenbaum nun den Mund schloss, kam die Nase dem Kinn so nahe, dass sie es beinahe berühren konnte. Ihre Lippen stülpten sich wie der Schnabel einer Ente vor und ein feines Rinnsal wässrigen Speichels lief in ihrem bereits geröteten Mundwinkel herab.

Ich wollte mich gerade umdrehen und gehen, da nuschelte sie: „Warte noch, Herzchen. Wenn ich eines Tages meine Tochter wiedersehe, dann fange ich wirklich an, an Wunder zu glauben."

„Und dann werden Sie mir glauben, dass Gott mir Briefe schreibt, ja?"

„Ganz sicher, Kind. Ganz sicher." Dann schloss sie die Augen und schlief ein. Gern hätte ich in ihren Kopf hineingeschaut und nachgesehen, was dieses *Ganz sicher, Kind* bedeutete. Wahrscheinlich bedeutete es, wie bei allen anderen auch: *Du tickst nicht mehr ganz richtig* oder so etwas Ähnliches.

Leise schloss ich die Haustür hinter mir und ging wieder nach Hause.

Kapitel siebzehn

Der Pastor

Zu Hause ging ich natürlich zuerst auf den zum Glück wieder geöffneten Dachboden und sah nach. Nichts!

Dann schlich ich in mein Zimmer und dachte nach, was als Nächstes zu tun sei. Klar, Bruno besuchen. Doch was sollte ich ihm sagen? Dass die Alte, die mal vor Hundert Jahren Ärztin war, gesagt hatte, dass er ganz gute Chancen habe?

Ich fühlte mich so hilflos. Mich plagte dieses Paradox: Ich wollte ihm Mut in einer Sache machen, von der ich nichts verstand. Woher sollte ich wissen, wie groß die Chancen wirklich für ihn waren, nicht nur wieder gesund zu werden, sondern darüber hinaus ein normales Leben zu führen und sogar in einigen Jahren eine Ausbildung zum Piloten beginnen zu können? Konnte ich in die Zukunft sehen? Nein! Konnte ich wissen, was das „Schicksal“ mit Bruno vorhatte? Nein. Vielleicht würde er ja auch sterben und aus der Narkose gar nicht mehr aufwachen, keine Ahnung. Und was war mit mir? An was glaubte ich? Konnte ich Fragen wie warum, wieso, wozu und wann beantworten? Bevor ich Bruno Halt vermitteln könnte, brauchte ich selbst welchen, den ich dann an ihn weiterreichen könnte.

Ich wollte ihm etwas geben, woran er sich festhalten konnte. Etwas Greifbares, Reales, was ihm Kraft gab, um nicht die Perspektive zu verlieren. Glauben. Was war das nur? An wen oder was? An Gott? Na sicher. Dass es ihn gibt, daran hegte ich keinerlei Zweifel. Dass er die Welt geschaffen hat? Auch gut. Dass er in der Lage war, mir Briefe zu schreiben? Klar!

Doch was er mit meinem Leben und mit Brunos vorhatte, wer konnte das schon wissen? Was ich brauchte, war ein echtes Wunder – für Bruno, denn mein Freund nannte sich einen „Realisten“, was gleichbedeutend damit war, alles, was man nicht sehen oder sonst mit unseren Sinnen klar erfassen kann, als Quatsch abzutun. In diese Kategorie fiel alles Übernatürliche und selbstverständlich Dinge wie meine Briefe von und an Gott.

Da solche Fragen offensichtlich nicht von Menschen zu beantworten waren, galt es, ihn einfach selbst zu fragen. Genau genommen hatte ich das ja schon getan, nun lag es an ihm, mir zu antworten.

Ich stand von meinem Stuhl auf und ging ungläubig Richtung Dachboden. Ich erklomm die Stufen nach oben und tatsächlich, ein neuer Brief wartete bereits auf mich.

Liebe Anna,

ich kann gut verstehen, dass du traurig bist, doch sei gewiss, ich kannte alle deine Fragen, bevor du sie gestellt hast und halte die Antworten für dich bereit.

Nein, ich habe keine Fehler gemacht, als ich euch erschaffen habe, und doch hast du recht, wenn du sagst, dass eure Motoren defekt sind. Am Anfang waren sie gut, sogar sehr gut, doch es ist etwas dazwischengekommen. Eine Sabotage sozusagen, doch wir kriegen das wieder hin. Ganz sicher sogar. Alles hat seine Zeit.

Vertrau mir! Glauben heißt, mir zu vertrauen.

G.

PS: Grüß Bruno von mir!

Ehrfürchtig las ich den Brief einige Male durch und nahm die Stimme des geheimnisvollen Schreibers in mich auf. Ich merkte mir schließlich den letzten Satz besonders gut und nahm ihn auf meinen Weg mit.

Der nächste Tag war ein Sonntag und ich hatte mir einen besonderen Plan zurechtgelegt. Ich plante ein Attentat. Wir machten uns nämlich auf den Weg zu einem Gottesdienst. Normalerweise gab es nur wenige Tage im Jahr, die wir mit derartigen „Zeitverschwendungen“, wie mein Vater sie nannte, verbrachten. Meine Mutter war eigentlich nicht so konsequent dagegen, aber auch nicht gerade brennend dafür. Wir mussten halt hin, weil die Tochter der Freundin meiner Mutter heiratete. Wir wussten, es würde kein normaler Gottesdienst mit Predigt und Singen und Beten und dem ganzen „Gedönse“ stattfinden, also konnte es auch nicht ganz so schlimm werden. Ich zitiere hier nur meinen Vater, denn ich persönlich war in einer ganz anderen Stimmung. Am Vorabend hatte ich ja einen Brief von Herrn G. bekommen, der viele Fragen in mir aufgeworfen hatte. Glauben schenkte man mir immer noch nicht, man könnte auch sagen - man hielt mich nach wie vor für bescheuert. Doch an diesem traumhaft schönen Sonntagvormittag, an dem sich die Herbstwelt in ihren schillerndsten Farben zeigte, wollte ich nicht ohne die Auflösung meines persönlichen Rätsels nach Hause gehen. Ich wollte nach meiner Nonne Hildegard einen weiteren Fachmann interviewen, ihn löchern, bis ihm schwindelig würde, bis er selbst so verunsichert und voller Zweifel wäre, dass er am Abend die ganze Bibel von vorne bis hinten selbst noch einmal lesen müsste.

Der Gottesdienst verlief ruhig und ohne Zwischenfälle, wie geplant. Das Brautpaar wurde vermählt, die Mütter heulten Rotz und Wasser, die Väter auch und ich wartete gegen Ende des Dramas auf einen günstigen Augenblick. Noch ahnte der Pastor nichts von einer bevorstehenden Attacke auf seine sonntagmorgendliche Gelassenheit. Noch war er ganz ruhig und hatte vermutlich nur einen Puls von knapp unter hundert. Das sollte sich ändern, just in dem Moment, als ich an der Tür stehend auf ihn traf, wo er sich unbeobachtet wähnte und in der Nase bohrte. Ganz unauffällig natürlich, doch trotzdem erschrak er, als ich ihn ansprach.

„Hi, ich bin Anna."

Pastor Peters riss mit einem Ruck den Finger aus der Nase, wuchtete, das Energiepotenzial dieser Bewegung ausnutzend, seinen korpulenten Körper zu mir herum und wollte mir gerade die Hand geben, als ihm einfiel, dass dies mit diesem Finger wohl nicht mehr so angebracht wäre. Ich hatte in weiser Vorahnung meine Hände in den weiten Taschen meiner Hose vergraben und löste die peinliche Situation daher schnell und elegant wieder auf.

„Hallo mein Kind … äh, was kann ich für dich tun?" Nervös sah er über meinen Kopf hinweg und ließ seinen Blick in dem Rest der Kirche umherhuschen, um zu prüfen, ob noch jemand anderes seine intranasale Tiefenbohrung bemerkt hätte.

„Ich hätte da mal ein paar Fragen", begann ich und meine Augen leuchteten kampfeslustig. Ich war ihm gänzlich unbekannt und meine Eltern auch und nach diesem Tag würde ich ihn vermutlich nie wiedersehen. Also hatte ich nichts zu verlieren.

„Jaaa", sagte er, wobei er das A sehr lang hinzog.

„Könnten Sie sich vorstellen, dass Gott einem Menschen einen Brief schreibt?" Ich ließ diesen kleinen Vorstoß ein wenig auf ihn einwirken und sagte dann: „Es ist nämlich so: Ich bekomme in regelmäßigen oder eher unregelmäßigen Abständen Post von Gott. Also, da bin ich mir ganz sicher, dass es Gott ist, weil, wer könnte es sonst sein, der mit Gott oder G. unterschreibt und behauptet, er passe auf mich auf und sei immer für mich da und sei immer um mich und habe die Welt erschaffen und mich natürlich auch und Jesus sei sein Sohn und so weiter." Nun holte ich schnell und tief Luft. Vielleicht ahnte er, was auf ihn zukam, denn er öffnete den Mund wie ein Karpfen und versuchte, mir fahrig und abweisend eine ausweichende Antwort zu geben: „Also Kind, im Augenblick ist das etwas ungünstig …" Er begann zu schwitzen, als ich die zweite Salve auf ihn abschoss.

„Ja, ja, ich weiß schon, die Hochzeit, aber ich glaube, das Brautpaar braucht sie im Moment nicht mehr.“ Wir sahen zu einem jungen Mann in Schwarz und einer jungen Frau in Weiß, die sich eng umschlungen am Rande der zum Ausgang strebenden Gäste hielten. Noch war Zeit, ihm den entscheidenden Bugschuss zu verpassen. „Sie glauben also nicht an Wunder, was? Glauben Sie denn wenigstens, dass Gott Menschen, die ganz doll krank sind, gesund machen kann? Und überhaupt - hat Ihnen Gott denn noch nie einen Brief geschrieben?“

„Doch, doch. Die ganze Bibel ist ein einziger Brief an uns. Darin steht alles, was wir wissen müssen.“

„Nee, ich meine einen ganz persönlichen Brief, wo er sie mit *Mein lieber Pastor Peters* anspricht.“ Ich überlegte kurz und korrigierte mich dann. „Nein, das würde er nicht schreiben. Wie heißen Sie mit Vornamen?“

„Wolfgang.“

„*Lieber Wolfgang*, würde er schreiben und dann am Schluss mit *Dein G.* oder *Dein lieber Gott* oder so ähnlich unterschreiben.“ Der leidende Pastor schüttelte resigniert den Kopf. Offensichtlich hatte er so einen Brief noch nicht bekommen. Und an Wunder glaubte er also auch nicht, sonst hätte er widersprochen. Was also hatte er noch in dieser Kirche zu suchen? War er da nicht gänzlich fehl am Platz?

„Und? Was ist jetzt?“, setzte ich nach.

„Wunder? Heilungen? Tja, in der Apostelgeschichte wurde viel von Wundern berichtet und Jesus hat auch eine Menge Leute gesund gemacht, aber heute?“ Pastor Peters machte ein verdrießliches Gesicht. „Später im Himmel, klar. Da wird es wieder viele Wunder geben, aber jetzt und hier auf der Erde … Ich weiß nicht so recht.“

Ich stemmte meine Hände in die Seiten und sah ihn verdrießlich an. „Sie sind wirklich eine Enttäuschung für mich, wissen Sie das eigentlich? Was soll ich denn jetzt dem Bruno und Frau Rosenbaum sagen? Bruno will doch Pilot werden, muss aber am

Herzen operiert werden, und Frau Rosenbaum hofft nach vierzig Jahren immer noch, ihre verschollene Tochter wiederzufinden. Wie soll das denn gehen ohne Wunder?" Ich schüttelte den Kopf und presste die Lippen aufeinander. Dann sah ich ihn mit einem vorwurfsvollen Blick an. „Ich hatte gehofft, dass wenigstens Sie, also ein waschechter Profi, mir das sagen könnten." Ich seufzte laut und deutlich auf und ich glaube, es war ihm wirklich unangenehm, sein Dasein und seine Arbeit in einem wunderlosen Zustand verbringen zu müssen.

Als wir wieder zu Hause ankamen, zogen sich meine Eltern um und verschwanden gleich wieder zu einem Treffen mit Mamas Freundin. Dort ging die Hochzeitsfeier in zwangloser Atmosphäre weiter, doch ich hatte entschieden darum gebeten, nicht mit dort hinzumüssen. Das ewige Geschmuse des Brautpaares ging mir auf die Nerven: Küsschen hier und Küsschen da. Außerdem war ich schon alt genug, auch schon für eine gewisse Zeit allein zu Hause sein zu können, und so hörte ich mit großer Genugtuung von meinem Bett aus, auf dem Rücken liegend und die Decke anstarrend, die Haustür ins Schloss fallen.

Sogleich stürzte ich die Treppe hinunter und mein Blick fiel auf unser grünes Telefon, das auf zwei dicken gelben Bänden mit allen Rufnummern Hamburgs ruhte. Es beschlich mich der Gedanke, ob es nicht vielleicht möglich wäre, einem Wunder auf die Sprünge zu helfen. Ich blätterte im zweiten Wälzer unter „R". Ra…, Ri…, Ro…, Rosenbaum. Tatsächlich, es gab etliche Rosenbäume in Hamburgs Garten, doch wie konnte ich so naiv sein, zu glauben, dass jemand, der so hieß, automatisch mit meiner Nachbarin verwandt sein könnte?! Trotzdem versuchte ich es. Ich hoffte, meine Eltern würden nicht so schnell von ihrer Feier zurückkommen.

Also wählte ich die erste Nummer und mein Herz pochte in meinem Hals. „Hallo, hier ist Anna (ich dachte mir, mehr brauchen die am anderen Ende nicht zu wissen). Sind Sie zufällig mit einer Frau, die auch so heißt wie Sie, verwandt?", fragte ich umständlich.

„Wie jetzt, Kind?", fragte eine junge Frau in schnippischem Ton. „Klar bin ich mit einer Frau, die so heißt verwandt, mit meiner Mutter natürlich."

„Nein, ich meine mit unserer Frau Rosenbaum hier in der Poppenbütteler Landstraße?"

„Nee, wir wohnen unten an der Elbe. Allesamt. Die ganze Familie."

„Aha. Na, dann danke und Entschuldigung." Dann legte ich auf. Wie blöd ich mir vorkam, doch ich hatte Zeit und ich machte mir keine Gedanken darüber, das Geld meiner Eltern zu verschwenden. Ich rief noch zehn weitere Rosenbaums an und versuchte mit detektivischer Akribie, die seit vierzig Jahren verschollene Tochter ausfindig zu machen, doch niemand war mit der Sara von nebenan verwandt.

Als meine Eltern doch schon nach recht kurzer Zeit wieder nach Hause kamen, glühte noch das Kabel zwischen Steckdose und dem Tischchen, auf dem das Telefon stand. Die Rechnung am Monatsende würde es an den Tag bringen, bis dahin hatte ich noch etwas Zeit, ein Wunder zu beschaffen.

Ich half meiner Mutter an diesem Abend besonders intensiv im Haushalt, weniger aus Pflichtbewusstsein, sondern eher von einem schlechten Gewissen getrieben. Wir sprachen über dies und das, nichts Wichtiges. Dann fragte sie mich nach Bruno. Ich zuckte mit den Achseln. „Ich werd morgen mal hinfahren. Ist das okay?" Meine Mutter nickte. „Natürlich, Schatz. Hoffentlich wird er schnell wieder gesund."

„Das hoffe ich auch. Ich weiß gar nicht, was ich ihm sagen soll."

„Ich denke, es ist einfach nur wichtig, dass du da bist. Wenn man krank ist, braucht man vor allem gute Gesellschaft, das weißt du doch noch."

Ich nickte ihren weisen Worten zu und verschwand gegen zehn

Uhr abends im Bett. Am nächsten Morgen hatten wir wegen einer Lehrerkonferenz schulfrei. Gleich nach dem Frühstück schlüpfte ich in meine Jacke.

„Kann ich jetzt gehen? Brauchst du mich noch?“

„Nein, geh ruhig. Und sag ihm auch von uns gute Besserung.“

Während der Busfahrt wuchs das mulmige Gefühl in meinem Bauch und trieb mich fast in die Übelkeit. Ich betrat das Krankenhaus, in dem Bruno lag, ließ die Information rechts liegen, bog links in den Gang ein und nahm den Fahrstuhl in den dritten Stock: Kardiologie Prof. Specht. Der Specht mit dem Adlergesicht.

„Hallo Anna, so heißt du doch, oder?“ Die Krankenschwester begrüßte mich freundlich, als ich ihr sagte, dass ich zu einem Bruno Winkelmann wollte, und drehte mich an der Schulter herum, weg von dem Zimmer, in dem er das letzte Mal gelegen hatte und in dem ich ihn natürlich noch vermutete.

„Der Bruno liegt hier nicht mehr. Der ist jetzt auf einer anderen Station. Es geht ihm nicht so gut, weißt du.“

„Ja, ich weiß. Er hat was am Herzen. Wann soll er denn operiert werden?“

„Tja, das geht im Moment noch nicht. Er hat leider eine Lungenentzündung bekommen – da kann man nicht operieren. Zu viele Bakterien in der Lunge.“ Die Schwester gab sich große Mühe, mich zu beruhigen.

„Kann ich denn zu ihm?“

„Klar. Das wird ihn freuen. Mach ihm mal ein bisschen Mut. Er ist immer so traurig. Er braucht jetzt jemanden, der ihn aufmuntert, damit er sich nicht so hängen lässt. Seine Eltern waren auch schon da, doch er wollte nicht mit ihnen reden.“ Ich nickte, doch meine Schultern hingen immer tiefer herab, so als hätte man mir ein tonnenschweres Joch daraufgelegt. Nun also hatte man die ganze Verantwortung auf mich abgewälzt. Anna, die große Ermu*tiger*in. Obwohl sich in diesem Wort ein „Tiger“ versteckt hielt, fühlte ich mich doch eher wie ein Lämmchen. Zaghaft öffnete ich die Tür zu Brunos Zimmer, ohne Blümchen, ohne Chips, ohne Kekse und ohne Mut. Ich schaute zu seinem Bett, doch zunächst fand ich ihn gar nicht. Ich sah nur einen großen weißen Haufen steriler Krankenhausdecken und einige Apparate, Kabel und Schnüre, die alle zu Bruno unter die Decke führten. Ich ging um das Bett herum und entdeckte seine blasse Nasenspitze, die aus den Federn hervorschaute. Dann sah ich zunächst geschlossene Augenlider, erst blinzelnd und sich wieder schließend, als weigerten sich seine Augen wie zwei strenge Wächter, die Umgebung in seine Welt eindringen zu lassen.

„Hallo Bruno, ich bin's, Anna. Mach doch mal die Augen auf."

„Lass mich in Ruhe. Es geht mir schlecht. Ich will keinen sehen."

„Ach Quatsch, das stimmt doch gar nicht. Wir sind doch Freunde! Ich habe dir doch versprochen, dich zu besuchen. Und hier bin ich nun, ob es dir nun gefällt oder nicht." Ich rückte einen Stuhl heran und setzte mich darauf. Bruno erinnerte mich an eine Schildkröte: die äußerste Spitze der Nase und gerade mal noch die Augen schauten hervor. Doch der Rest von ihm war unter einem dicken Panzer versteckt. Dass Bruno auch ohne Sprechen auskommen konnte, hatte ich schon bei unserer ersten Begegnung gemerkt, als wir schweigend nebeneinander nach Hause gingen. Er war zu keinem Zeitpunkt ein solches Plappermaul wie ich.

„Ich habe heute mit der alten Frau von nebenan gesprochen und sie hat gesagt, du hättest sehr gute Chancen, wieder ganz gesund zu werden. Die Medizin sei heute schon sehr weit, hat sie gesagt." Bruno rückte unter seinem Panzer einige Zentimeter weit heraus, sodass sein Mund frei wurde. „Pah, was weiß die denn schon. Die Ärzte haben meinen Eltern erzählt, es sei eine ganz neue Methode. Eine neue Methode, das heißt, sie haben es erst ein- oder zweimal gemacht. Ich bin sozusagen ihr Versuchskaninchen, an dem sie ausprobieren können, was alles schiefgehen kann. Am Ende wache ich auf und sehe aus wie der Glöckner von Notre-Dame. Ich weiß genau, wie die Operation funktionieren soll: Sie schieben den Ballon bis zum Herzen vor und dehnen dann die Herzklappe auf. Sie können aber auch eine falsche Abzweigung erwischen oder irgendwo hängen bleiben und wenn das passiert, holen sie ihre große Kreissäge, klappen meinen Brustkorb auf wie einen Kleiderschrank und reparieren die alte Klappe oder bauen mir eine neue ein. Dann bin ich jemand, der am offenen Herzen operiert wurde und so jemanden nimmt garantiert keine Flugfirma. Das ist doch wohl sonnenklar, oder?" Nach diesem Wutausbruch verschwand Bruno wieder in seinem Panzer.

Ich war erstaunt, wie genau er über die OP Bescheid wusste, doch ich hätte es besser wissen müssen. Ich hatte ihn mal wieder unterschätzt. Doch was mich störte, ja entsetzte, war, wie ihn ein abgrundtiefer Pessimismus gefangen hielt. Er, der unerschütterliche Optimist, war vom Feind entführt worden und wurde in seinem Lager gefangen gehalten. Im Lager der Schwarzseher und Negativdenker.

„Mensch Bruno, das muss doch nicht sein. Es wird schon alles gut gehen. Du musst auch gesund werden *wollen*, sonst funktioniert das nicht. Da können sich die Ärzte noch so viel Mühe geben."

„Blödsinn! Was hat denn mein Gesund-werden-Wollen mit der Arbeit der Ärzte zu tun? Wenn der Arzt 'ne Nacht vorher schlecht geschlafen hat, dann vermasselt er die OP vielleicht, oder wenn er einen Schnupfen hat und niesen muss, schwupp, haut er meine Herzklappe kaputt. Ob ich nun will, dass alles klappt oder nicht, ist doch völlig wurscht."

Ich wusste nicht, wie ich ihm darauf antworten sollte. Es klang ja irgendwie logisch und realistisch, was er sagte, so wie Bruno nun eben einmal war, und doch wusste ich, dass es nicht stimmte. Ich spürte, dass es da einen geheimnisvollen Zusammenhang zwischen Glauben, Hoffnung und Gesundwerden geben musste, und den wollte ich ihm gern vermitteln, obwohl ich selbst kein Profi in derlei Gedankenklimmzügen war.

Ich rückte dichter an Bruno heran und schnappte mir seine Hand. Erst wollte er sie zurückziehen, in seinen Schildkrötenpanzer hinein, doch dann ließ er es zu: seine Hand in meiner, obwohl sie doppelt so dick war wie meine.

„Ich habe Gott schon einen Brief geschrieben und ihm das mit dir erzählt und er hat zurückgeschrieben, dass ich ihm vertrauen soll. Und ich soll dich von ihm grüßen."

„Alles Quatsch", sagte er spöttisch und verzog die Lippen zu einer Seite. Das hatte ihm noch gefehlt, dass ich ihn jetzt noch mit meinen Tagträumen, wie er meine ungewöhnliche Brieffreundschaft nannte, belästigte.

„Verlass dich drauf, alles wird gut. Das spür ich ganz deutlich."

Bruno war nicht mehr ansprechbar und vergrub sich in seinen Federn. Ihm schien der Rückzug in die Schwermut die geeignete Lösung für sein Problem zu sein und so fand ich zunächst keinen Zugang mehr zu ihm.

Kapitel achtzehn

Ein letzter Brief an G.

Traurig verließ ich das Krankenhaus und fühlte mich wie ein Versager. Doch was kann man tun, wenn jemand so stur ist wie Bruno und niemanden an sich heranlässt? In Gedanken versunken fuhr ich mit dem Bus wieder nach Hause und bog schlurfend in unsere Straße ein. Schon von Weitem sah ich, dass vor unserem Haus ein Krankenwagen stand, und ich beschleunigte meine Schritte. Ich dachte daran, was mir die junge Krankenschwester während meines Krankenhausaufenthaltes erzählt hatte, nämlich dass die meisten Unfälle bei der Hausarbeit passieren. Vor meinen Augen stand meine Mutter mit einer Schürze um den Bauch und einem Kopftuch über den Lockenwicklern auf einer hohen Leiter, um die Gardinen auf- oder abzuhängen. Ein falscher Tritt und ein Bein oder Arm war gebrochen … Also fing ich an zu rennen. Ich näherte mich unserem Haus und stellte, gewissermaßen erleichtert, fest, dass der Wagen nicht vor unserem Haus, sondern vor dem von Frau Rosenbaum stand. Die Haustür stand offen und leise schlich ich hinein. Ich ging davon aus, dass ich als nette Nachbarin, Altenpflegerin oder einfach nur als neugieriges Mädchen das Recht dazu hätte, und tauchte in die Schwärze ihrer Höhle ein. Zunächst hörte ich nur zwei Ärzte oder Pfleger mit den mir bereits bekannten roten Westen miteinander sprechen. „Denkst du, sie überlebt die Nacht?", fragte der eine, während der andere eine große Maske auf Frau Rosenbaums Gesicht drückte und einen Blasebalg wie zum Aufpusten von Luftmatratzen zerquetschte.

„Keine Ahnung", erwiderte der andere. „Sieht gar nicht gut aus." Schritt für Schritt traute ich mich dichter an das Bett heran und räusperte mich leise, um die Männer nicht zu erschrecken.

„Entschuldigung, die Tür war auf", sagte ich mit dünner

Stimme und schaute in die erstaunten Gesichter der Heilkundigen. „Was hat sie denn? Stirbt sie jetzt?“, fragte ich und obwohl ich Frau Rosenbaum noch nicht lange kannte und auch eine Menge Vorurteile gegen sie gehegt hatte, empfand ich starkes Mitleid für sie. Vielleicht sah ich in ihr meine eigene Großmutter, die in zehn oder zwanzig Jahren auf ähnliche Weise diese Welt verlassen würde. Vielleicht war es aber auch die Geschichte mit ihrer Tochter gewesen, die mich so angerührt hatte.

„Sie hat uns vor fünfzehn Minuten angerufen und kurz nachdem wir ankamen, ist sie ohnmächtig geworden. Wir müssten sie eigentlich ins Krankenhaus bringen und danach in ein Heim einweisen lassen. Hat sie denn gar keine Verwandten?“

Ich zuckte verlegen mit den Achseln, als müsste ich mich für irgendetwas entschuldigen. „Sie glaubt, dass ihre Tochter noch in Amerika lebt, aber sie hat sie seit vierzig Jahren nicht mehr gesehen. Sie wartet täglich auf Post von ihr.“

„Also ist sie verwirrt. Umso schlimmer“, bemerkte der eine, ein Pfleger oder Arzt - ich weiß es nicht mehr. In seiner Stimme war nicht die Spur von Mitgefühl zu erkennen.

„Sie will nicht in ein Heim“, sagte ich laut und unmissverständlich. Ich wollte Partei ergreifen, mich schützend vor sie stellen.

„Wer bist du denn eigentlich? Gehörst *du* zur Familie? Wir entscheiden, was mit ihr passiert!“

„Ich wohne nebenan. Ich ... ich betreue sie.“ Ich rang nach Worten, die überzeugen würden und ich wunderte mich über das, was ich da gesagt hatte. *Ich betreue sie*. Das stimmte doch gar nicht. Ich war gerade erst dreimal bei ihr zu Besuch gewesen. Betreuen konnte man das nun wirklich nicht nennen, aber ich schien es so zu empfinden oder es so zu wollen.

In dem Moment schlug die Alte die Augen auf und sah mich sogleich dankbar an. Sie war offenbar durch meine Worte erwacht. Mit einer Hand nahm sie den sie beatmenden Beutel und die Hand des Arztes vom Gesicht und die andere verlangte nach mir. Wie ein altersschwacher Kran schwenkte ihr Arm zu mir herum. „Sie hat recht. Ich will nicht in ein Heim." Ihre Stimme war mehr ein kehliges Krächzen, doch sie legte eine mir noch nicht bekannte Autorität in sie hinein.

„Es geht mir wieder besser. Ich hab nur ein kleines Nickerchen gemacht. Vielen Dank, meine Herren." Die beiden sahen sich verdutzt an. Gegen den Willen des Patienten konnten sie nichts ausrichten und so packten sie ihre Instrumente wieder ein. „Kommt ihr behandelnder Arzt heute oder morgen zu Ihnen?" Frau Rosenbaum nickte schwach.

„Sorgst du dafür, dass ihr Arzt bald kommt?", fragte mich der Krankenwagenfahrer mit Nachdruck. „Du hast gesagt, du betreust sie. Spätestens morgen muss jemand nach ihr sehen, hörst du?"

„Ich bin doch nicht taub", erwiderte ich selbstbewusst. Ich stellte mich dicht neben Frau Rosenbaum, um meine Zugehörigkeit zu demonstrieren. Auch sie richtete sich ein wenig auf. „Es geht mir gut. Danke, dass Sie da waren."

Die Ärzte nickten und gingen. Ich hörte, wie die Tür ins Schloss gezogen wurde.

„Das war ja gerade noch rechtzeitig, was?! Um ein Haar hätten die mich mitgenommen."

„Aber wie soll es denn mit Ihnen weitergehen? Ich weiß ja, dass Sie nicht in ein Heim wollen, aber vielleicht wäre es trotzdem das Beste. Was ist, wenn Sie mal fallen, auf den Kopf oder so ...?" Sie las in meinem Gesicht, dass ich mir ernsthaft Sorgen machte.

„Aber das geht doch nicht, Herzchen. Wenn meine Tochter kommt und ich bin nicht da ... Wie soll sie mich denn dann finden?" Ich schaute sie nur entgeistert an, denn obwohl ich selbst ja eine Träumerliese war, hielt ich die Wahrscheinlichkeit, dass nach vierzig Jahren die verschollene Tochter an die Tur klopfen würde, für ziemlich gering, ja total abwegig. Ich setzte mich auf einen klapperigen Korbsessel mit einem bestickten Kissen darauf und stützte das Gesicht auf meinen Händen auf. Ich fühlte mich völlig überfordert. Was mutete man hier einem Mädchen meines Alters eigentlich zu? Wie sollte ich diese Aufgaben denn bewältigen? Einem übergewichtigen, herzkranken Jungen, der unbedingt Pilot werden wollte und es wahrscheinlich nie werden würde, Mut einflößen und einer vierundachtzigjährigen Greisin so schonend und glaubhaft wie möglich vermitteln, dass das Warten auf die Tochter ein aussichtsloses Unterfangen war. Diese beiden Menschen schienen in ihrer eigenen Welt zu leben, einer Welt mit eigenen Regeln und Gesetzen, einer Welt, in der Wünsche unbedingt in Erfüllung gehen sollten. Doch auch einer Welt, in der Hoffnung nicht nur eine leere Hülle war. Selbst wenn diese Hoffnung nur in ihnen selbst geboren und nicht auf irgendein Versprechen seitens eines anderen gegründet war, der es auch halten konnte. Und doch hätte ich gern alles daran gegeben, den beiden irgendwie zu helfen. Aber wie?

Nachdem ich wieder zu Hause war, plante ich, in die Offensive zu gehen. Denn ich kannte ja jemanden, der so etwas auf die Reihe bekommen könnte, doch ob er es auch würde, tja, wer weiß das schon …

Der letzte Brief von G. lag nun schon eine Weile in der Kiste mit den anderen Briefen und das Letzte, woran ich mich erinnerte, war seine Aufforderung, ihm zu vertrauen. Doch wie sollte man Gott in einer ganz bestimmten Sache vertrauen, wenn man gar nicht weiß, ob er das auch genauso sieht, wie man selbst? Waren meine Gedanken auch seine Gedanken und meine Ziele auch seine Ziele oder ging es gar nicht darum, derart ins Detail zu gehen? Gab es womöglich einen größeren Zusammenhang, den man nur aus der Ferne betrachtet richtig sah? Trotzdem, ich hatte keinerlei Möglichkeiten, die großen geheimen Dinge des Universums zu entdecken und ich beschloss, die Probleme, die in meiner unmittelbaren Umgebung auftraten, zu lösen.

Ich setzte mich an meinen Schreibtisch und strich das feine weiße, mit Blümchen in den Ecken verzierte Papier glatt. Es glich einem zarten Einschmeicheln, beinahe einer kindlichen Erpressung, obgleich ich vermute, dass meine banalen Überredungskünste bei Gott lediglich ein Schmunzeln hervorgerufen haben. Er hätte mich auch dann noch gemocht, wenn ich *nur* auf benutztem Butterbrotpapier oder einem Randstreifen der Tageszeitung geschrieben hätte. Das weiß ich heute.

Lieber Gott,

okay, ich hab beschlossen, es mal zu versuchen – dir zu vertrauen, meine ich. Ich kann mir zwar nicht vorstellen, dass du mir jeden Wunsch erfüllen würdest, aber ich nehme mal an, dass du genau weißt, was für mich gut ist und was nicht, denn falls du wirklich die Welt erschaffen hast, dann hast du auch mich gemacht und dann kennst du mich ja ganz genau. Trotzdem möchte ich dich jetzt mal ganz konkret um was Bestimmtes bitten. Ich möchte dich also nichts fragen, sondern dich was bitten.

Also: Ich bitte dich ganz doll, dass du den Bruno gesund machst, dass seine Operation gelingt, selbst wenn er ein Versuchskaninchen sein sollte. Und dann möchte ich gern, dass Frau Rosenbaum nicht in ein Heim muss. Wie du das anstellst und in welcher Reihenfolge du meine Bitten erfüllst, überlasse ich dir.

Schon mal danke im Voraus

Deine Anna

PS: Das mit dem Internat hast du ja sicher nicht vergessen. Die Grüße an Bruno hab ich ausgerichtet. Er hat mir leider keine an dich zurück mitgegeben.

Ja, das sollte es gewesen sein: Nicht viele Worte verlieren, sondern klipp und klar gleich zum Punkt kommen. Ich steckte den Brief in meinen hübschesten Umschlag und platzierte ihn auf dem mir mittlerweile wohlbekannten Platz.

Ich rechnete damit, dass am nächsten oder spätestens am übernächsten Tag eine Antwort dort liegen würde, denn schließlich war es dringend. Die Erledigung dieser Aufgaben duldete keinerlei Aufschub. Da mussten mal andere Dinge hintenanstehen.

Gleich danach rief ich Dr. Thomssen an. Ich hatte dem Notarzt mein Wort gegeben, mich um Frau Rosenbaum zu kümmern, denn schließlich hatte ich mich großspurig als ihre Betreuerin ausgegeben. Dr. Thomssen versicherte mir, am frühen Nachmittag, so wie immer, nach ihr zu schauen. Ich solle doch vielleicht, wenn ich mögen würde, schon einmal hinübergehen und nach dem Rechten sehen. Nun, ich dachte mir, es werde einstweilen genügen, wenn Herr Thomssen diesmal allein die Sache in die Hand nehmen würde.

Danach rief ich im Krankenhaus an und ließ mich mit dem Schwesternzimmer verbinden. Die Schwester, die mich schon kannte, konnte mir nichts Ermutigendes mitteilen. Im Gegenteil: Bruno habe Fieber bekommen und die Antibiotika, die man ihm gegeben hatte, würden nicht anschlagen. Man versuche es nun mit einem anderen Medikament. Die Operation müsse noch einmal aufgeschoben werden, bis die Infektion in seinem Körper abgewendet worden sei. Ich fragte, ob ich vorbeikommen solle, aber die Schwester verneinte. Seine Eltern seien ununterbrochen bei ihm und zu viel Besuch würde Bruno nur schaden. Irgendwie war ich erleichtert, dass sie das sagte, denn ich hatte auch wirklich keine Lust, ins Krankenhaus zu gehen. So brutal, wie das klingt, aber ich hatte einfach keine Lust. Ich könnte auch sagen, keine Kraft, doch keine Lust wäre ehrlicher. Was sollte ich schon ausrichten? Was ich tun konnte, hatte ich erledigt, jetzt hieß es warten - und vertrauen.

Den Rest des Tages verbrachte ich in einer Stimmung, als würde es am nächsten Tag auf eine große lange Reise gehen. An solchen Tagen packt man natürlich seine Sachen, aber sonst beginnt man nichts Neues, macht keine außergewöhnlichen Pläne und wartet einfach in gespannter Vorfreude auf die Abreise. So ähnlich fühlte ich mich. Irgendwie hatte ich den Eindruck, als müsste jeden Moment ein Blitz vom Himmel schießen oder ein Donner die Wände erbeben lassen, denn schließlich hatte ich gebetet. Nun ja, so etwas Ähnliches jedenfalls. Ich hatte an Gott eine Bitte herangetragen und ich erwartete, dass etwas passierte, zumindest aber, dass er mir antwortete, in welcher Form auch immer. Ich bezog daher meinen Posten auf dem Dachboden, lehnte mich an die Mauer und hielt ein Buch in der Hand, das ich nicht las. Wie konnte ich auch, da ich über den Rand des Buches hinweg wie gebannt die Stelle am Boden betrachten musste, auf der ein Bündel Lichtstrahlen freudig tanzte. Ich mochte die Augen kaum für die Länge eines Wimpernschlages schließen, schließlich kannte ich Gottes Geschwindigkeit bereits. Es verstand sich daher, dass das Buch, das ich hielt, nie umgeblättert wurde und allmählich in meinen Schoß sank. Warten kann sehr langweilig sein, besonders dann, wenn der Zeitpunkt, auf den man wartet, ungewiss ist. Ich war nie ein Mensch, der Geduld zu einer Tugend zählen konnte, die ich mit Begeisterung auslebte, und so vertrieb ich mir die Zeit mit Fingerspielen, Auf- und Abgehen und Selbstgesprächen, die die Sorgenfalten meiner Eltern noch vertieft hätten. Eigentlich wollte ich ja den Dachboden so lange nicht verlassen, bis eine Antwort kam, als eine Art Druckmittel für den Absender, sich zu beeilen, doch meine Rechnung ging nicht auf. Ich wurde schier wahnsinnig vor Aufregung und beschloss, zu verschwinden. Auf eine oder zwei Stunden mehr oder weniger würde es auch nicht ankommen. Ich kletterte die steilen Stufen hinunter, zog einen Pulli über und sagte meiner Mutter, dass ich einen Spaziergang machen würde. Ich schlug eine Richtung ein, die mir einen Rundgang um unser Viertel ermöglichen würde. Eine gute halbe Stunde wäre ich unterwegs, eventuell auch länger, falls ich bummeln würde. Es war gegen fünf Uhr am Nachmittag und meine Hoffnung, dass sich an diesem Tag noch etwas Dramatisches ereignen würde, schmolz dahin wie Erdbeereis im Sommer. Ich kam an einem Park vorbei, beobachtete, wie ein Hundebesitzer Stöckchen warf, zählte die Tauben, die von einer älteren Dame gefüttert wurden und beneidete die Kinder, die unbeschwert und frei jeglicher Verantwortung einfach nur spielen durften. Dabei bemerkte ich zunächst gar nicht, wie sich am Himmel ein kräftiges Gewitter zusammenbraute. Meine Runde näherte sich dem Ende, als mich die ersten Tropfen erreichten. Gleichzeitig kam ein kalter, böiger Wind auf. Es donnerte und blitzte und binnen kurzer Zeit war ich pitschnass. Die Haare klebten in schweren Strähnen an meinen Wangen und ich fand keine Möglichkeit, mich unterzustellen, zumal jedes Kind wusste, wie gefährlich es sein konnte, im Gewitter unter einem Baum zu stehen. Ich lief die letzten Meter nach Hause und das Wasser schwappte in meinen Schuhen. Schon wurde es dunkel, als ich unser Törchen erreichte. Ein verstohlener Blick zum grünlich verwitterten Nachbarhaus verriet keinerlei Anzeichen eines dort lebenden Bewohners. Das verständliche Entsetzen meiner Mutter über meinen durchweichten Zustand ließ mich eigenartig unbeeindruckt.

Kapitel neunzehn

Das erste Wunder

Ich stiefelte die Treppe zum Bad hoch, streifte mit meinem Blick die offene Tür zur Abstellkammer und entledigte mich mühsam meiner nassen Kleidung. Während der Fön seine dröhnende Arbeit verrichtete, dachte ich an meinen Brief an Herrn G. Er hätte mir eigentlich längst antworten müssen, denn einen Bittsteller mit solch dringlichen Anliegen lässt man nicht so lange warten. Das ist unhöflich, fand ich. Also legte ich den Fön kurz ab und trat den Weg zum Dachboden an. Ein einziger Blick über die Kante genügte, um meine Stimmung dem Gewitter gleichzumachen. Nichts! Kein Brief, gar nichts.

Die Reaktion, die sich in mir wie ein dunkler Kohlehaufen auftürmte, war eine zunehmende Verärgerung. Tausend Fragen schossen mir durch den Kopf: Will Gott Bruno nicht gesund machen? Mag er ihn nicht? Ist ihm die Alte etwa auch egal?

Berührt ihn das Schicksal der Menschen nicht?

Hatte Bruno am Ende doch recht, als er mich fragte, warum Gott ausgerechnet mir Briefe schrieb und sonst nichts Wichtigeres auf der Welt zu tun hatte?

Ich schmollte und steigerte mich in meinen Groll hinein. Wütend ging ich in mein Zimmer und zog mich an. Es dämmerte bereits. Plötzlich trieb mich ein Gedanke oder ein Geräusch an, ins Schlafzimmer meiner Eltern zu laufen, von dessen Fenster ich einen guten Blick auf die Straße hatte. Ein Taxi parkte unter der Straßenlaterne, doch auch das verbliebene Licht des Tages reichte aus, um die Szene, die sich dort abspielte, zu verfolgen. Jedoch fand ich, entschieden zu weit vom Geschehen entfernt zu sein und rannte die Treppe hinunter. Ich öffnete die Haustür und soeben ließ der Regen nach. Die letzten Tropfen klatschten noch auf den Asphalt, doch dann versiegten sie, als hätte jemand den Hahn zugedreht. Ich stand unter dem Vordach unseres Hauses und platzte beinahe vor Neugier.

An einem Taxi ist an sich noch nichts Ungewöhnliches, es sei denn, ihm entsteigen Menschen, die etwas ganz Besonderes sind. Eine Frau mittleren Alters bat den Fahrer, einen Moment lang zu warten. Sie schien sich nicht sicher zu sein, ob die Adresse, bei der sie abgesetzt wurde, auch stimmte. Sie hatte einen Stadtplan in der Hand, den sie nun zusammenfaltete, und hielt ein Blatt Papier, das aussah wie ein Brief, in das Licht der Laterne. Dann ging sie zu dem Törchen von Frau Rosenbaum und leuchtete mit einem Feuerzeug in der Hand, um das Schild zu entziffern. Nun stiegen noch zwei weitere Personen aus: eine jüngere Frau mit einem etwa dreijährigen Kind auf dem Arm. Das Kind schien zu schlafen und bewahrte ein Kuscheltier im Arm. Wie von einer unsichtbaren Hand gezogen, ging ich, nur mit Hausschuhen an den Füßen, auf den Gehweg. Die Frau sah mich lächelnd an und ihr Gesicht schien mir so vertraut zu sein wie das einer alten Bekannten. Plötzlich öffnete sich die Haustür von Frau Rosenbaum. Ich hörte zunächst das lang gezogene Knarren ihrer Tür und erst dann sah ich sie in ihrem gespenstischen Morgenmantel auf der ersten Treppenstufe erscheinen. Sie hielt sich am Geländer fest, ihr Arm zitterte dabei, doch ihr Blick schien fest und zielsicher auf den Augen der unbekannten Frau zu ruhen. Langsam erschien sie am Törchen und schaute abwechselnd in die Gesichter der drei Menschen, die sie besuchen wollten. Der Taxifahrer stand unentschlossen daneben, nicht sicher, ob seine Hilfe noch benötigt wurde oder nicht. Als Erstes trat die ältere blonde Frau zaghaft auf Frau Rosenbaum zu und fragte sie etwas auf Englisch. Meine Englischkenntnisse waren gut genug, um diesen einfachen Dialog zu verstehen: „I'm sorry, but are you Mrs Rosenbaum? Sara Rosenbaum, the wife of Konrad? Born in Hamburg and working as a doctor in a hospital?“

Der Taxifahrer betrachtete wie ich völlig sprachlos die Szene und es schien eine Ewigkeit zu vergehen, bis Frau Rosenbaum reagierte. Es war nur ein Nicken, nachdem sie ihren Namen gehört hatte, wenn auch mit starkem Akzent gesprochen. Der Taxifahrer fühlte sich offenbar genötigt, um jeden Preis behilflich zu sein. Es war kalt und die alte, in sich zusammengesunkene Frau zitterte entweder vor Kälte oder vor Angst. Er trat einen Schritt vor und übersetzte die Fragen der hübschen Lady, die er vom Flughafen Fuhlsbüttel hierhergefahren hatte. „Sie fragt, ob Sie Frau Rosenbaum sind, die in Hamburg geboren wurde. Ob Sie die Frau von Konrad sind und ob Sie damals als Ärztin in einem Krankenhaus gearbeitet haben." Frau Rosenbaum schaute mit geöffnetem Mund zu der ungefähr fünfzigjährigen Frau, dann sah sie mich lächelnd an und winkte mich herbei. Ich ging zu ihr und als bräuchte sie dringend meinen Beistand, ergriff sie meine Hand.

Es war schon eigenartig damals. Alle wollten immerzu nur meine Hand halten.

Dann nickte sie wieder dem Taxifahrer zu. „Ja, das bin ich. Dann stimmt alles, was Sie sagen." Nun trat die fremde Frau vor. „Ich bin Ruth, deine Tochter und dies ist Shannon, meine Tochter und Elisabeth, meine Enkelin." Frau Rosenbaum musste sich entschlossen haben, die Gedanken wie durch einen engen Flaschenhals hindurch in ihr Inneres vorzulassen. Die Aussage, dass die Frau, die ihr gegenüberstand, ihre vermisste Tochter Ruth sein sollte, sickerte nur so langsam in ihr Bewusstsein wie ein zu dickes Korn in eine Sanduhr.

Sie betrachtete eine Weile das Kind auf dem Arm, wie es schlief und den Bären an sich drückte. Es war ein schrecklich alter Bär, mit nur einem Ohr und schon mehrfach geflickt und die Nähte erneuert. Dann erkannte sie diesen Bären, den sie Ruth einmal geschenkt hatte. Sie war gerade drei geworden, so alt wie dieses Mädchen nun ungefähr sein mochte.

Sara Rosenbaum hatte es immer gewusst. „Eine Mutter spürt das eben", hatte sie zu mir gesagt. Und doch konnte sie in diesem

Moment, als wir alle auf dem Gehweg vor ihrem Haus standen, nicht fassen, dass ihre Wahrheit, an der sie vierzig Jahre lang festgehalten hatte, Wirklichkeit geworden war.

Sie drehte sich wieder zu ihrer Tochter Ruth um und schaute zu ihr auf. Sie selbst war zu der Größe eines Mädchens geschrumpft und ihre Tochter überragte sie nun um Kopfeslänge. Sara hob ihre knochige, von Arthritis gekrümmte Hand und erreichte die mit Tränen benetzte Wange ihrer Tochter. Zärtlich strich sie darüber und alte Erinnerungen wurden wach. Erinnerungen an eine Zeit vor dem Krieg, als Ruth noch ein kleines Mädchen war, an Zeiten wie auf dem Schwarz-Weiß-Foto.

Ich stand neben Frau Rosenbaum und hatte mich von ihrer Hand gelöst. Nun begann ein zaghaftes Umarmen, begleitet von Schluchzen und verhaltener Wiedersehensfreude. Frau Rosenbaum hatte sich in den letzten vierzig Jahren immer vorgestellt, wie es mal sein würde, wenn plötzlich die Tochter vor der Tür stand, was man sagen und was man fühlen würde, doch nun, da dieser Augenblick unverhofft und unangekündigt gekommen war, brachen alle Vorstellungen über das Meistern einer solchen Situation zusammen.

Endlich gingen sie alle ins Haus. Die Kleine auf dem Arm erwachte träge und rieb sich die Augen. Für sie und für ihre Mutter war die Alte zunächst nur eine fremde Frau, eine unbekannte Großmutter und Urgroßmutter, die ihr Leben beinahe hinter sich hatte, doch für Ruth und Sara war eine Suche zu Ende gegangen, die ein halbes Leben gewährt hatte.

Ich stand neben dem Törchen, als alle Familienmitglieder an mir vorbeigingen. Als Letztes schlurfte die alte Rosenbaum an mir vorbei. Ihre Knochen waren immer noch dieselben gebrechlichen, dünnen Stelzen, doch in ihrem Gemüt hatte sich in der letzten halben Stunde eine Verjüngungskur abgespielt. Mit wachen und lebendigen Augen sah sie mich an und zum ersten Mal, seit ich sie kannte, zeigte sie mir ihr schönstes Lächeln. Dann fasste sie mich am Arm und zog mich ein wenig zu sich heran. Fast so, als dürften es die anderen nicht hören, flüsterte sie mir zu: „Klar kann Gott Briefe schreiben. Ich habe nie daran gezweifelt. Ist gar kein Problem für ihn.“ Sie nickte mir verschwörerisch zu und zwinkerte mir mit einem Auge zu. Dann ging sie, beinahe flink, die Stufen zu ihrem Haus empor.

Wie in Trance und mit großer Freude beseelt, ging ich nach Hause. Unglaubliches war geschehen und ich konnte damals sicher nicht in aller Tiefe begreifen, was das bedeutet, wenn sich Mutter und Tochter nach so langer Zeit wiederfinden. Doch was mich ebenfalls sehr beschäftigte und über alle Maßen freute, war, dass endlich jemand meinen Briefen von und an Gott Glauben schenkte. Und nicht nur das: Ich hatte Gott um etwas gebeten und er hatte es geschehen lassen. Als ich vor dem Schlafengehen noch einmal auf dem Dachboden nachsah, lag wieder kein Brief von Herrn G. auf dem Boden und ich hatte das unbestimmte Gefühl, dass auch keiner mehr kommen würde. Ich legte mich auf mein Bett und rechnete nach. Zu dem Zeitpunkt, als ich den Brief an G. geschrieben hatte, mussten Ruth und ihre Familie schon längst im Flugzeug auf dem Weg nach Deutschland gewesen sein. Geplant hatten sie das natürlich noch viel früher und die Anschrift ihrer Mutter hatte Ruth noch einige Zeit davor herausgefunden. Mir drehte sich der Kopf und die Rechnerei brachte nichts ein außer ehrfürchtigem Staunen und einem Gefühl von unbeschreiblichem Glück. Ich wusste, was ich gleich am nächsten Morgen zu tun hatte.

Gleich nach dem Aufstehen zog ich mich an, rannte in die Küche und fand meine Eltern verschlafen am Tisch sitzen. Meine Mutter backte gerade duftende Croissants auf und kochte Tee. Ich schnappte mir eines dieser leckeren französischen Teilchen und verkündete freudestrahlend: „Ich geh jetzt zu Bruno.“

„Aber Kind, es ist grade mal acht Uhr. Außerdem Sonntag. Ich glaube nicht, dass jetzt schon Besuchszeit ist“, sagte mein Vater.

Dann sah er fragend zu meiner Mutter herüber. Sie erwiderte seinen Blick mit einem leichten Nicken.

„Er wird sich freuen, ehrlich. Ich hab gute Nachrichten für ihn!“

„Ach ja und welche?“ Mein Vater legte den Kopf schief.

„Ich will ihm sagen, dass er wieder gesund wird. Ganz bestimmt sogar.“

Meine Mutter trocknete sich die Spülhände ab. „Ich finde das toll, Anna. Geh nur, ermutige ihn ruhig, aber ...“

„Ich weiß schon, was du sagen willst: ‚Aber mach ihm nicht zu viel Hoffnung‘ oder so ähnlich ...“ Ich las in den Augen meiner Mutter, dass ich recht hatte. Ich schaute auf die Uhr und eine mich drängende Eile mahnte mich, das müßige Gespräch mit meinen Eltern zu Ende zu bringen. „Habt ihr nicht mitbekommen, was gestern Abend nebenan passiert ist?“ Ich deutete mit meinem Daumen hinüber, zum Haus der Nachbarin. Ich ließ sie nicht antworten. Sie wussten es bestimmt nicht. „Die Tochter von Frau Rosenbaum ist nach Hause gekommen. Nach über vierzig Jahren – und *ich* habe Gott darum gebeten, dass so was passiert.“ Ich streckte mich stolz. „Tja, jetzt seid ihr platt, was? Von wegen, die Alte spinnt. Sie hat es immer gewusst und ich weiß, dass der Bruno gesund wird und Pilot werden kann, so wie er es sich immer gewünscht hat. Wartet nur ab! Ihr werdet schon sehen.“ Verdutzt ließ ich meine Eltern in der Küche zurück. Meine Mutter stand noch immer da, mit dem Spültuch in der Hand, und mein Vater hielt das mittlerweile kalte Croissant vor dem Mund.

Ich erwischte gerade noch den Bus, stieg fröhlich ein und zeigte dem Fahrer mein Ticket. „Einen wunderschönen guten Morgen“, wünschte ich ihm. Er zog die Brauen hoch und grunzte. Was konnte an einem verregneten Morgen, an dem man obendrein Dienst hatte, schon gut sein?

Die Fahrt dauerte fünfzehn Minuten und ich trommelte unruhig mit den Fingern auf meinem Bein herum. Am Krankenhaus angekommen, machte ich mich zügig auf den Weg zu Brunos Zimmer. Ich klopfte kraftvoll an die Tür, trat zeitgleich ein und fand ein dickes, mutloses Häufchen Elend im Bett liegen, das mich mit großen, verwunderten Augen ansah. Es waren immer noch diverse Geräte an ihn angeschlossen und das Ganze erinnerte mich an den letzten Besuch meines Vaters in der Autowerkstatt. Der Wagen stotterte und bockte beim Anfahren und gab seltsame Klopfgeräusche von sich. Ein Mechaniker öffnete die Haube und klemmte eine Menge Strippen irgendwo dran, die auf einem Monitor zackige Kurven und Diagramme erzeugten.

„Hi Bruno, wie geht's? Alles klar bei dir?", fragte ich freudestrahlend. Jeder andere hätte wesentlich mehr Mitgefühl in die Stimme gelegt und ein bedröppeltes Gesicht aufgelegt, doch dies tut nur einer, der selbst nicht weiß, was er dem Kranken sagen soll und welches Ende die ganze Chose nimmt. Ich indes wusste es ganz genau.

Bruno rappelte sich verschlafen auf seinem Lager ein wenig auf. Seine Nächte waren schon lange nicht mehr dieselben wie früher, denn an ein wohliges Sich-im-Bett-Wälzen war in Anbetracht seiner Verkabelung nicht zu denken. Er seufzte, als er über die Antwort auf meine Frage nachdachte.

„Wie es geht? Saublöde Frage. Schlecht natürlich. Morgen früh um sieben soll ich operiert werden."

Ich nickte verständig. „Und was macht deine Infektion?"

Ich wollte mich langsam an meine Ermutigungsaktion vorarbeiten.

„Viel besser. Fieber ist wieder weg. Neues Antibiotikum", sagte er einsilbig.

„Du hast Angst, stimmt's?"

Bruno sah mich an und wurde langsam böse. Seine braunen Augen verdunkelten sich noch mehr. Ich benahm mich, als wollte ich ihn auf den Arm nehmen, zumindest empfand er es so.

„Was ist los mit dir? So ganz normal ist das nicht, wie du dich hier aufführst." Er wartete auf meine Reaktion und verharrte dabei hinter den abgedunkelten Rollläden seines Gemüts.

Ich grinste ihn an und sprach es dann freiweg aus: „Du weißt doch noch, dass ich Gott - na sagen wir mal - dringend gebeten habe, dich gesund zu machen." Bruno nickte. „Und? Was hat er gesagt?"

„Gar nichts hat er gesagt." Bruno drehte den Kopf zur Seite. Er mochte dieses Spielchen nicht.

„Aber gehandelt hat er", rief ich freudig aus. „Stell dir vor, ich habe ihn gebeten, dass Frau Rosenbaum nicht ins Heim muss, und was passiert? Die lange vermisste Tochter kommt aus Amerika und wird die alte Frau versorgen. Ob sie dort auch wohnen wird, weiß ich noch nicht, aber sie hatten eine Menge Koffer dabei."

„Und was hat das mit mir zu tun?", fragte Bruno resigniert. Er ärgerte sich darüber, dass ich scheinbar der alten Frau Rosenbaum mehr Aufmerksamkeit schenkte als ihm.

„Gott hält sein Wort", sagte ich. „Wenn er Frau Rosenbaum geholfen hat, dann hilft er auch dir. Ich glaube ganz fest daran."

„Glauben heißt nicht wissen", zitierte Bruno den altbekannten Spruch aller Skeptiker.

„Das stimmt aber nicht. Dieses Glauben, das ich meine, ist ein anderes Glauben. Es ist tatsächlich so etwas wie ein Ganz-genau-Wissen. Ich weiß ja auch nicht, wo ich das her habe, aber es ist hier drin." Ich klopfte auf meine Brust. „Pass auf, Bruno, du musst es einfach glauben, auch wenn du es nicht verstehst. Vertrauen heißt das."

„Aber wie kann ich jemandem vertrauen, an den ich gar nicht glaube?", konterte er. Ich schüttelte verdrießlich den Kopf. „Warte einfach ab. Du wirst schon sehen. Entspann dich einfach nur und lass die OP an dir vorüberziehen. Tu, als sei gar nichts dabei. Und wenn alles vorbei ist, werde ich da sein und dich angrinsen. Ist das okay?"

„Das sagt sich so leicht. Du liegst ja auch nicht hier."

„Ich will ja auch nicht Pilot werden." Ich sah ihn fest an und blieb standfest. „Du schaffst das, da bin ich ganz sicher. Glauben ist gar nicht so schwer."

Bruno gab sich geschlagen. Meine Hartnäckigkeit hatte sich ausgezahlt.

Wir redeten noch ein bisschen über die Schule und dass sich die Mitschüler täglich und mit ungeheucheltem Interesse nach ihm erkundigten, dass sie mich eigenartigerweise nun akzeptierten, so wie ich war, und dass sie alle hofften, dass er schnell wieder auf dem Damm sein werde. Trotzdem, irgendwann musste ich wieder nach Hause gehen und ihn alleine lassen. Der Weg, den er jetzt vor sich hatte, war ein einsamer Weg und es sollte kein leichter sein.

Ich durfte in der großen Pause vom Lehrerzimmer aus im Krankenhaus anrufen. Eine große Traube von Schülern umringte mich und zerquetschte mich fast vor dem Telefon. Ich ließ mich mit der Krankenschwester verbinden, mit der ich bereits ein geheimes Abkommen getroffen hatte. Sie war meine Verbündete dort und unterrichtete mich jederzeit gern über Brunos Gesundheitszustand. Vielleicht lag das auch daran, dass sie eine Tochter in meinem Alter hatte. Doch an diesem Morgen war sie nicht sehr freundlich und sehr kurz angebunden. Sie schien mit einer Sache schwer zu kämpfen, doch sie kannte meine an Unverschämtheit grenzende Ausdauer im Ausfragen noch nicht. Nach einer Weile ließ sie sich erweichen und rückte mit der Sprache heraus. Es sei etwas schiefgegangen, sagte sie und es stünde nicht gut um ihn. Der Katheter habe sich an der Herzklappe verhakt und es ginge weder vor noch zurück. Ein Team von Spezialisten würde gerade beraten, ob die Operation am offenen Herzen weitergeführt werden solle. Was das bedeutete, hatte mir Bruno ja gesagt: Aus der Traum vom Pilotenschein. Wie in Trance legte ich auf und sagte den anderen nur kurz, wie es um Bruno stand. Ich löste mich aus der Gruppe und verschwand still und heimlich. Es drehte sich in meinem Kopf. Hatte ich es mir zu einfach gemacht, indem ich naiv und einfach geglaubt hatte, einem frommen Schultertätscheln gleich? Sollte am Ende Bruno recht behalten, sollte seine Skepsis siegen?

Nein. Ich beschloss zu kämpfen. Wenn man den Kampf wollte, sollte es ihn geben. Ich ging auf die Mädchentoilette und sah unter den Türen nach, ob heruntergelassene Hosen unerwünschte Gesellschaft offenbarten. Ich war allein und so schloss ich mich in der letzten Toilette ein. Jeden weiteren Eindringling würde ich hören. Hauptsache, es würde *mich* keiner hören, denn dann würde man mich garantiert für plemplem halten. Ich setzte mich auf den Klodeckel und faltete die Hände. Bisher hatte sich meine Kommunikation mit Gott auf das Briefeschreiben beschränkt. *Wie umständlich,* dachte ich plötzlich. Wenn er eh um mich ist, auf mich aufpasst und so weiter, dann kann ich es ihm auch gleich sagen. Ihm ins Ohr brüllen oder es ihm zuflüstern - ganz egal. Ich wusste, dass ich keine Zeit zu verlieren hatte und so begann ich: „Lieber Gott, du hast es mir versprochen. Du hast gesagt, ich soll Vertrauen zu dir haben. Und jetzt? Was ist denn jetzt? Dem Bruno geht es sehr schlecht. Ich bitte dich, du musst das irgendwie hinkriegen, dass sich dieser blöde Katheter löst und die Klappe aufkriegt. Wenn der Bruno aufgesägt werden muss, kann er nicht mehr Pilot werden. Er wünscht sich das doch so.

Und danke, dass Frau Rosenbaum erst mal nicht ins Heim muss. Toll, wie du das geregelt hast. Ja, das ist ein Wunder, dass sie ihre Tochter wiedergefunden hat. Und nun, sei so gut, tu doch bitte noch ein Wunder. Mach den Bruno wieder ganz gesund. Amen."

Kapitel zwanzig

Post vom Ende der Welt

Mein Herz schlug bis zum Hals, als ich die Toilette verließ. Ich hoffte inständig, dass mich keiner gehört hatte. So viel Mut hatte ich nun doch noch nicht.

Ich betrat den Klassenraum und die Mathestunde war in vollem Gange. Ausgerechnet Mathe, mein schwächstes Fach, aber das war mir die Sache wert. Während sich der Lehrer die größte Mühe gab, uns mit Brüchen und Wurzeln zu begeistern, zog ich mich in mein Inneres zurück. Ich horchte dort hinein und fragte mich, wie nah Gott einem wohl sein könne. Ob er nur außen um einen herum in der Luft schwebe oder ob er auch meine Gedanken hören und die Gefühle in meinem Herzen erkennen könne. Ich versuchte es ein weiteres Mal, Kontakt zu ihm aufzunehmen, und rief ihn in meinem Kopf, so laut ich konnte. Ich kniff dabei die Augen zusammen, was den Lehrer veranlasste, mich anzusprechen. Ob ich träumen würde und es nicht nötig hätte, ihm zuzuhören. Ich versicherte ihm, dass ich zuhören würde, verriet ihm aber nicht, dass tatsächlich meine Aufmerksamkeit jemand anderem galt. Also horchte ich mit offenen Augen in mich hinein und dann, kurz vor Ende der Stunde, überließ ich mich einem eigenartigen Gefühl, einer Mischung aus Freude und Dankbarkeit. Es war ein sonderbares Gefühl, wie ich es zuvor noch nicht erlebt hatte.

In der kleinen Pause bat ich um einen neuen Anruf im Krankenhaus und wiederholte die Verbindungsprozedur zu Frau Schmidt, meiner Informantin. „Ja tatsächlich, es hat geklappt", berichtete sie. „Der Professor hat noch einen letzten Versuch unternommen und plötzlich ging es. Der Katheter ist jetzt am richtigen Platz und kann die defekte Herzklappe aufdehnen."

„Wann genau war das?", fragte ich neugierig.

„Na, ungefähr vor einer halben Stunde etwa.“ Ich rechnete schnell nach und kam zu dem Schluss, dass ich zu der Zeit, als Brunos Katheter in die richtige Position flutschte, auf der Toilette gehockt haben musste. Ich bedankte mich überschwänglich bei Frau Schmidt und legte auf. Trotzdem wollte ich auf Nummer sicher gehen, sah auf die Uhr und steuerte erneut in Richtung Toilette. Wieder sah ich nach, wieder war ich allein. Schnell schloss ich mich ein und legte noch eine Gebetsrunde nach. Ich wollte ganz sichergehen - richtig gewinnen, nicht nur ein bisschen.

„Lieber Gott, danke für den Etappensieg. Bitte mach weiter so. Jetzt nicht nachlassen. Der Bruno ist noch nicht übern Berg. Nur wenn er ganz gesund wird, wird er mir zuhören und mir endlich glauben, dass du mir Briefe geschickt hast. Dann wird er glauben, dass es dich wirklich gibt. Ich freue mich schon darauf, wieder mit ihm Federball spielen zu können.

Danke für alles im Voraus.

Amen.“

Wieder kam ich zu spät, diesmal zu Englisch. Es war leicht, mein Fernbleiben vom Unterricht zu entschuldigen. „Ich musste noch dringend zur Toilette.“ Keine Fragen, kein Argwohn, keine Schelte - wunderbar.

Apropos Wunder. Natürlich eilte ich gleich nach der Schule ins Krankenhaus. Ich hatte Bruno versprochen, da zu sein, wenn er aufwachte, und ich gedachte, mein Versprechen um jeden Preis zu halten. Völlig außer Atem und nass geschwitzt betrat ich sein Zimmer. Man hatte ihm eine ordentliche Portion Narkotikum verpasst, von der er noch zehrte, als ich mich neben ihn stellte. In diesen Sekunden kam auch meine Verbündete, Frau Schmidt. Sie schob zuerst den Kopf zwischen Tür und Seitenwand hervor, um nachzuschauen, ob es sich lohnte, den Rest ihrer Fülle nachzuschieben, und grinste über beide Backen. Frau Schmidt war eine liebenswerte und ziemlich moppelige Krankenschwester aus

Leidenschaft und jedes Mal, wenn ein Patient aus der Narkose erwachte und zudem die OP perfekt verlaufen war, freute sie sich mit, als wäre der Patient leibhaftig von den Toten auferstanden. Manchmal fehlte auch nicht viel dazu, so wie bei Bruno.

„Es war wohl nicht so einfach", flüsterte sie, obwohl Bruno noch tief und fest schnarchte. „Zwischendurch, kurz bevor wir beide das erste Mal telefonierten, fiel plötzlich Brunos Blutdruck dramatisch ab. Der Katheter ließ sich weder vor- noch zurückschieben und im OP war helle Aufregung. Doch dann plötzlich schien alles wie von alleine zu gehen. Der Katheter löste sich wie von unsichtbarer Hand und sein Blutdruck stabilisierte sich ohne Zugabe zusätzlicher Medikamente. Es war schon sehr, na wie soll ich sagen, eigenartig, ja schon wundersam." Schwester Annegret Schmidt schaute verklärt zur Decke und nickte. Dann deutete sie mit einem Kopfnicken zu Bruno, der mit den Augenlidern klimperte. „Du musst viel Geduld mit ihm haben. Es wird eine Weile dauern, bis er wieder auf dem Damm ist, aber danach muss er ordentlich auf Trab gebracht werden. Bruno muss dringend abnehmen, damit es sein Herz in Zukunft leichter hat."

„Sie meinen, keine Chips, keine Flips, keine Kekse, nur Gemüse und Salat?" Ich verzog mein Gesicht wie von Schmerzen gepeinigt, denn ich konnte mir lebhaft vorstellen, wie Bruno das finden würde.

„Na ja", beschwichtigte sie und dachte an ihre eigene Genusssucht, „vielleicht nicht ganz so extrem, aber eine gesunde Ernährung mit nur wenig Fett sollte schon sein."

„Okay, ich kümmere mich auch noch darum." Dann schlug Bruno die Augen auf und sah als Erstes zu mir. Diesen Blick werde ich nie vergessen. Er wusste ja nicht, wie viele Stunden seit der schlaffördernden Spritze vergangen waren, doch er konnte sich an mein Versprechen offensichtlich gut erinnern. Es lag nicht nur ein seliges Grinsen zwischen seinen properen Wangen, sondern in seinen Augen las ich unendliche Dankbarkeit und Freude. Die Schwester musste ihm gar nicht sagen, dass alles geklappt hatte, dass man seinen Brustkorb nicht aufsäbeln musste, wie er es nannte, und er schaute so glücklich aus der Krankenhauswäsche, als hätte er ein Bild vor Augen, auf dem er mit einer wuchtigen Flugkapitänsmütze in seinem Cockpit einer Boeing 707 sitzt und über den Atlantik düst. Aber da war noch etwas in seinem Blick, das ich zu jenem Zeitpunkt noch nicht werten konnte. Später erkannte ich, dass aus seinen Augen eine gehörige Portion Verliebtheit sprudelte. Er betrachtete mich als seinen Lebensretter, dem man Dank und Zuneigung bis in alle Ewigkeit schuldet.

Nachdem Bruno entlassen worden war, änderte sich sein Leben. Er hatte sein altes Selbstvertrauen zurückgewonnen, doch nun stützte er dieses Vertrauen eben nicht nur auf sich selbst, sondern öffnete ganz sachte sein Herz für die Überlegung, wo sich ein ihn liebender und fürsorglicher, Briefe schreibender Gott in sein Leben einbauen lassen könnte. Er war immer noch skeptisch und glaubte eine lange Zeit nach wie vor, dass ich aus reiner Geltungssucht heraus die Briefe selbst geschrieben hatte.

Frau Rosenbaum hatte ihre Tochter wiedergefunden. Oder war es umgekehrt? Oder war es eher so, dass jemand anderes eine wunderbare Familienzusammenführung organisiert hatte?

Eines Nachmittags, als ich Frau Rosenbaum besuchen ging, erzählte ihre Tochter Ruth, was passiert war, nachdem sie mit ihrer Oma auf einem Schiff nach New York gelandet war. Ihre Tochter Shannon und die kleine Elisabeth spielten derweil im Garten.

„Alles musste sehr schnell gehen“, begann sie und blickte in die feuchten Augen ihrer Mutter. „Meine Großmutter packte das Nötigste zusammen, darunter Geld und Schmuck, und nahm mich an die Hand. Einige Monate vor dem offiziellen Kriegsausbruch, am 15. Februar 1939, bestiegen wir ein großes Schiff, das uns nach New York bringen sollte. Ich kann mich noch ganz genau an den Namen des Schiffes erinnern: Es hieß „Imperator“

und gehörte zur Hamburg-Amerika-Linie. Es sah gar nicht nach Flucht aus, sondern eher nach einem Urlaub auf einem Kreuzfahrtschiff. Oma sagte, es sei höchste Zeit für uns gewesen, das Land zu verlassen, denn Deutschland werde nun nicht nur einen Krieg gegen die Welt führen, sondern auch gegen sich selbst." Ruth lachte zaghaft auf und blickte in den Raum hinein. „Ich erinnere mich noch daran, wie wir auf der Reling standen und die Sonne vom Himmel schien. Es war eiskalt. Du und Papa, ihr habt uns zugewinkt, und wir trugen euer Versprechen in uns, dass ihr so bald wie möglich nachkommen würdet. Du hattest gesagt, du wollest deine Patienten nicht im Stich lassen. Doch dann, spätestens ein paar Monate später, wolltet ihr nachkommen." Ruths Augen füllten sich mit Tränen und sie kramte ein Taschentuch aus ihrer Hose hervor. Ihren letzten Satz sprach sie, als beinhalte er nach so vielen Jahren noch immer eine Anklage.

Frau Rosenbaum blickte auf und erinnerte sich: „Eine Welle der Unruhe hatte ganz Deutschland erfasst. Viele wollten fliehen, vor allem, nachdem sie nach der Reichspogromnacht am 10. November 1938 begriffen hatten, dass die Nazis ihre Existenz in Deutschland auslöschen wollten. Ihr hattet das einzig Richtige getan. Schon kurze Zeit später wurde Konrad entlassen. Man wollte keinen jüdischen Architekten beschäftigen. Ich war keine Jüdin und so ließ man mich weiterarbeiten. Solange ich dienlich war, ließ man mich in Ruhe. Jedenfalls eine Zeit lang. Bis dann im September 1939 der Krieg ausbrach …" Frau Rosenbaum ließ sich in den Sessel zurückfallen und atmete tief durch. So sehr sie sich freute, ihre Tochter wiederzuhaben, die Erinnerung an die Zeit vor über vierzig Jahren wurde durch diese Unterhaltung so lebendig wie nie zuvor.

Ruth griff nach der Hand ihrer alten Mutter und drückte sie weich. Dann fuhr sie fort: „Mit uns reisten viele andere Familien in einfachsten Kabinen mit. Luxus und Wohlstand war uns auf dem Schiff nicht so wichtig. Hauptsache, man konnte Deutschland mit heiler Haut verlassen.

Nach einer beschwerlichen Reise kamen wir in Amerika an. Wir mussten uns, wie viele andere, erst mühsam zurechtfinden, doch Oma hatte eine Adresse, bei der wir unterkommen konnten. Oma arbeitete dort im Haushalt und erledigte schon nach kurzer Zeit die Buchhaltung. Mich wunderte, wie wendig sie noch war, doch heute weiß ich, sie tat alles für mich und nahm jede erdenkliche Mühe auf sich, um uns durchzubringen. Wir lernten die Sprache, wie so viele andere, die ihre eigenen unterschiedlichsten Sprachen und Kulturen mitgebracht hatten. Ich fragte Oma jeden Tag, jede Woche und jeden Monat, wann wir wieder zurückfahren könnten oder wann ihr nachkommen würdet, doch sie strich mir stets nur sanft über den Kopf. Sie behelligte mich nicht mit der Wahrheit, nämlich, dass alle ihre Briefe bisher unbeantwortet geblieben waren." Frau Rosenbaum nickte und allmählich setzte sich für sie ein lebendiges Puzzle zusammen. Ruth nahm einen Schluck Mineralwasser und erzählte die Geschichte weiter. „Dies ging ein paar Jahre so, bis uns nach Kriegsende eine Nachricht von eurem Tod im Arbeitslager erreichte. Nach dieser Nachricht seitens der Nachbarn hörten wir nichts mehr von ihnen und damit hatten wir keinerlei Verbindungspersonen in Hamburg, die uns die Wahrheit über euch hätten mitteilen können. Oma hatte zu ihren Nachbarn immer guten Kontakt gehalten, doch ihre Auskunft über euren Tod war voreilig und falsch, wie ich erst viele Jahre später herausfinden sollte."

„Wie hast du mich denn gefunden, Kind?", fragte Frau Rosenbaum und bedauerte, dass es ihrer Tochter nicht schon früher gelungen war.

„Nachdem wir begriffen hatten, dass wir fortan auf uns selbst gestellt waren, akzeptierten wir eine Zeit lang euren Tod, bis ich viele Jahre später - Oma war schon lange verstorben - einen Artikel in der Zeitung las, der davon handelte, wie viele Juden in Konzentrationslagern umgekommen waren, doch auch, wie viele durch die Amerikaner befreit werden konnten. Man hat Fotos von den Geretteten gezeigt und auf einem Foto - und da war ich mir ganz sicher, obwohl es schon lange her war - habe ich euch wiedererkannt. Unter diesen wenigen Befreiten seid auch ihr gewesen, doch wie ihr es geschafft habt, wieder Fuß zu fassen, ist mir unbegreiflich."

„Es hat viele Jahre gedauert und wir haben uns gegenseitig geholfen. Du hast recht, wir hatten keine Papiere und keinen Besitz und wir mussten jedes noch so kleine Vermögen hart erarbeiten. Das alte Haus war völlig zerstört und wir wagten einen Neuanfang. Nach zehn Jahren standen wir wieder so da, wie vor dem Krieg, doch dich und Oma hatten wir verloren."

„Ich sammelte in den letzten fünfzehn Jahren alle Zeitungsartikel über das Überleben der Holocaustopfer und ich spürte immer, dass ihr oder einer von euch noch am Leben sein musste, bis ich dieses eine Foto fand. Sofort machte ich mich ganz auf die Suche nach euch. Eines Tages, heute vor drei Wochen, war es dann so weit. Shannon und Elisabeth sollten mich begleiten und wir klapperten alle Rosenbaums von Flensburg über Kiel nach Hamburg ab und so fanden wir dich."

Mir stand, während ich Frau Rosenbaums Tochter zuhörte, der Mund offen und fassungslos über das große Ausmaß eines wahren Wunders, schüttelte ich fortwährend den Kopf.

Frau Rosenbaum erlebte noch fast ein Jahr im Kreis ihrer Lieben. Nach der Ankunft von Ruth, Shannon und Elisabeth machte sie gesundheitlich große Fortschritte. Ihr Arzt, Dr. Thomssen, war begeistert und erkannte sie kaum wieder. Sie lief wieder durch den Garten wie zehn Jahre zuvor und blühte unter dem Wunder, das sie erlebt hatte, förmlich auf. Ruths Mann kam nach zwei Monaten nach. Sie wollten sich nach so langer Zeit nicht wieder trennen, das war ihnen klar. Auch Frau Rosenbaum und ich waren dicke Freunde geworden. Sie war und blieb die Einzige, die mir bedingungslos glaubte, dass ich Briefe von Gott bekommen hatte, doch elf Monate, nachdem ihre Familie nach Hamburg gekommen war, starb sie. Eines Morgens wachte sie einfach nicht mehr auf.

Es war ihr bestes Jahr der letzten vierzig Jahre, hatte sie kurz vorher noch gesagt.

Bruno war mir in den Jahren nach seiner Operation nicht mehr von der Seite gewichen. Wir wurden dreizehn, dann vierzehn und mit fünfzehn gab er mir verstohlene Küsschen auf die Wange, etwa zum Abschied oder zur Begrüßung und gern auch mal zwischendurch. Bruno war definitiv in mich verliebt und das über viele Jahre hinweg. Er gab sich keine Mühe, dies zu verbergen, und es machte ihm nichts aus, wenn sich die anderen über ihn lustig machten. Wann immer es ging, suchte er meine Nähe und hielt meine Hand. Ich ließ ihn gewähren, obwohl ich Bruno mochte wie meinen Bruder, aber nicht als jemanden, mit dem ich zärtliche Bande knüpfen wollte.

Sein Aussehen veränderte sich allerdings sehr zum Vorteil. Als er sechzehn war, besaß er bereits eine attraktive athletische Figur und mit siebzehn gewann er die Bundesjugendspiele unserer Schule. Mit achtzehn machte er ein Einser-Abi und bewarb sich sofort danach zur Pilotenausbildung. Er musste sich einer Menge medizinischer Tests unterwerfen und eine Reihe sportlicher Leistungen nachweisen, doch er schaffte die Aufnahmeprüfung mühelos. Eine Brille trug er schon ein Jahr lang nicht mehr, denn ein Spezialist in London hatte bei ihm eine teure, aber spektakuläre Augenoperation mit dem Laser durchgeführt, die seine Fehlsichtigkeit korrigierte.

Ich habe mich nach der Schule um einen Studienplatz für Medizin beworben, den ich auch nach nur dreimonatiger Wartezeit bekommen habe. Ich weiß auch nicht wieso, aber die Zeit, in der ich mich um Frau Rosenbaum und um Bruno gekümmert habe, scheint mich geprägt zu haben. Erst hasste ich den Geruch von Krankenhäusern, weil er mich an den Kampf erinnerte, den

Bruno und viele andere durchlitten hatten, doch heute erinnert er mich eher an Brunos wundersame Heilung, an meine Briefe an Herrn G. und vor allem an seine Antworten. Antworten, die nicht nur aus Worten bestanden, sondern vor allem aus Taten.

Heute sitze ich hier und beende meine Aufzeichnungen. Ich bin, wie gesagt, glücklich verheiratet, allerdings nicht mit Bruno. Er hat mir bis vor meiner Hochzeit mit Frank, einem mittlerweile erfolgreichen Oberarzt der Kardiologie, mindestens einmal wöchentlich einen Heiratsantrag gemacht und ich habe ihn jedes Mal lachend abgelehnt. Er war mir nie böse, wusste er doch immer, dass ich so reagieren würde.

Warum ich seinen Antrag nicht angenommen habe?

Nun, während ich mir seit einigen Wochen die, ich weiß nicht wievielte, Nacht um die Ohren schlage, blicke ich mich in meinem Arbeitszimmer um und kann sie alle schon gar nicht mehr zählen. Die vielen bunten Postkarten aus aller Welt, die Bruno mir seit vielen Jahren schickt. Klar, Bruno ist Pilot geworden, fliegt weite Strecken quer über den Globus hinweg, so wie er es immer wollte, und kauft bei jeder Landung eine Postkarte für mich. Er schreibt nicht viel drauf, eigentlich gar nichts, sondern malt nur ein großes Smiley auf die Rückseite. Dann weiß ich schon, von wem sie ist.

Darum habe ich seinen Heiratsantrag nicht angenommen.

Was soll ich mit einem Ehemann, dessen Wohnzimmer das Cockpit ist und dessen Familie Stewardessen und Fluggäste sind?

Aber gute Freunde zu sein, ist doch auch viel wert, oder?

Ende

Tricia Goyer

Und vergib uns unsere Schuld

Pb., 13,5 x 20,5 cm, 420 S.,
Nr. 394.078, ISBN 978-3-7751-4078-2

Österreich, Ende April 1945:
Nazis fliehen in einer Nacht-und-Nebel-Aktion, als sich die amerikanischen Truppen der kleinen Stadt St. Georgen nähern.

Eine furchtbare Überraschung erwartet die unvorbereiteten GIs. Drei Menschen - Helene, die Frau eines SS-Offiziers, Peter, ein amerikanischer Soldat und Michaela, eine Lagerinsassin - werden nie mehr die selben sein.
Denn vieles ist nicht so, wie es auf den ersten Blick scheint.

Infolge der Befreiung des Konzentrationslagers Gusen lernen Helene, Peter und Michaela die Kraft der Vergebung kennen.

Hank Hanegraaff

Im Zeichen des Tieres

Hc., 13,5 x 20,5 cm, 432 S.,
Nr. 394.402, ISBN 978-3-7751-4402-5

„In den königlichen Gärten folgte Vitas im Schein des Vollmondes heimlich dem Mann, dem er einst Treue bis in den Tod geschworen hatte. Seinem Kaiser …“
Rom im 1. Jahrhundert n. Chr.: Vitas, Kriegsheld und enger Berater Kaiser Neros, ein Mann voller Gerechtigkeitssinn und Vitalität, gerät mitten in die schrecklichen Wirren der Christenverfolgung. Er, der Ungläubige, verliebt sich in die Christin Sophia … rettungslos. Eine lange Odyssee beginnt, ein Ringen um Wahrheit, Gerechtigkeit und Freundschaft. Zerrissen zwischen seiner Treue zum Kaiser und der zunehmenden Solidarität zu diesen Christusgläubigen, schlägt er sich auf deren Seite - fasziniert von ihrer Glaubenskraft und Menschlichkeit, abgestoßen von der Zerstörungskraft des Nero. Vitas Leben gerät in höchste Gefahr …
Plastisch, überzeugend und berührend spielt sich vor Ihren Augen ein Historiendrama ab. Und im Zentrum des Geschehens begegnen Sie dem Brief des Johannes, die spätere Offenbarung - wer immer ihn versteht, gewinnt Hoffnung, selbst über den grausamen Tod in der römischen Arena hinaus. Wer immer ihn besitzt - schwebt in Todesgefahr …
Ein Endzeit-Roman, den Sie nicht mehr aus der Hand legen werden!

Bitte fragen Sie in Ihrer Buchhandlung nach diesem Buch!
Oder schreiben Sie an:
Hänssler Verlag GmbH & Co. KG, D-71087 Holzgerlingen.